新編賴和全集

肆

散文卷

Sin-pian

Luā Hô

Tsuân-tsi̍p

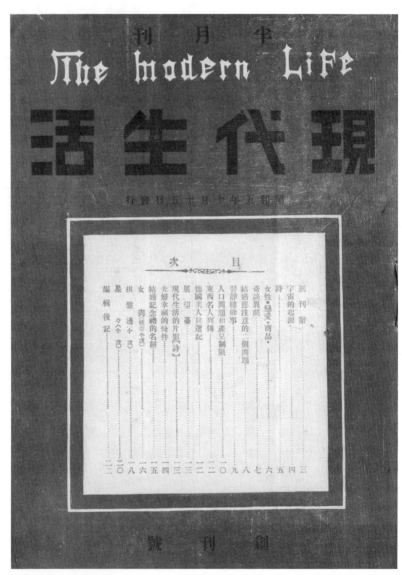

《現代生活》創刊號封面
國立臺灣大學圖書館典藏

●來稿訂誤取消　日者貴報記事欄上。毀謗聖人一節。中云賴某。實係指僕。故不揣冒昧。竊上一言。乞賜刪吟。僕自信非喪心病狂。豈敢如報上所云。肆意毀謗聖人。猖言焚毀聖廟者哉。且孔孟何人。豈僕一言所能為之毀。彼高大妄想者流。亦不敢君是狂言。況毀之先人亦同處萬域。聖廟何地。豈僕之力即可使之毀。寧無憚性乎。聰之使也上祈此憚聞。道德家激動裨懧。亦自知罪所嘗及。然如默默引過。於良心猶覺難安。豈不一言。以去誤解。僕雖不肖。學習五年。安不知其於生理學上有害。僕亦為街民一分子。故彰化街民反對甚見提出時。稽而知。此足證明投稿者所聞不實。又林氏演說。不僅斯論。並及中西學之長短。新學子之精神。使僕不能不言。雖失於輕躁。亦由有所刺戟。因反對遵古。乃唱革新。有謂思想拘泥於腐。道德日遠千古。皆由昔儒少能創造。但事模擬道德只縹諸口者多。能顧於行者幾。且多見夫行污納穢。嗜利慕名之徒。每借孔子之教以為辭中心懷疑。憤激出之。不覺遂有孔孟罪人之語。一經林某此斥。自亦知非。事實如此。不若投稿者所云之甚。是非自能判別。素不知僕者。雖欲自白。適足自污。發是謹藉此機。少達寸衷而已。潦草不文。敢希讀者諸君子垂察幸甚。（彰化莊嘉植識言）

〈來稿訂誤取消〉，《臺灣日日新報》，1921年11月10日。

我們地方的故事

　　曾來做地的人，我敢信一百個之中有九十九，沒有不曾去到公園。所以大家都知道公園

九，沒有不曾去到公園。

的所在，公園是在東門外，直活太極山腳一帶地域，知

。這樣來雖是來曾去過的人，也應該約略知

　　嗎！偶不是在講虛誑，現在那有城的影跡呢？

道過是。

我怕有人要責罵我，這也責駡得實在，不過不

曉得是因為怎樣，城雖然拆去了，人們猶還

是講城的較多，可以講這城的印像，當在我們

〈我們地方的故事〉手稿首頁
賴和文教基金會典藏

序一

為什麼我們重新出版賴和？

雖然「賴和全集」已經歷數次出版，最早始於 1979 年李南衡主編、明潭出版社的《賴和先生全集》，而後是 2000 年臺灣省文獻委員會與賴和文教基金會攜手出版《賴和手稿集》五冊，以及同年 6 月林瑞明主編、賴和文教基金會策劃、前衛出版社出版的《賴和全集》全套六卷再度問世，但一次又一次的整理、編輯，這位臺灣文豪的面貌才越來越完整。

賴和幼時飽讀漢學，青年時期卻迎向新文學的時代浪潮，竟能將一顆暖心注滿兩個迥異的文學世界，而且都扎實綻放無比文采，確是臺灣第一人。即使百年之後再讀，賴和的文學成果依然令人動容，研究及閱讀的需求亦是有增無減。因此，國立臺灣文學館於 2018 年啟動《新編賴和全集》編纂計畫、2019 年完成內容編纂，而今完滿出版。

這套 2021 年版的《新編賴和全集》分為漢詩卷、小說卷、新詩卷、散文卷與資料索引卷。新編漢詩卷，詳盡記錄了手稿、筆記的所有整齊與潦草的文字、安定與不確定的思緒，也精心保留了賴和費心改字易句的痕跡，更能體察落筆當下的多變心

境。新編小說卷、新詩卷、散文卷也重新整理，較以往版本多加了注釋，每一篇作品也做版本說明，另將重要人物、事件加了釋義，將臺語、日語字詞添上標音與釋義。

新編資料索引卷呈現賴和生平、經歷、文學活動相關的圖像。其中有一個隱藏版小軼事。多年來，賴和文教基金會典藏的賴和手稿，其實一直缺了一卷———這是因為，林瑞明與羅鳳珠兩位教授整理賴和手稿之時，都沒發現手稿第七卷其實已隨詹作舟文物進了臺文館，化名編號 NMTL20110270251，靜靜躺在典藏庫房之間。這一回文物重整，真實身分才恢復、重編至賴和漢詩第二十卷之中，呈現於新編資料索引卷。兜轉一圈，失落多年的手稿終在這套全集相逢。

賴和畢生追求自由、平等與人權，在他過世後的七十多年，雖然多數已經實現，但臺灣人如何在殖民地長出這樣的花朵，仍是一個驚奇。國立臺灣文學館曾在 2019 年以賴和漢詩手稿〈別後寄錫烈芸兄〉製成抵擋驟雨的雨傘，今年再推動賴和文學力道加足前進。從他雜揉的語言、深邃的思想、耐人尋味的故事布局，我們不會忘記在時代進步的同時，更須追尋人們的幸福。這是新編賴和全集的意義，也是重新閱讀賴和的理由。

國立臺灣文學館　館長　蘇碩斌

序二

　　《新編賴和全集》終於要出版了！

　　1976 年，梁景峰先生在《夏潮》雜誌發表〈賴和是誰？〉介紹賴和。

　　1979 年，李南衡先生主編《日據下臺灣新文學‧明集 1：賴和先生全集》出版。

　　1991 年，彰化市闢建中民街，拆除部分舊家房舍，改建大樓，並將其中一層作爲賴和藏書及文物、手稿典藏之處，曰「賴和書室」。

　　1994 年，賴和百歲冥誕之前，家父賴燊邀集林瑞明老師、陳萬益老師、呂興昌老師研商成立賴和文教基金會，作爲推動紀念館舉辦活動的運作指導及經費來源。

　　其後，舉辦各種藝文及醫療服務講座、文學營，出版活動相關內容及紀錄，頒發文學獎、醫療服務獎。

　　那些年，社會瀰漫一股要衝破迷障的底層動力。基金會董事及參與活動的朋友們，充滿推動臺灣文化風氣、再造臺灣新文化運動的期待，共同找尋臺灣典範人物及臺灣精神指標，建立臺灣國民意識的使命。

　　2000 年，林瑞明老師獨立投入數十年研究賴和，出版《賴和全集》及《賴和手稿集》。

　　其後，陳建忠老師等多位學者，投入臺灣文學研究，賴和研究更加深化，也發現更多遺漏的賴和作品，以及先前出版《賴和全集》的錯誤。

　　2017 年，「自自冉冉」事件，更深化《新編賴和全集》的想法。時任國立臺灣文學館館長的廖振富老師，適時推動成就此事。感謝文化部、臺文館的重視與支持。

　　2021 年，出版《新編賴和全集》。適逢臺灣文化協會成立百年前夕，自有其巧合的深意。

　　感謝編輯團隊和基金會董事、同仁、志工，無怨無悔的付出，讓紀念館和基金會正常運作，繼續一棒接一棒傳承、發揚、創新臺灣文化發展工作。

賴和文教基金會創辦人
賴和長孫　　賴悅顏

序三

　　賴和生於 1894 年，當時臺灣仍屬大清版圖；但翌年日清戰爭後，日人領臺。賴和於 1943 年，也就是在二戰終戰前夕逝世，因此終其一生，本是客屬人賴和的國籍是日本，也造成賴和對國籍與民族認同產生相當大的困擾。

　　由於賴和自幼（1903 年）就讀私塾學習漢文，1907 年另外拜黃倬其爲師，學習漢文經典，遂奠定舊文學的深厚根柢，更成爲其日後寫作的基礎。1918 年，賴和遠渡廈門行醫期間，因受到中國五四運動的衝擊，深感文學不該是菁英階層的專利，更受到中國白話文運動的影響，返臺後致力於推動臺灣新文學運動。

　　賴和本職是醫生，卻在文學領域裡發光發熱，留下盛名；他的同輩楊守愚稱他是「臺灣新文藝園地的開墾者」，曾經主編新潮文庫的醫生文人林衡哲更尊稱賴和爲「臺灣現代文學之父」。如今，賴和亦被普遍稱爲「臺灣新文學之父」。

　　二戰終戰前（1943 年），賴和重病入住臺大醫院，友人楊雲萍前往探訪，他躺在病榻上感慨地說：「我們所從事的新文學運動等於白做了。」楊雲萍當時安慰他說：「不，等過了

三、五十年後，我們還是一定會被後代的人記念起來的。」果然於 1994 年，賴和的長孫賴悅顏先生成立了賴和文教基金會，使我們的社會得以從近乎無知的狀態重新去認識這位臺灣文壇的前輩。2000 年，臺灣第一次政黨輪替後，執政黨首度將賴和作品收錄於高中國文課本中，引發了諸多學者與青年學生研究賴和作品的熱潮；其中，重中之重當屬前成功大學歷史系教授林瑞明獨立編纂的《賴和全集》。

　　林瑞明老師當年編纂全集的過程異常艱辛，首先由賴悅顏先生將賴和後嗣所珍藏之手稿捐出，由於年代久遠，有些作品已成「斷簡殘篇」或是字跡模糊。但經林瑞明老師一字一句的辨認校對之後，終於使《賴和全集》得以於 2000 年 6 月付梓問世。

　　2017 年，總統府的春聯、紅包袋上的賀詞「自自冉冉幸福身，歡歡喜喜過新春」，原欲引用賴和詩句，寄意國家漸進改革、穩健轉型之意象，也藉此祝福全體國人在整年為家事辛勞之餘，能夠歡喜自在並與親人團聚過個幸福好年。唯「自自冉冉」一詞，引發各界熱議；學界有人認為「自自冉冉」可能係編纂全集的過程中，因年代久遠、筆跡難認所致之誤寫，應該是「自自由由」才對；但是無論如何，都令人肯定總統選擇賴和作品，作為向全民祝福的賀歲春聯之美意；另外，也因為此一爭議，讓「賴和」的能見度在全臺灣迅速拉高，也使更多國人瞬間熱切地去親炙賴和的文學作品。

　　近年來，國人對賴和文學的認識逐步提高與深化，為提供臺灣社會對賴和作品有更好的閱讀文本以及更完善的研究文

獻，賴和文教基金會與國立臺灣文學館攜手投入更多的人力、物力，重加編校、注釋與解說，出版《新編賴和全集》及撰寫「賴和傳記」。在此要感謝國立臺灣文學館之策劃，國立成功大學臺灣文學系蔡明諺教授之主持編纂計劃，許俊雅教授、陳家煌教授及呂美親教授之共同編纂，以及諸多教授前輩之參與審定、協助。也感謝基金會白佳琳小姐、張綵芳小姐之協助，最後還要感謝前衛出版社之慨允出版，使此著作得以新面貌呈現在國人眼前。

賴和文教基金會董事長　

總序

　　賴和（1894-1943），字癸河，號懶雲，彰化市市仔尾人。少年時曾在黃倬其擔任塾師的小逸堂學習漢文，1909 年就讀臺灣總督府醫學校，1914 年畢業，在學期間寫有大量漢詩作品。賴和最初整理自己的漢詩創作，是在 1923 年秋冬之際。1923 年 11 月 15 日，賴和日記載明正在整理漢詩舊稿，另有十篇小說撰寫計畫「皆約略在腦裡，未暇剪裁成幅」。賴和當時謄抄整理的漢詩，大概就是現存漢詩手稿第一卷、第三卷與第五卷。十篇小說計畫只有〈僧寮的爛丐〉與現存手稿〈僧寮閒話〉相近，其餘諸篇可能皆散入後來的小說創作中。

　　1925 年春，賴和暫停了漢詩發表，轉而投入新文學創作；至 1936 年春，賴和恢復發表漢詩，幾乎停止新文學創作，賴和的新文學時期總共十年。賴和發表的第一篇新文學創作，是 1925 年 8 月登載於《臺灣民報》上的〈無題〉；最後一篇則是 1935 年 12 月登載於《臺灣新文學》上的〈一個同志的批信〉。而對於賴和新文學作品的第一次整理，則是在此稍後的1936 年夏季。

　　1936 年 6 月 21 日，王詩琅爲撰寫〈賴懶雲論〉，寫信給

楊守愚商借賴和創作原稿，但遭到賴和拒絕。賴和說：「代表作家？很慚愧的，我不敢當，還是寫別的吧。要是想寫懶雲論，那麼，等我死了才寫吧。」對於創作原稿，賴和則是主張：「我的作品，要是有保存價值，就讓後人去搜集，不然，就任牠湮滅去。」但在幾度接洽後，6 月 24 日，賴和同意提供材料給王詩琅參考。楊守愚遂搜集、整理賴和曾經發表過的新文學作品，並且認爲應該讓堂郎（賴賢穎）「著手把這些作品抄錄保存不可」。6 月 27 日，王詩琅再次去信詢問「賴和先生處女作小說、年齡、畢業醫學時之年齡和什麼年、性格和奇異的行動、全面貌最顯然的代表作、雅號等」問題。楊守愚就此問過賴和，再與黃朝東、賴賢穎等人討論後正式回信答覆王詩琅。由此可知，1936 年 8 月王詩琅發表的〈賴懶雲論〉，是集合了包括賴和在內的彰化文人共同參與的結果。

賴和過世之後，1943 年 4 月，在《臺灣文學》製作的「賴和先生追悼特輯」中，朱點人曾經呼籲要編輯出版《賴和全集》，並設立「懶雲文學獎」；該刊編輯部同時預告將刊出張星建撰寫的「賴和傳記」，但這些倡議當時都未能獲得執行。

戰後，賴和手稿由其長子賴燊收藏保管。1973 年左右，賴燊曾整理、抄寫賴和漢詩寄給楊雲萍，此即《賴和手稿集》漢詩第十三卷謄寫在「懶雲遺稿」上的作品。1979 年 3 月，在賴和哲嗣賴燊、賴洝的協助下，李南衡主編《賴和先生全集》出版。這本書建立了往後編輯賴和文集的基本體例，一是文類分卷的編排架構，一是對於日文與臺灣話文的字詞注釋。前衛出版社在 1990 年印行的《賴和集》，以及 2000 年出版的《賴

和全集》，基本上都採用了李南衡所設定的文類框架與注釋。

　　1979 年出版的《賴和先生全集》，在臺灣文學史上展現了重要的傳承意義。引領李南衡走入臺灣文學史料的王詩琅，正是 1936 年〈賴懶雲論〉的撰寫者。在 1936 年的文章中，王詩琅說：「實際臺灣の新文學が今日の隆盛を來したのは、彼に負ふ所や尠しごしない。ご云ふよりは彼は一方の育ての親であるご云つた方が適當であらう。」1979 年，李南衡把這句話翻譯爲：「事實上，臺灣新文學能有今日之榮盛，賴懶雲的貢獻很大。說他是培育了臺灣新文學的父親或母親，恐怕更爲恰當。」後來爲人們所熟知的賴和是「臺灣新文學之父」的說法，即來源於此。

　　1985 年 12 月，林瑞明發表〈賴和與臺灣新文學運動〉，這是他漫長的賴和文學研究正式展開的起點。林瑞明畢業於臺大歷史所碩士班，其指導老師是賴和的同時代作家楊雲萍。1991 年，賴燊在彰化成立賴和圖書室，將其所藏賴和資料提供外界閱覽，林瑞明即在賴悅顏的協助下，得以直接研究賴和手稿。1993 年 8 月，林瑞明總結其成果，出版《臺灣文學與時代精神：賴和研究論集》，此書同時建立了其後來整理賴和手稿的體例基礎。

　　1994 年，爲紀念賴和百歲冥誕，賴和文教基金會於 1 月成立。同年 6 月，林瑞明整理的《賴和漢詩初編》，以及賴和紀念館編輯之《賴和研究資料彙編》，由彰化縣立文化中心出版。這兩本書代表了林瑞明整理賴和手稿工作的階段性成果。同年 11 月，清華大學陳萬益、呂興昌舉辦「賴和及其同時代

作家」國際研討會，以賴和爲代表的臺灣文學研究正式邁入學院的高牆內。1995 年 5 月，賴和長子賴燊、長孫賴悅顏在賴和醫院舊址新建和園大樓，設立賴和紀念館之新館，典藏並公開賴和手稿及相關文獻資料。

2000 年 5 月，《賴和手稿影像集》由臺灣省文獻委員會與賴和文教基金會出版；同年 6 月，《賴和全集》由前衛出版社發行。這兩套書是互爲表裡的賴和文學作品全集，由林瑞明擔任主編，陳薇君擔任執行編輯。《賴和手稿集》共有四冊，分別爲「漢詩卷」（上、下）、「新文學卷」、「筆記卷」，另有一冊《賴和影像集》。這套全彩印刷的書籍，以「圖片」作爲媒介，清楚、直接地呈現了賴和在手稿上寫作與修改的過程。《賴和全集》則是對賴和文學作品進行重新排版與整理，全書依序爲「小說卷」、「新詩散文卷」、「雜卷」、「漢詩卷」（上、下），並於隔年發行「評論卷」。整體而言，《賴和全集》的編輯是建立在對《賴和手稿集》整理的基礎上所完成。不管是在傳統漢詩文或者新文學作品的數量與質量上，2000 年的《賴和全集》都更全面而且完整地呈現了賴和文學創作的風貌。但由於賴和手稿有反覆塗抹、修改的情況，部分內容還受限於草寫字體、墨水暈染、紙張殘缺等問題，因此在辨識與校勘上，當時確有相當的困難。

2001 年，陳建忠以《書寫臺灣，臺灣書寫：賴和的文學與思想研究》獲得清華大學博士學位，這是賴和研究在學院內開花結果的標誌性成就。陳建忠對賴和文獻資料的採集蒐羅，有部分已被收錄在《賴和全集》的「雜卷」之中。2003 年，

元智大學羅鳳珠與清華大學陳萬益，共同主持「賴和數位博物館」計畫。這項工作以資料庫設置的概念，將賴和的文學手稿、刊稿、照片、醫學筆記等逐一編號命名，重新翻拍並建立影像資料，完成了翔實可供檢索的賴和文學數位化檔案。

2018 年初，在國立臺灣文學館與賴和文教基金會的合作下，「新編賴和全集」計畫開始再一次重新整理賴和文獻資料。此次工作是以 2000 年林瑞明主編的《賴和全集》、《賴和手稿影像集》，以及 2003 年羅鳳珠、陳萬益建立的「賴和數位博物館」資料庫爲基礎，對於賴和的文學手稿、刊稿，與相關文獻資料，進行全面的清查、校對。歷年來賴和文獻整理工作既已形成的編輯傳統：文類分卷與字詞注釋，在此新編中仍接續保留。新編賴和全集的計畫目標，還是延續著多年以來臺灣文學研究者共同努力的方向，那就是推廣賴和文學，提供給一般讀者更能夠親近閱讀的賴和文本。

「新編賴和全集」工作小組由賴和文教基金會吳潮聰董事長爲召集人，蔡明諺爲計畫主持人（新詩卷、散文卷、資料索引卷），許俊雅（小說卷）、陳家煌（漢詩卷）、呂美親（臺語文、日文注釋）爲共同主持人，蔡佩容爲編輯助理，張綵芳爲專案助理。賴悅顏、林瑞明（2018 年 11 月過世）、陳萬益、施懿琳、呂興忠等先進前輩擔任顧問並參與諮詢會議。在專案審查過程中，呂興昌、廖振富、黃美娥、李漢偉等諸位委員曾提供許多精闢的修改建議；而在文字材料的判讀上，莊千慧、李承機曾給與非常重要的協助，陳淑容則提供了數筆未曾面世的文獻資料，他們的鼎力幫忙尤其讓人感念。國立臺灣文學館

廖振富館長、蘇碩斌館長，研究典藏組許惠玟組長、林佩蓉組長以及王雅儀承辦人，先後對於本案表達了充分的支持與包容。賴和文教基金會周馥儀執行長、白佳琳執行長在行政庶務上給與即時而必要的協助，前衛出版社主編鄭清鴻在出版編輯上提供許多專業的建議。這些工作都是群策群力所完成，並非單憑一己之力所能達到。我們感激賴和家屬長年來為臺灣守護賴和手稿，我們緬懷林瑞明老師、羅鳳珠老師，感謝李南衡老師、陳萬益老師，繼續支持陳建忠老師，並且感念歷年來為賴和文獻的整理工作付出心力的所有的人們。

　　賴和是根植於臺灣民間的漢詩人、新文學作家，希望《新編賴和全集》同樣也可以跑向民間去。

「新編賴和全集編印計畫」主持人
國立成功大學臺灣文學系副教授　

散文卷編輯凡例

一、《新編賴和全集》共分為五卷，依次為：漢詩卷、小說卷、
新詩卷、散文卷、資料索引卷。

二、本書為散文卷，收錄賴和散文之「稿本」及「刊本」。稿
本，即賴和撰寫於稿紙或筆記本上之作品。刊本，即公開
發表於報章、雜誌或單行本上之作品。

三、散文作品以稿本寫作或刊本發表時間依序排列。翻譯作品
〈尼采〉與〈第一義諦〉置於卷末。

四、作品原無標題者，由編者擬題，並以符號〔〕表示。標題
之後，詳列作品版本以供參考，並標示正文採用底本。正
文之後有「版本說明」，內容為作品刊本發表狀況，稿本
書寫狀況，以及其他對於該作品必要之說明。

五、賴和書寫時慣用的行草字、俗字、異體字等，改為現在通
行的繁體字。例如「已、己、巳」，「拆、折」當時行文
不分，編者皆依上下文意改正。若有特殊用法，例如表示
發音的古字、翻譯名詞等，則保持賴和用字原貌。如有錯
字、誤植、衍字，則以符號〔〕表示編者之訂正。

六、標點符號為方便閱讀，皆改為新式標點。正文中有缺字、

脫落字，或字跡塗抹修改，以致無法辨識者，以符號□表示。若爲賴和使用之特殊符號，則予以保留。例如符號（）之內文，是賴和加註的說明。符號○或×，是原稿用以表示空格或分隔線。

七、注釋置於頁尾，正文提及之人物、事件擇要加上釋義，臺灣話文、日語借詞則加上釋義及標音。臺語標音採用2006年教育部公告之《臺灣閩南語羅馬字拼音方案》（臺語字第0950151609號）。注釋詞目於每卷第一次出現時加注，重出不另加注。例：

　　【臺灣話文】永過：íng-kuè，以前。
　　　　　　　　囝仔：gín-á，小孩。

　　【日語借詞】月給：げっきゅう；gue̍h-kip，月薪。
　　　　　　　　運轉手：うんてんしゅ，ūn-tsuán-siú，司機。

八、爲符合當代數位化資訊呈現方式，本書版面一律改用橫式編排。

目次

散文卷導讀

陳萬益
國立清華大學臺灣文學研究所
榮譽教授

一、《新編賴和全集‧散文卷》的版本特色

　　《新編賴和全集》是賴和文本的第三度全面收集、整理與出版，築基於李南衡《日據下臺灣新文學‧明集1：賴和先生全集》（1979）和林瑞明《賴和全集》（2000）的基礎之上，加諸《賴和手稿集》和近卅年學者從報刊陸續發現輯佚所得而相對完備的版本。

　　全書五卷，依次為：漢詩卷、小說卷、新詩卷、散文卷與資料索引卷。收錄文本包括「稿本」和「刊本」，「刊本」是已完成發表在報章、雜誌或單行本之作品；「稿本」則完成度不一，有完稿未見發表，有一文多稿未定稿的篇章，而殘稿亦多。編排序列以稿本寫作時間或刊本發表時間挪移；和前此兩個版本一樣，對文本提及之人物、事件擇要釋義，臺灣話文和日語借詞則加上釋義及標音；而每篇正文之後的「版本說明」，涉及刊本發表狀況、稿本書寫狀況，以及相關必要說明。

　　李南衡的全集初備，林瑞明則較全面整理手稿、擴增篇幅，蔡明諺新編更細緻地注釋、校正文字，尤其在版本的說明

上更見功夫，本文只就《新編賴和全集・散文卷》（以下簡稱《散文卷》）舉例說明新編的版本特色。

首先，散文獨立成卷是新編特色。李南衡在小說、（新）詩、舊詩詞三類之外，「隨筆雜文集」、「序文」、「遺稿集」均收攝在《散文卷》；而林瑞明則將散文與新詩合為一卷，但是又將「日記」、「雜文」及他人的作品、書信等合為「雜卷」。也就是說：全集的三個版本對新、舊詩、小說的文類有共識，散文則有歧見，所以李、林把「序文」、「日記」以及「雜文」排除在外；蔡則合而為一，包括兩篇翻譯的文本（此可能是篇幅考量）。《散文卷》收錄的文本包括文言文和白話文，最早的是賴和學生時期 1913 年的文言「記事」，最晚的是 1941-42 年的〈獄中日記〉，依時間序閱讀，我們可以讀到在「新舊交替的時代」，一個具有「新思想的人」的思維與行動，包括地方事務的介入和新文化、新文學運動的完整表現。

其次，《散文卷》在某些篇章之後作必要的附錄，於讀者大為便利，如〈來稿訂誤取消〉附《臺灣日日新報》的來稿〈毀謗聖人〉；〈讀臺日紙的「新舊文學之比較」〉附報紙的原文；〈謹復某老先生〉附上賴和所回應署名「老生常談」之〈對於所謂新詩文者〉，兩篇正文和附錄對新舊文學論戰雙方意見的並列呈現，極具參考性；〈獄中日記〉附錄《政經報》楊守愚的〈序言〉以及蘇新的〈編輯後記〉對賴和其人其文的精神，有最精確的同時代人的表彰。

當然，《散文卷》極為難得的新增了一篇賴和散文刊本：《現代生活》第 3 號（1930 年 11 月 17 日）的〈隨筆〉〔抄書、

重陽、異樣〕，刊本出土、釐清了林瑞明依據手稿集收錄的〔重陽〕和〔中國的藝術〕兩段文字，只是〈隨筆〉的部分，而〔中國的藝術〕出自《駱駝草》，是賴和抄書，並非自撰。

因為《現代生活》雜誌的發現，〈開頭我們要明瞭地聲明著〉這篇賴和對新舊文學極有見地的文章，林瑞明判定發表於《現代生活》創刊號（1930 年 10 月），陳建忠採用其說；蔡明諺檢視《現代生活》，不見此文，而從手稿編頁序與〔吾們〕相接，推測寫於 1925 年 1 月，與「流連索思俱樂部」之成立相關。此一「版本說明」重新認定了李南衡「一九二四年前後，臺灣新舊文學論戰初期的作品」的說法。此說可信，則「流連索思俱樂部」在成員共同署名發表的諷刺性的〈紳〉篇之外，得有兩篇散文，可以增進對此一群體思想的認知；而此文的寫作風格，相較於 1926 年賴和參與論戰的兩篇文章〈讀臺日紙的「新舊文學之比較」〉和〈謹復某老先生〉，此文顯然對舊文學比較包容；而行文多有臺語（如：「沒够」、「沒有用著」、「緊重」），「大家們」一詞的運用，皆顯示賴和書寫白話散文的早期狀態。這也是「版本說明」精簡的文字可以肯定、可以續予探究的成就。

二、賴和散文研究的概況

賴和散文研究的第一聲是許達然的〈日據時期臺灣散文〉，此文發表在 1994 年清華大學舉辦的「賴和及其同時代的作家：日據時期臺灣文學國際學術會議」，在全面檢視日本

時代的中文和白話散文後，「先從散文語言問題談到問題散
文，後略述社會觀察、人生探索、本地外地經驗，個己情愫、
他人生活，和女性散文」。因此開啓了臺灣學界散文研究的新
視野。

許達然認爲：在同時代散文書寫群體中，「賴和的散文獨
出一格，值得另外討論」。他依序論及賴和的散文篇章：〈無
題〉、〈忘不了的過年〉、〈前進〉、〈無聊的回憶〉、〈不
幸之賣油炸檜的〉、〈我們地方的故事〉。他特別肯定「有
氣勢、反映時代的〈前進〉是日治臺灣最好的散文的一篇，
在語言和思緒的前進中，貼切建造『感覺架構』（structures of
feeling）：『人民所感到的思想和所想到的感覺。』」並且作
了結語：「賴和的作品總是眞切關懷他熱愛的臺灣人，散赤的，
被凌辱的，男的女的。」許達然高度推崇賴和散文，雖然論及
的篇章不多，論述篇幅有限。

相隔約十年，陳建忠發表〈先知的獨白──賴和散文論〉
成爲第一篇賴和散文研究的專論，也是此後賴和研究的資料彙
編中一再收錄的唯一的賴和散文研究論文。其實，在論文發表
後的隔年（2004 年），建忠出版了專書《書寫臺灣‧臺灣書寫：
賴和的文學與思想研究》第六章三、四兩節，分別題作〈日據
時期臺灣散文的發展〉和〈先知的獨白：論賴和散文的主題和
風格〉，對論文有相當修訂和增補。

建忠對許達然的散文研究有承繼，也有商榷，但是專論賴
和，所以更全面、更有獨到看法。他用「先知的獨白」談賴和
的散文，因爲這些篇章提出的問題，知識分子的心靈紀錄，都

是時代的先行者，具有「先知」的視野；可是，賴和的憂思感懷，在現實的運動中，存在悲觀和懷疑，而不能不有「孤身」的感覺，所以，他的散文又是「獨白」。建忠認同賴和散文具有獨特的風格及主題，顯示殖民地下所具有的時代感，而作爲臺灣現代散文的早期作品，賴和爲散文此一文類創造出某些形式，兼具有「反抗」與「美學」，讀者透過賴和散文也最能深刻理解臺灣知識分子的精神史。

　　建忠沒有接受許達然「問題散文」的說法，而稱爲「論述散文」，包括文化論述、文學論述；但是，不以論述形式，又不乏文學技巧的散文，則以今人「知性散文」指涉。因此，〈先知的獨白〉偏於「抒情散文」，包括三類篇章：

1. 個人抒情散文：〈無題〉
2. 歷史抒情散文：〈忘不了的過年〉、〈無聊的回憶〉、〈我們地方的故事〉、〈前進〉
3. 寫人散文：〈高木友枝先生〉、〈我的祖父〉、〈紀念一個值得紀念的朋友〉、〈輓李耀灯君〉

　　以上篇章，建忠多有析論，其中〈前進〉一文則冠以「詩化散文」，大篇幅討論其歷史與文學脈絡、三個象徵意象及其「光」的所在的夢想國，「它是第一篇以詩化散文的手法、類型，來描繪殖民地臺灣的時代氛圍與文協分裂事件，反抗與美學這兩種精神被結合得如此渾融，正是〈前進〉這篇作品在臺灣散文發展史上值得加以標舉的原因」。

此外，建忠將〈前進〉與魯迅的散文詩集《野草》連結閱讀，並進一步召喚日本時代相關散文詩創作問題；而〈高木友枝先生〉一文也和魯迅的〈藤野先生〉涉及東亞的知識交流與民族情結問題，作為同是啟蒙知識分子的賴和與魯迅，其精神性的相通與生平經歷的歷史道路，其可比性也是頗有興味的議題。建忠繼林瑞明之後，進一步專文論述。

受到許達然和陳建忠的啟發，趙偵宇在十多年後以《觀念、分類與文類源流：日治時期的臺灣現代散文》為題，完成碩論出版。他進一步討論臺灣現代散文觀念的多元承繼、散文的分類、在臺日人的日文隨筆和現代散文的「非美文」傳統。討論的作家主要是：在臺日人青木繁、丸井妙子和臺灣作家周定山、黃鳳姿與《臺灣民報》的「問題散文」。此書沒有論及賴和散文，但是提供了臺灣現代散文初創時期的相關背景知識，可以更精確把握賴和散文的寫作情境與成就。

三、賴和散文的精神性與寫作徑路

前述許達然和陳建忠討論賴和的散文，主要集中在〈無題〉及其後正式發表的現代白話散文，其他個別的討論也多侷限在〈前進〉、〈獄中日記〉等篇章，或者從新舊文學論爭去省視賴和〈讀臺日紙的「新舊文學之比較」〉等相關文本，也就是說：從現代散文的觀念去閱讀賴和的抒情和知性的散文。這當然沒有錯，只是：賴和的散文既是首度獨立成卷，又經明諺相當細緻的整理、注釋和說明版本，那麼，以下敘述重點將

擺在這個版本所能提供的賴和精神性及散文寫作徑路的相關訊息，以彌補前者論述之不足。

首先，我們看賴和的文言文文本。賴和小時候接受書房教育，漢詩、漢文是表達感情思想的基本形式：〈戒奢侈說〉、〔臺灣青年自覺論〕是傳統的論說，參加彰化崇文社的徵文；〈伯母莊氏柔事略〉、〈小逸堂記〉也是傳統的記人記事篇章，後兩篇皆留存有二稿，顯見賴和在新文學創作前用心所在。從散文的精神性來說是比較傳統與保守的，如〔臺灣青年自覺論〕所說：「要之，生於臺地，不敢自忘；心希同化，不敢自求。隨遇為安，以力作活；事所當事，行所當行。為自自由由幸福之身，作歡歡喜喜太平之民。」完全與今日所知的賴和言行全不相符；事實上如此謹言慎行，也非青年賴和的真實面目，在1913 年總督府醫學校時期的一則文言〈記事〉言及與友生在《食堂新聞》上論爭：「理之所長在我，其如言辭過激，遂為眾所不直。礦溪會之聲，因之頓挫。」賴和特別「誌之備忘」。很不幸的，賴和自省所謂「言辭過激」不僅在地方上又為自己惹來「毀謗聖人」的輿論，後來參與新文化運動也動輒被扣以「思想過激」而不免牢獄之災。

〈來稿訂誤取消〉和〔前夜修辭會〕是 1921 年 11 月 7 日《臺灣日日新報》刊登讀者投書，批評賴和在彰化青年會開修辭會上主張自由人權以回應同姓可否結婚的爭議，甚至於說孔孟教義，束縛人權，是漢族之大罪人，孔廟宜毀等言論是毀謗聖人的過激思想。賴和的「訂誤」以下引文字為其核心思想：

……林氏演說，不僅斯論，並及中、西學之長短。新學
子之精神，使僕不能不言。雖失於輕躁，亦有所刺戟。
因反對尊古，乃唱革新。有謂思想拘泥於舊，道德日遠
乎古，皆由昔儒少能創造，但事模擬。道德只懸諸口者
多，能顧於行者寡。且多見夫行汙納穢，嗜利慕名之
徒，每借孔孟之教以自解，道德之教以爲辭，中心懷
疑，憤激出之，不覺遂有孔孟罪人之語。

　　雖然對事件發生當下的言行，賴和表示失於輕躁和憤激，
更多的是爲自己思想辯解，甚至於轉而攻擊守舊人士言行不
一，「少於創造，但事模擬」。多年後，在小說〈彫古董〉中
自我解嘲：稱自己有「遺老氣質」，對漢學用心過，傾向精神
文明，曾被冠上「聖人」的尊號，在騷壇露過面（按：指賴和
在《臺灣》發表多首漢詩），終究爲道學家非難，謂他侮辱聖
賢，他也不否認是受到「惡思想」淘化的「變相」。

　　「毀謗聖人」事件是賴和平生第一次重大的思想鬥爭，發
生在1921年文化協會成立不久，這一年底，林瑞明認爲賴和
開始練習白話文寫作，寫南社十五周年的祝賀詞，大概是到了
1923年，賴和才有更積極的現代小說和新詩習作。但是，眞
正讓賴和決心捨離漢詩漢文，選擇白話文創作，似乎是在「治
警事件」之後：《散文卷》收錄兩件賴和在獄中用塵紙書寫的
手稿〔一般社會的事〕、〔五月〕以及出獄不久寫的〔我這次
回來〕、給王敏川的信（刊登在《臺灣民報》「編輯餘話」）。
顯然，這一次事件「是向平靜的人海中，擲下巨石，使波浪洶

湧沸騰」（〈隨筆〉，1931.1），賴和一再思及遭致此一不幸
事件的思想與行動的肇因，包括他參與的彰化同志青年會配合
東京臺灣青年會文化講演團在彰化舉行演講，也對此一橫逆得
到社會同情、稱讚，表達堅決的信念，他在聚會中甚至出以宣
戰式的發言：

> 我有點點希望，尤其是望這幾位先覺的先生們。我們是
> 青年黨、進步派，不容許那安寧秩序的先生們把我們綑
> 束住，希望記憶著今晚是對「無事平安的心理」先生
> 宣戰的日子。社會是不斷地日在進化、變移的行程中，
> 我們可能生根釘住不讓他轉移麼？（〔我這次回來〕）

「青年黨、進步派」是賴和的自我定位。隔年，賴和與陳
虛谷等人成立「流連索思俱樂部」，1925 年 2 月 11 日《臺灣
民報》3 卷 5 號刊出俱樂部十六會員所寫的漢詩〈紳〉，這些
詩篇和前此的「應酬品」（〔一般社會的事〕）已有所不同，
而對時人時事有所針砭。如果再加上〈開頭我們要明瞭地聲明
著〉和〔吾們〕兩篇手稿，賴和似乎要與俱樂部的同人共同從
事「精神界的墾荒」，紹介現代思想、藝術科學，這一段文字
應該是俱樂部成立的宗旨：

> 吾們人要申展個性，發見生命的價值，享受生活的趣味
> 和快樂。須要脫出因襲的環境，破棄盲目的生存，創造
> 文化生活纔能夠達到。（〔吾們〕）

　　而〈開頭我們要明瞭地聲明著〉如題所示，是俱樂部成立之時對外的聲明，表達「新文學的必要，新倫理建設的緊重」。開頭如是聲明：

> 我們是要唱道平民文學、普及民眾文化這一種藝術運動。那富有普遍性的新文學，是頂適用的工具，所以我們敢把她介紹給大家們。

　　新文學運動可能就是賴和與流連索思俱樂部的成員從事精神墾荒的手段，或許也在呼應前一年張我軍在《臺灣民報》所掀起的新舊文學論爭。但是，流連索思俱樂部的文獻極為有限，我們無從知道這兩篇聲明為何沒有對外公開，而俱樂部有無相關具體行動等；對賴和來說，我們則看到他開始發表新文學作品。

　　從以上脈絡來看，賴和書寫第一篇現代散文〈無題〉是相當用心的，同時，他積極回應《臺灣民報》的「設問」，在二林事件後發表第一首新詩〈覺悟的犧牲〉，隔年（1926）1月發表第一篇小說〈鬥鬧熱〉，並在張我軍來訪後寫〈讀臺日紙的「新舊文學之比較」〉、〈謹復某老先生〉正式參與新舊文學論爭，發表小說〈一桿「稱仔」〉，成為新文學運動的旗手。

　　對於這篇楊雲萍高度肯定的新文學運動以來，「頭一篇可紀念的散文」，陳建忠把它定位為寫小我情懷的「個人抒情散文」，是賴和散文的僅有之作。我個人看法：此說不盡允當，既說賴和沒有將私密心情寫進作品的習慣，一如他處理感情問

題一樣低調，可是又如何解釋賴和偏偏選擇「戀愛」的題材嘗試寫作白話散文呢？可見：自由戀愛和婚姻問題雖有私密性，在 1920 年代的時候卻是公共性的議題，賴和被「毀謗聖人」由論辯「同姓（氏）可否結婚」而起，而 1926 年「彰化戀愛事件」鬧得沸沸揚揚，賴和也寫了〔當這個新舊交替的時代〕，主張「婦女解放、戀愛自由」，所以，作為起手式的〈無題〉處理的非賴和個人私密的心情，而是有意描述戀愛情愫，與舊觀念舊權勢析論對抗，作為「新舊交替的時代」的「新思想的人」，以新時代的題材和語言形式，寫下第一篇現代散文，是別具意義的。

〈無題〉寫自由戀愛的挫敗無奈與傳統婚姻的質疑，以第一人稱想像戀人被迫結婚，在喜慶儀典中聲聲哭泣。前半以白話文描述，後半為新詩，詩文互相烘托，以再現失戀青年的悲悽。從題目到篇章的語言形式，明顯地透露賴和從傳統漢詩人轉換到現代作家、新詩人的痕跡，如以下這段文字：

> 一樣去年的園子，一樣深綠的夏天，纔經過一番的風雨，遂這麼闊沒啊！依舊這亭子，依舊這池塘，荷葉依舊的青，荷花依舊的白，可是嗅不到往年的氛香！找不出往年的心境！唉！我的心落到什麼地方去啊？

漢詩的排比對仗，賴和出諸白話，更加自然而靈活，難怪同為漢詩人的楊雲萍會讚許「形式清新，文字優婉」；而本質詩人的賴和喜歡在散文中間夾雜詩句——晚年的〈獄中日記〉

還有如此表現——此文不寫漢詩，而刻意用新詩表現，也印證了他參與新文學運動的決心。同時，也可以說：即使〈無題〉的文與詩並列的形式看起來比較生硬，散文的詩情詩性特色，在 1928 年的〈前進〉成就了詩文交融、渾然天成的佳構是有其淵源的。

〈無題〉發表以後，賴和積極從事新文化和新文學運動，1928 年的〈前進〉和〈無聊的回憶〉是賴和散文的傑作，前者針對文化協會的分裂發言，此文的歷史性和文學性的重大意義和價值，自林瑞明、許達然到陳建忠，都有深刻剖析，許為日治時期最好的散文，如今彰化市八卦山上還樹立了全文的銅版雕刻，供遊客閱覽。此處不再申論，可以補充的是：此文曾經被視為小說，從李獻璋的《臺灣小說選》到戰後施淑編的《賴和小說選》，顯示作品在詩性之外，兼有小說的敘事性，只是今人大概都將它定性為散文：詩化散文。〈無聊的回憶〉是賴和散文中篇幅最長者，賴和比較了傳統書房教育和日本殖民教育的不同，對於殖民教育的語言問題、絕對服從的品行要求和學生的出路有深入的反思和批評，面對自己的孩子不得不到學校學習，相當無奈，他說：

> 時代說進步了，的確！我也信牠很進步了。但時代進步怎地轉會使人陷到不幸的境地裡去？啊！時代的進步和人們的幸福原來是兩件事，不能放在一處並論的喲。

這般話不只針對殖民教育來說，也讓讀者對所謂的現代

性、進步性等深切檢討。

　　其次，我們要討論兩篇以「隨筆」為題的篇章。以「隨筆」為題或作為散文欄位、書名等，在日本時代並不少見，趙偵宇曾經統計了當時報章雜誌散文欄位名稱二、三十種，包括：隨筆、漫錄、小品、日記、放言、雜記、雜文等，涉及時人對散文的觀念、分類，我們無暇細論，賴和本人也未曾有相關的文字。賴和可能只是隨俗用了這個篇名。

　　〈隨筆〉〔抄書、重陽、異樣〕發表於《現代生活》，〈隨筆〉〔這一日、自己清算〕發表於《臺灣新民報》，兩篇寫作時間相近，從 1930 年 11 月到 1931 年 1 月 1 日，形式也有些雷同；同一標題下各包含三則或兩則不相關連的內容。可是「隨筆」之名，看似隨性自由的寫作，賴和這兩篇似乎在隨性之中，也頗有心思和感慨，譬如前篇中的「重陽」一則，從詩人傳頌的重陽節詩句說起，「我不是詩人」在此地此時，玩味不出詩句的好處；可是，詩人的佳節可約朋友到「無人監視」的山頂，長嘯狂歡，自由吐露胸中鬱抑，不會受干涉，且沒有被「檢束的危險」，快哉詩人，勸人「趕緊學做詩人」；第三段再轉折，「永過我也真希望做個詩人」，漢詩人，不是真實的詩人，偉大的真的詩人，「後來我漸覺得現下這時代，不會比前時代渺小。而且還較偉大，所以這時代的詩人當然要比前的時代較偉大纔合理。可是，我自省的結果，覺得不配，乃不得不把做詩人的希望放掉」。最後，他錄下了三首昔日到各處詩會賦詩。結尾說：

　　這是六、七年前有的一部分心情，向後每年都沒有作詩
的興趣。今年在新聞紙上味些血臭、看些銃聲，雖有些
感想，詩卻做不出來，也只得翻翻舊槁〔稿〕看。

　　全篇從重陽詩句談到自己不是詩人，昔日的漢詩人不是眞
詩人，千迴百轉，文末點題，時局惡劣，已六七年做不出詩。

　　後一篇〈隨筆〉與前一篇寫作時間相近，賴和鬱悶的情緒
延續，第一則「這一日」寫「治警事件」同獄的難友六七年來
的紀念性同遊活動，殖民者藉法律權威壓迫，而感慨「我們島
人」被評定的共通性：受強權凌虐，總不忍拋棄生命對抗；第
二則「自己清算」，以戲謔的筆法清算、嘲諷自身是何等樣的
「人物」。

　　總結以上，賴和的兩篇〈隨筆〉貌似隨性，實則含藏深刻
的時代感懷，而其筆法，正反翻轉，自由遊移，無意間映現殖
民現實與知識分子被禁壓的欺辱感，讓讀者陷溺其中，同申感
慨，絕對是日本時代值得重視的散文篇章。

　　以下，我們再將〈紀念一個值得紀念的朋友〉和〈高木友
枝先生〉合起來閱讀。雖然兩篇的寫作時間相隔多年，但是，
同為寫人散文，同是賴和在醫學校時期的人物，前者是同學，
後者為老師。

　　《散文卷》首度將〈紀念一個值得紀念的朋友〉與1913
年的〈記事〉合讀，點出賴和的這位朋友叫黃調清（1899-
1923），受到中國革命成功的影響，學生的民族精神覺醒，利
用校內的《食堂新聞》討論起來。有人發表了秋瑾的遺詩「國

破方知人種賤」有所批評，一位學生加以抄錄，被疑為奸細要抄去報官，引發正反雙方在《食堂》上論戰，而黃調清正是立在陣頭的賴和的怨敵。賴和此文先由「呼哩摩挲」（即今譯「福爾摩沙」）的山川草木、鳥獸魚蟲，是仙島，是寶庫，可是沒有一個具世界名聲的人物，還被定評臺灣人「怕死、好名、重利」（按：即後藤新平的治臺三策以為臺灣人的性格「怕死、愛錢、重面子」）；而這個怨敵在暑假遊彰期間，對賴和有感而發的說了一段話：

> 我們臺灣人，都有和你一樣的心理，常要提起那已往的不可再來的歷史，來誇耀別人，來滿足自己，所以纔淪作落伍的民族，不能長進。

之後，賴和的塾師對黃的評語是：不尋常的「另外一種人物」，對自身向來以培養模範青年、善良子姪為目標，塾師承認教育錯誤，因為「那只是駕車的馬，拖犁的牛，規規矩矩不敢跨出遵行的路痕一步」，「現在實有另一種人物的必要」。

文章最後，賴和以象喻的筆法描寫一個狂風怒吼、暴雨將來襲、黑暗悽壯的夜裡，賴和正翻讀《陽明信札》，黃調清突然跑來求握手，看了陽明「有死天下之心，方能成天下之事」一節文字後，大笑起來，伸手握別。「一握之後，他已不是我的朋友了，以後的他也不值得紀念了，關於他的公家的紀錄，大概不會燒掉罷。」

此文對這「另外一種人物」既未指名道姓，結語又寫得相

當曖昧，似乎暗指這位人物前來握別，去從事驚天動地的革命事業，而列入統治者的黑名單中。說「不是我的朋友」、「不值得紀念」似乎有劃清界線之意；而此文題目卻又作「一個值得紀念的朋友」自相矛盾。這樣的曖昧與矛盾，從寫作時間（1931.11.22）正是臺灣自 1920 年代以來的社會運動完全遭到總督府扼殺的時候，而黃調清當年曾經與蔣渭水等人參與同盟會臺灣分會的民族反抗，所以，正面的紀念只能隱微迂迴的道出此一人物言行的特色與時代意義。

賴和的散文關切殖民地教育和臺灣人物的話題，而〈高木友枝先生〉談的不是受教者的臺灣人，而是從事殖民教育的日本人，賴和「紀錄他印象在我心目中的一些不關緊要的而感我特深的小事情」，以「先生」尊稱，以正面的記錄高木校長的言行，這在以抗議精神寫殖民地現實的賴和文學文本當中幾乎是唯一的篇章，雖然文中也不諱言師生之間存在民族的隔閡和不同立場。

賴和高度肯定高木校長的訓話：

> 要做醫生之前，必須做成了人，沒有完成的人格，不能盡醫生的責務。

他教學生「修身」，講政治、法律，為後藤新平的訓話，板垣退助主唱的同化會、醫學校升格的問題等對學生做合理解釋，對政府所謂「一視同仁」的政策，學生顯然有不同民族的立場，對羅福星事件、中國革命問題，高木明確訓示學生要覺

悟、不可後悔。至於教師體罰學生的問題，高木則以不存內、臺人的成見說服……這些點點滴滴的小事，型塑了高木校長作爲殖民地教育家的風範。而高木校長的後代在高木逝世後七、八十年，將其手稿、照片、銅像等等遺物全數贈送彰化高中典藏，似乎呼應了賴和此文寫下的師生情和高木對臺灣的貢獻。賴和以含藏不露、不失民族立場、隱微的表達，寫來相當不易。

最後，我們要對〈我們地方的故事〉多說幾句。這一篇發表在《南音》1卷3號（1932年2月1日）的名篇，尚留有賴和的手稿，題作「城」。全篇主要講說今日已消失的彰化四個城樓、城牆的故事，從城的起造緣由到塌圮，最後只留存在人們口語中的「地方」的故事，其間統治者的風水迷信、人民的反亂、鬼神的傳說交織成歷史的興廢與人民受宰制馴化的悲哀。陳建忠評此篇爲「歷史抒情散文」，別具深沉的韻味，「是個人性的觀察，卻也同時是對一個時代、一個民族發出的一聲喟歎」。以下我們將從此一散文佳構的語言形式到寓意面向補充說明。

賴和的文學語言在文言、白話和臺灣話之間揣摩、折騰，而創造出別具風格的作品，這個觀點爲多數人所接受。不過，賴和的散文——相對於小說一開始就寫臺灣話對白——基本上是錘鍊白話多，而少運用臺灣話。賴和的（中國）白話文的成就與完美，不說同時代無人出其右，戰後至今，都還是不會遜色。小說〈蛇先生〉寫寧靜午後蛇先生與公雞「督龜」的閒情，與〈可憐她死了〉結尾，女主角阿金懷著身孕在月明幽靜的夜裡，在河邊洗衣，不幸掉落水中溺斃的哀容輓歌，獨立來看，

都是情景交融的美文；〈前進〉當然是中國白話美文的名篇，可是，說到兼有臺灣話精粹的賴和散文，則非〈我們地方的故事〉莫屬。

〈我們地方的故事〉運用相當多的臺灣話詞語，如：虛詞、影跡、款式、永過、反亂、設使、頭老、小可事、年多、著力、了去、聽講、死未了等等；採用民間諺語，如：十個富戶九個乞食相、風的名所（鹿仔港）、雷起大成殿、鬼哭明倫堂；還有臺灣話的句式，如：無有人無去到公園、這也責備去實在、結局無法度、單單聽見講、把牠忘記去⋯⋯這些種種，和中國白話混合的敘述特別有臺灣散文的味道。開啓了戰後以阿盛爲代表的散文語言風格。這一面向從寫作時間來看，正是鄉土文學與臺灣話文論爭時期，而《南音》正是論爭的重要性刊物，在同一期雜誌上，同時刊載了賴和給郭秋生的信函，討論「臺灣話文的新字問題」，可見賴和用心所在與實踐成績。

〈我們地方的故事〉以第一人稱敘事，這個「我」是「講故事的人」。手稿說：城拆去了，過去了，成爲故事，潛在人的腦裡，存在說話人的嘴裡，而這個「我」曾經看過牠的塌圮，看過牠的重新，變成爲可以說故事的人；不只城牆，地方的歷史，地方的人物事件，都成爲他說書品評的趣味的故事。所以，發表在《南音》時改題作「我們地方的故事」，除了包容性較「城」寬廣外，也明顯與觀者（或聽眾）更有親近感。

賴和生平喜歡聽說書講古，月琴談唱，此文娓娓道來，很像「我」在現場說書的口白味道，所以會有很多口頭語言的臺灣話，有現場觀眾插入性提問，「我」時而故作謙虛，時而作

權威性評斷，或作自動車爬上城壁的詼諧性表述，最後言及孔
廟的鬼神災難傳說，以「等待變異的到來」懸疑作結。如是以
說書的趣味形式，收攝觀者之心，卻蘊藏深刻的歷史興廢之感
和現實的寓言，在日本時代的臺灣散文，也是唯一的傑作。

四、結語

　　賴和的散文，較諸小說和新詩，並沒有得到相等高度的評
價，或許因為篇章相對有限，也可能因為散文常被視作文學的
基本功，缺乏對應的理論和批評。賴和在 1920 年代參與新文
化、新文學運動，從漢詩人「變相」成為新文學作家，體認到
新文學是外來的品種，散文、新詩、小說等文類的創作，都是
在實踐中精進，散文作品或許沒有新詩與小說那麼鮮明的抗議
性，只是隱微迂迴地在「新舊交替的時代」傳達了一位「新思
想的人」的啟蒙思維，和追求殖民地不受馴化的「另外一種人
物」的臺灣人典範。

參考書目：

1. 李南衡，《日據下臺灣新文學・明集 1：賴和先生全集》，
　　臺北：明潭，1979.3。
2. 林瑞明，《賴和全集》，臺北：前衛，2000.6。
3. 林瑞明，《臺灣文學與時代精神──賴和研究論集》，臺北：
　　允晨文化，1993.8。

4. 許達然，〈日據時期臺灣散文〉，「賴和及其同時代作家：日據時期臺灣文學國際學術會議」論文，新竹：國立清華大學，1994.11。

5. 陳建忠，《書寫臺灣‧臺灣書寫：賴和的文學與思想研究》，高雄：春暉：2004.1。

6. 趙偵宇，《觀念、分類與文類源流：日治時期的臺灣現代散文》，臺北：秀威，2016.6。

7. 施懿琳、蔡美端，《賴和文學論（上）（下）》，臺中：晨星，2016.11。

散文

記事

稿本 　《賴和手稿集‧漢詩卷（上）》，頁53。
刊本　無。

　　癸丑三月十四日，為李得[1]君事與諸役員[2]論於《食堂》。
理之所長在我，其如言辭過激，遂為眾所不直。礦溪會[3]之聲，
因之頓挫。咎之所歸，均在和氏。慎之哉，言之不可拘〔苟〕
且也。當是起時而辨難者，嘉廳人黃調清[4]氏為最，如滿清之
留學生張春暉[5]氏亦與焉。其餘葫蘆墩[6]人、臺北人等，皆和聲
裝勢者。甚至我會員中人，亦有樂觀其成敗者。和氏有感於斯，
爰誌之以備無忘。

1　李得：1896-1923，彰化人。1917年總督府醫學校畢業，1919年任臺中廳
　　牛罵頭公醫。
2　役員：やくいん，iáh-uân，幹部。
3　礦溪會：1912年夏成立，總督府醫學校之彰化同鄉會。
4　黃調清：1899-1922，臺南人。1915年總督府醫學校畢業，後在鹽水港街
　　執業。時地方上流行性感冒猖獗，黃調清免費為庄人注射預防針，被稱
　　為「奇篤醫生」。參見《臺灣日日新報》，1920年2月7日。
5　張春暉：1916年總督府醫學校畢業。
6　葫蘆墩：hôo-lôo-tun，臺中市豐原區之舊名。

版本說明 | 手稿 1 張，稿紙（臺北谷口商店印），軟筆字，直書，完稿，現存賴和紀念館。癸丑三月十四日，即 1913 年 3 月 14 日，賴和同日寫有漢詩〈感奮〉。黃調清與《食堂新聞》論爭，可參見賴和散文〈紀念一個值得紀念的朋友〉。

〔憶君死後〕

稿本　《新編賴和全集・資料索引卷》，頁 332、335。
刊本　無。

　　憶君死後，曾幾何時而亦三年於茲矣。吾等追念夙誼，
年年於君謝世之日，至君暮〔墓〕前，吊君未死之靈，蓋定例
也，今日又適其期也。今也吾等生雖魯鈍，而嚮獲君庇，皆四
年生[1]矣。若尙得僥倖，於明年今日同出母校、共離此地。或
在天之南、或在地之北，得再立君暮〔墓〕門，一掬傷心淚耶？
是未可知也。或恐年年之於今日，亦復不知矣。嗚呼，思及此
亦不自知其悲矣。顧君之死，人生常事也，吾等之悲傷，至情
也。嗟乎，方今世事，與時俱遷，人情逐勢變易，而君長使吾
人追念不忘，是何然哉？余不知其所以然者。雖然，假使君先
一年而死，或後一年而死，其能使吾等長爲哀痛也耶？是未可
知也。而吾等尙能若此哀痛、嘆息、不忘也耶？是亦未可知也。
君亦死得其時矣，亦可云萬幸矣。君而有知，當亦首肯吾言矣。
君其卻不知也耶？可哀也已矣。

1　四年生：sì-nî-sing，總督府醫學校本科第四學年之學生。醫學校修業年限
　　爲五年，分爲預科一年，本科四年。

版本說明｜本文作於 1913 年春，見於詹作舟所藏之賴和漢詩手
稿，現存於國立臺灣文學館。周君，即周甲。賴和
另有漢詩〈重典周甲窗兄之墳即賦所感〉，與本文
爲同時所作。

附：〈**醫學生葬式**〉，《**臺灣日日新報**》，1910 年 5 月 5 日。

醫學校本科一年生周甲，阿緱廳人。明治四十二年入醫學
校肄業，成績良佳，蒙列第二。罔料造化小兒，最忌聰明，
月前患病，藥石無效，遽於近日逝去。該父母接電，急馳赴
來校，旋於大昨日出葬三板橋共同墓地。是日同校師徒數百
餘人一同會葬，有道士鼓吹輓軸，頗極周至。氏年一十九歲
哉。

戒奢侈說

稿本　無。
刊本　《臺灣日日新報》，1918 年 6 月 12 日。

　　竊默攷夫奢侈之所由生，蓋與社會之經濟、人文之程度，大有關係存焉。方今世人心理，遠與古殊。衣食足則優遊逸樂之心萌，知識備則好奇務巧之情生。故富裕乃養成奢侈之培基，人文爲發生奢侈之胚胎。觀夫窮奢之區，必也經濟富足之社會，人文萃聚之巨都。窮鄉下里不可得而見，不學愚魯者不能得而相效。況藝術之進步，多有輓[1]乎奢侈之促進。似乎社會與奢侈，不能兩離者。雖然苟善用奇財則可，不善用者，其害伊於胡底[2]也。方其時也，社會經濟，雖呈圓滑之觀，而其固有已漸耗於不覺。人文似極發達之美，過此以往，已畫[3]而不進矣。且人之奢侈也，以花酒資娛樂，憑宴遊爲交際。虛榮是尚，道德遂亡。製服必巧擇神針，創戻〔房〕必上窮鬼斧。縱情極欲，務求適志。身體流於羸〔羸〕弱，生殖因之不繁。啓人民怠惰之心，挫國家富強之勢。影響所及，豈淺鮮哉。洋極東西，事證今古，其例誠不可枚舉。茲有慨於斯，故爲是說

1　輓：buán，拉、引導。
2　伊於胡底：i-î-hôo-té，不知道將落到怎樣的地步，比喻後果不堪設想。
3　畫：uē，終止，畫地自限。

焉。欲與世之同志，黽勉共戒而已。

評曰：篇中之論，非無所見，然禮義生於富足，可以促進文明，豈反以為病乎？惟貴能善用其財耳。

版本說明｜本文發表於《臺灣日日新報》，1918 年 6 月 12 日。手稿不存。發表時標題另有說明：「彰化崇文社課題，第十名廈門賴和。」

〔臺灣青年自覺論〕

稿本　《賴和手稿集・筆記卷》，頁185。
刊本　無。

　　臺灣青年自覺之論出，予日夜思索，不知欲何所覺。自顧生廿紀[1]文明之世，爲帝國榮譽之民，處臺灣開闢之地，作飽暖無憂之青年，將何所自覺乎？從戰亂和平之時，經濟緊急之稱，將發言警世、運籌謀國乎？顧非小子之所能爲，亦非小子所感〔敢〕與聞者。若謂應臺灣現時之要求而需自覺者，亦不知將何所覺也。上有不忍之政府，下有自覺之人民，萬般施設[2]皆以民生、民智爲本，而群眾心理亦皆以公務同化爲先，小子有所自覺爾，一般人之所覺不能。以自覺一人與無所覺等耳，奚用論爲？然生處斯世，不能遺世以自存，時至青年不能捨當務而無爲。要之，生於臺地，不敢自忘；心希同化，不敢自求。隨遇爲安，以力作活；事所當事，行所當行。爲自自由由幸福之身，作歡歡喜喜太平之民，如斯而已。戲荒學廢，願諸先覺有以覺小子之迷惘。

1　廿紀：jiáp-kì，二十世紀。
2　施設：しせつ，si-siat，具有目的之計畫或設施。

版本說明｜手稿 1 頁，筆記本（橫式），硬筆字，橫書，完稿，
　　　　　現存賴和紀念館。彰化崇文社所徵課題「臺灣青年
　　　　　自覺論」，由魏潤庵評選，1919 年 4 月 26 日起揭載
　　　　　於《臺灣日日新報》，至同年 6 月 3 日刊完。推測
　　　　　賴和寫作本文，應在 1919 年春夏之際。

來稿訂誤取消

稿本　《賴和手稿集‧筆記卷》，頁 190、192。
刊本　《臺灣日日新報》，1921 年 11 月 10 日。底本

　　日者[1]貴報記事欄上，〈毀謗聖人〉一節，中云賴某，實係指僕。故不揣冒昧，竊上一言，乞賜青盼[2]。僕自信非喪心病狂，豈敢如報上所云，肆意毀謗聖人，猖言焚毀聖廟者哉？且孔孟何人，豈僕一言所能爲之罪？聖廟何地，豈僕之力即可使之毀？彼高大妄想者流，亦不敢若是狂言，況僕之先人亦同處禹域，上戴帝堯重天，食后稷之植，衣軒轅之織，受孔孟之育，居風化之中，寧無情性乎？總之使世上佈此傳聞，道德家激動慨憤，亦自知罪所當及。然默默引過，於良心猶覺難安，敢不一言，以去誤解？僕雖不肖，學醫五年，寧不知其於生理學上有害？故彰化街民反對意見提出時，僕亦爲街民一分子，署名於嘆願書[3]，現尙可稽而知，此足證明投稿者所聞不實。又林氏演說，不僅斯論，並及中、西學之長短。新學子之精神，使僕不能不言。雖失於輕躁，亦有所刺戟[4]。因反對尊古，乃

1　日者：jit-tsiá，近日、最近。
2　青盼：tshenn-hē，重視、眷顧。
3　嘆願書：たんがんしょ，thàn-guān-su，請願書。
4　刺戟：しげき，tshì-kik，受到外界的刺激。

唱革新。有謂思想拘泥於舊，道德日遠乎古，皆由昔儒少能創造，但事模擬。道德只懸諸口者多，能顧於行者寡。且多見夫行汙納穢，嗜利慕名之徒，每借孔孟之教以自解，道德之教以爲辭，中心懷疑，憤激出之，不覺遂有孔孟罪人之語。一經林某叱斥，自亦知非。事實如此，不若投稿者所云之甚。但素知僕者，是非自能判別；素不知僕者，雖欲自白，適足自汙。爰是謹借此機，少達寸衷而已。潦草不文，敢希讀者諸君子垂查幸甚。（彰化賴和頓首）

版本說明｜本文發表於《臺灣日日新報》，1921 年 11 月 10 日。係在回應署名「一彰人」之〈謗毀聖人〉，《臺灣日日新報》，1921 年 11 月 7 日。手稿 2 頁，筆記本（橫式），硬筆字，橫書，完稿，現存賴和紀念館。手稿開頭云：「於聯吟會席上曾一瞻丰采，迄今猶留像於目中。以先生之年華，學窺祕府，譽滿之臺，雖得一面之緣，未能把臂爲歡，中心常以爲憾。」此處所稱「聯吟會」，即 1921 年 10 月 23 日「全臺擊缽聯吟會」。推測本文受信者爲《臺灣日日新報》漢文欄執筆謝雪漁。

附：〈謗毀聖人〉，《臺灣日日新報》，1921 年 11 月 7 日。

客月廿九夜，彰化青年會開修辭會。席上林某，起述同姓不可結婚之事，以爲聖賢遺訓。同街賴某，起爲抗辯，謂人道貴乎自由，同姓結婚，同姓不結婚，聽人自由乃可。孔子、

孟子之教義，束縛人權，侵害人生自由，爲漢族之大罪人，故孔廟宜毀。滿座之人聞之，以其敢毀聖人，皆怒形於色，思以杖叩其脛。夫孔子大聖也，孟子亞聖也，支那歷代帝王，尊崇無所不至。孔子之裔，世爲衍聖公，乃我東洋第一偉人，環球各國，無不仰慕，其教義與天地日月同昭，垂諸千百而不謬，彼竟以爲漢族之大罪人。孔子以倫常道德教人，欲使人不淪爲禽獸。自由者，以不侵他人自由爲界。若事事可以自由，則思爲亂臣，爲賊子者，亦可任其自由爲之者乎？國家之對惡人，有法律以制裁；社會之對惡人，有道德以制裁。在法律與道德之範圍內，許人以自由；法律與道德之範圍外，不許人以自由也。故自由要有程度，若謂孔子束縛人權，則是要孔子之設倫常道德，使不得爲無父無君也。羅蘭夫人云：「自由自由誤盡天下人。」吾以爲人誤自由，非自由誤人也。彼誤解自由，自由神有知，當必麾諸門外曰：「非吾徒也。」至云孔廟宜毀，若全島之人，盡如此過激思想，孔子將實行其桴浮於海，不屑鬱鬱久居此也。廟雖不毀，而已爲無形之毀矣。（一彰人）

〔前夜修辭會〕

稿本　《賴和手稿集・筆記卷》，頁 194、192。
刊本　無。

　　前夜修辭會席上，小子反對先生之言，雖有失於檢點，實
屬出於無心，一經先生叱斥，已不敢再辯。意謂君子愛人，以
德匡我，以正於心。方感，翌日有友歸自霧峰，忽來詰責，始
知先生於諸方文人學者會集之際，復將小子之詞吹聽於其間。
一時聞之者，與小子有一面者，雖少抱疑問而外，多動憤激怒，
謂非鳴鼓而攻，摒諸四夷不可。小子乍聞之下，一心以喜，一
心以懼。所以喜者，不意方末俗之世，猶有履仁蹈義如先生者，
視道德如生命，護孔孟若慈母，不許人少為毀傷。所以懼者，
學士文人當有嚴詞之誅，戰慄待罪，非一日矣。乃昨出諸先生
之口，出〔入〕世人之耳，投於新聞 [1] 上以肆攻擊者，果出自
小子之口，而入先生之耳者乎？竊思此非人情之言，少有性靈
之士，當惑不遽信。況君子疾惡若仇，惡猶許人遷善，不容夫
人伐異，必排擠去之而後快。如吾先生，道德講、仁義說，非
似市井無賴，妄造是非，以肆媒孽。或聞所報失實，意先生當
能為之訂正，使小子罪得其當，莫至無辜。何意攻擊疊聞，辯

1　新聞：しんぶん，sin-bûn，報紙。

白不見。

版本說明 │ 手稿 1 頁，筆記本（橫式），硬筆字，橫書，未完稿，
現存賴和紀念館。文前有賴和批注：「不辯自可止謗，
昔訓彰彰然，今人之情不可以律古。」本文作於〈謗
毀聖人〉見報之後，即 1921 年 11 月 7 日，受信者
爲〈來稿訂誤取消〉提及之「林某」。

〔孔子曰〕

稿本　《賴和手稿集·新文學卷》，頁571。
　　　《賴和手稿集·新文學卷》，頁572-573。底本
刊本　無。

　　孔子曰：「夫孝悌者，人之本也。」孝悌修，則人倫以序，所以衛一國之安寧，維社會之秩序，造家庭之幸福者。孝悌之心而喪，父兄之情以薄；尊卑之別紊，人倫之序絕；家庭因之以破，社會隨之而擾，國之所以不治也。故曰：「其爲人也孝悌，而好犯上者，未之有。」此爲四千年間，道德之標準。二十四朝治亂之分歧，議論者之所爲言也。第今日，凡家庭社會固亦整然，然而夷考[1]其實，則有非家庭而家庭，非社會而社會，是非無準，善惡倒置。孝悌滅，人倫絕者，何也？非有四千年之道德以維繫之與？而其人亦非四千年前者之子孫乎？何其去道德而日遠，興有心人之嗟嘆哉？曰：「此非道德之罪也。」私情溺於內，長者不敢抑也；權勢惑於外，眾口不能議也。且亦新學浸淫，有以致之。其爲言曰：「人群自由、社會平等。」是則可以兄其父，而友其長，固非道德之罪也。然則棄道德、墜倫常者，當盡爲新學之人？而其實乃反是。有自謂道德之士、聖人之徒者，口孔孟而心盜賊，人心不古，世風日

1　夷考：î-khó，考察、研究。

下，非所謂道德之士之所同嘆與？彼泯泯[2]者，豈盡新學之徒耶？蓋人心日新，社會時變，以四千年前之道德，而欲範圍今日之社會，亦見其惑而已。論者又謂：「新學偏重物質忽略精神。」彼美利堅非極物質文明之邦歟？乃不惜莫大犧牲，為黑奴開放而肇戰事，其精神又何如也？

　　語曰：「衣食足，而後知廉恥。」是知夫人之變易，社會之推移者。故時至今日，道德倫常勢有不能反古。若謂今社會人生之安寧幸福，賴夫未絕之道德倫常，是媚於權勢、違心之言也。當此人權未振，生活困難之際，自我之生命無可憑恃，一己之生存不能自主，救死方且不暇，遑論夫道德哉。

　　版本說明｜本文手稿共有二稿。稿本一：手稿 1 張（編頁 1），稿紙（臺灣雜誌原稿用紙），軟筆字，直書，殘稿，現存賴和紀念館。稿本二：手稿 1 張，稿紙（賴賢湧用紙），軟筆字，直書，完稿，現存賴和紀念館。稿本一寫作時間較晚，內文批改出自他人手筆。本文與〈伯母莊氏柔事略〉、〈小逸堂記〉置於同冊，而序列在前，推測應寫於 1923 年。

2　泯泯：bîn-bîn，昏昧的樣子。

伯母莊氏柔事略

稿本　《賴和手稿集・新文學卷》，頁 576-581。底本
　　　《賴和手稿集・新文學卷》，頁 583-586。
刊本　無。

　　余大伯母莊氏柔者，邑下大竹圍庄小農莊大福氏長女。弱年十五，歸大伯父永貞君。翌年，永貞君以勞致疾，未幾而卒。是年之暮，遺腹生一兒錦鈴，提攜捧負，至十有一齡，忽以病夭，時大伯母芳年二十有六矣。

　　隔年乃抱一襁褓，撫爲螟蛉，以繼大伯父後，即二兄枝。今已取室生子，共得孫五人，男三而女二。雖生計困迫，而含飴弄孫，晚景亦堪自慰。今年六十有二歲，體稍老耗，猶能代兒婦汲水執炊。

　　余曾祖父文山公，有子四人。長銓茂公，夫婦早逝，遺大伯父漢。因婚非其意，憤而自絕於家，獨爲生活，族人亦遂擯之不數於輩行中。故永貞君雖行二，亦皆以大伯父稱之，爲次榮綢公長子。

　　顧家庭間之愛，多注於長孫，而期望之也亦大。余大伯父當有覺於此，乃不敢自爲暴棄，遂勞勤致疾，而損其年，享壽僅二十有四。歲次丁丑涼秋九月，娶纔期年耳。

　　時大伯母芳年十六，猶帶嬌痴。少學爲家，未識翁姑之性；死期同穴，早標冰雪之心。是冬之暮，以遺腹生一兒錦鈴。雖

其生也不辰，竟能乞佑於天。因以上慰翁姑之痛，下留一系之望，艱難撫養，啼笑驚心。使大地凝霜，人間滿現淒涼之色；而搖籃教語，家庭亦溢和靄之情。光陰一瞬，歲月十年，已幸由孩而童，私心略可告慰。乃得佑於天，竟見嫉於鬼，以十一齡之丁亥微疾而殤。噫！此時也，由傍人觀之，併生人之趣亦已絕矣。一家之人，亦恐其哀傷過甚，未久乃為一抱螟蛉，作寒閨之伴。余伯母亦不忍所夫之遂無後，姑翁之失侍奉，乃節悲忍活，強處勞苦。

自是家運日非，災厄時至。當歲戊子十月之交，皇天降罰，疫癘猖獗，伯祖榮綢公、二伯父永堆君夫婦及余兄輩二人，相繼罹疾，凡九日而五喪。尋於己丑四月，伯祖母亦亡。先一家十餘口，稍見繁庶，至是乃剩五人：伯母並二兄枝、二姑隨、琴姊及三伯父永秀君。

余家資產淡薄，而於戴案作時，橫受波累，一遭差封，況繼以死喪，之後生計遂陷艱難。如三伯父永秀君生而怠弱，不善謀活，更至煙火不接。乃賣琴姊，用濟一時；復嫁二姑隨，為富商張清德繼配，以所受聘禮，再事支持。越年癸巳，貧病以死。時二兄枝方七齡，與伯母二人零丁孤苦，相倚為活。

嘻！此豈天欲成其名，而特以苦其志哉。然青霜凋木，乃見晚節黃英；白雪飛花，益顯歲寒松柏。當家人散亡之後，衣食艱難之秋，下有孤子之累，上無翁姑之憐，可以任意自生，由情別適。乃心指古井之水，而志比秋竹之竿，甘處身於困苦，不移情於安樂，勞其十指，以活孤兒。

雖榮綢公尚有兩弟，如第三欽懷公早自設鼎竈，生四伯父

金聲，然後先繼亡，一系以絕。第四余祖父欽岳公，少耽於博，不容於家，飄流放蕩，自為生活。是時已立家室，稍能過日，雖時或分與斗粟，顧不能繼。而伯母亦不欲坐食於人，凡澣衣搗米，拾穗樵薪，不嫌其苦，每以自勵。守節四十六年，孤兒賴以成立，行年六十二歲，家務猶能自操，視其今日持以推緒當年。

一九二三、十、二十八

版本說明｜本文手稿共有二稿。稿本一：手稿 4 張（編頁 16-21），稿紙（臺灣雜誌原稿用紙），軟筆字，直書，完稿，現存賴和紀念館。稿本二：手稿 2 張，稿紙（賴賢潁用紙），軟筆字，直書，完稿，現存賴和紀念館。篇末自署作於 1923 年 10 月 28 日。稿本一寫作時間較晚，內文批改出自他人手筆。

附：稿本一批語

序體文以簡淨肅括為貴，作者乃能於千條萬緒之中，隨序〔續〕隨斷、不減不增，文筆尤能達其所見，合之上作 [1]，可謂異曲同工，再加研礪，當不徒以詩鳴也。

1　上作：指稿本一編頁順序在前之〈小逸堂記〉。

附：稿本二後記

余於此未敢作一溢辭，間有設想之語，自信當無遮飾事實。

凡人志行皆由境遇而遷，故凡家庭間之影響，不嫌複雜上、下三世皆書之，且重有感焉者。余見夫守節之不終者，多爲外家所誘惑。余伯母之外家乃非其人，亦一幸也。余復重思之，其何不爲世之狂且所誘惑？豈爲有善人如陳清水先生，所謂有力者如林總理，處於鄰右時受憐恤而叨其呵護歟？或爲余祖父欽岳公，小負技勇，人不敢犯，有以庇之歟？然固有豪室之孀，不能完貞者，抑又何也？況當家人續死之後，衣食艱難之秋，下有孤兒之累，上無翁姑之憐，可以任其意求生，隨情自脫乃更忍活於顛沛之間，完名入榆暮之境，亦有人之所不能及者。

小逸堂記

稿本　《賴和手稿集‧新文學卷》，頁 496-499。底本
　　　《賴和手稿集‧新文學卷》，頁 500-502。
刊本　無。

小逸堂爲故黃夫子倬其[1]先生館號，我同人受業之處。

夫子早年不得志，倚筆爲生。初設帳於邑下茄苳腳林文蘭秀才宅，世變以後，知毛錐子[2]之不能爲役也，乃投棄之，思伸其志於商賈。然轉徙流離十餘年間，卒不成就。

丁未之春，家居賦閒，我等父兄仰其博約善誘，勸之授徒，欲以子弟相托，乃爲築室於南壇之側以爲館。夫子動於誠意，遂就焉。一時聞者亦競遣子弟從學。因夫子教導有方，我學生同人皆甚契洽，遂成一系無形之統。

翌年，衙吏來，謂位置近接學校，宜稍避焉，乃遷之祖廟李宅。於此凡年序兩更，因戚友之薦，乃移席霧峰。蓋夫子願宏志遠，擬借力他山，以一伸之。遂托館於汝鐹[3]先生，後又

---

1 倬其：黃倬其，1871-1921，彰化人，字亦昭，黃文育、黃文苑之父，黃文陶之叔父。曾任利鎰公司製糖場書記。1907 年創設「小逸堂」書塾，門下有石錫烈、賴和、詹阿川、魏金岳、黃文陶、王麗水、楊以專、陳吳傳、石榮木、詹椿伯、張參等人。參見《彰化縣志‧人物志》。

2 毛錐子：môo-tsui-tsú，毛筆。

3 汝鐹：石汝鐹，1866- ？，漢醫，彰化人，石錫烈之父。

托之義貞[4]先生。申〔辛〕亥之秋，屋舍爲風雨所破，僅剩一椽，聊可遮蔽。改歲壬子，乃就南壇舊築，復新茸〔葺〕之而重遷焉。托印璿[5]先生、克明[6]先生，相繼爲之觀學。後先生各就館地，無人主掌，學童亦散。歲久屋壞，墟而爲圃。

　　其間夫子隨其東翁[7]遊歷大陸，遠踏南洋，求其可以一展素抱者。乃有其處，而資焉不足；力所及者，惜際非其時。望洋興嘆，頹然復歸。

　　方是時也，我同人之有子弟者，同嘆造就無人，幸我夫子之歸，競欲遣從之，而苦乏館舍。中街詹氏遂割其宅一部，使訓子侄，兼納生徒。然宅隘不能盡容。己未之暮，二、三同志乃謀之父兄，擬新築一軒可望久遠者，爲夫子講授之處，且作同人敦敍之所。此議一發，聞者風應，不日之間遂成腋集。爰卜地於北壇之畔，越年庚申，於夏初經始，至仲秋厥成，即今之小逸堂也。雖無飛雲捲雨之觀，雅具繞竹環花之致。

　　堂東圍籬以爲菊圃，西沿溝之畔，植以芭蕉，後仍舊爲菜畦。庭之前雜蒔花草，間種桃李、松梅、玉蘭、木犀。春風之朝，秋雨之夕，薰窗花氣，橫天月色，皆足動人情感，助人興

4　義貞：王義貞，1868-1945，號清逸居士，彰化人，工於書法。參見《彰化縣志・人物志》。

5　印璿：唐印璿。

6　克明：郭克明，1873-？，彰化人，教師。1928年1月黑色青年聯盟事件，曾與楊守愚一同被檢舉拘留。

7　東翁：林烈堂，1876-1947，霧峰人。林獻堂之堂兄。黃倬其曾隨林烈堂赴鼓浪嶼、南洋考察，至1911年返鄉重掌小逸堂。參見《彰化縣志・人物志》。

致者也。

　距落成未一年，夫子竟以捐館[8]。噫！事之不可測乃有如此者，豈天欲斯文喪也。今者登乎堂之上，猶作當年問義言志之情；立於庭之下，風動竹響，恍聽吟哦咏嘯之聲。夫子遺澤，固長留於心目間也。乃記巔末，以爲紀念，並將題捐諸氏之芳名錄於此。

一九二三（癸亥）、十一、三

版本說明｜本文手稿共有二稿。稿本一：手稿3張（編頁12-15），稿紙（臺灣雜誌原稿用紙），軟筆字，直書，完稿，現存賴和紀念館。篇末自署作於1923年11月3日。稿本二：手稿2張，稿紙（賴賢湧用紙），軟筆字，直書，完稿，現存賴和紀念館。稿本一寫作時間較晚，內文批改出自他人手筆。

8　捐館：kuan-kuán，拋棄住所，比喻去世、死亡。

〔日記〕

稿本　《賴和手稿集・新文學卷》，頁 566-567。
刊本　無。

一九二三、一一、五（九月廿七日）

　　日記吾思爲之久矣，未有見諸實行。朝來往水尾庄[1]視病，輿中忽憶及之，乃決自今日起實踐，同時浮於腦裡者有：

　　〈僧寮的爛丐〉、〈肺疾〉、〈實用主義〉、〈和睦的家庭〉、〈小作人[2]〉、〈溺鬼〉、〈診斷書〉、〈同盟罷工〉、〈貧困的病家〉、〈疑問的四千円〉。

　　以上幾篇的小說資料，首題少有結構尙未脫稿以外，皆約略在腦裡，未暇剪裁成幅。待前幾年的詩稿整理就緒，更作吾二伯母之事略[3]，完篇後當次第及之。

　　近午於輿中閱呂留良[4]詩，有「德祐民」語。仿作二句：「當年德祐有遺民，可無眞人似洪武[5]。」

1　水尾庄：原屬臺中州北斗郡溪洲庄，即今彰化縣溪州鄉水尾村。
2　小作人：こさくにん；sió-tsok-lâng，佃農。
3　事略：參見賴和〈伯母莊氏柔事略〉。
4　呂留良：1629-1683，字莊生，號晚村，浙江人。明遺民，不願仕清。死後因曾靜案，被開棺戮屍，全家抄斬。賴和藏書有《呂晚村詩集》。
5　德祐、洪武：德祐，宋恭宗趙㬎年號，1275-1276。洪武，明太祖朱元璋

李萬清君贈白菊一盆，頗饒秋意。

晚來詹本[6]君歸自斗六，與之商定〈早梅詩〉一首，借去唐、宋元明詩兩部[7]。

作書二通與賢浦[8]、通堯[9]。

午後十時三十分記

九月廿八日

曉起較遲，過午始得片閒，乃作二書，同函寄與北京楊、李二氏。夕餐時，三叔[10]責余不向蔡梓舟[11]君催索所負之壹百圓，吾無以應一。妹每以二姑家生計不給爲憂，思欲助之，又憂不能周到。我乃曉之世間須有貧、富、苦、樂以相比較，人

年號，1368-1399。此詩句後見於賴和漢詩〈偶成〉（卷8）。

6 詹本：1895-？，醫師，彰化市人。1920年總督府醫學校畢業，後在彰化北門開設生春醫院。

7 詩兩部：賴和藏書有《唐詩評註讀本》、《宋元明詩評註讀本》，王文濡編，上海：文明，1920年。

8 賢浦：賴賢浦，1903-1941，賴天送之次男，賴和之弟。1930年與王敏川之女王閏秀結婚，1941年病逝。

9 通堯：賴通堯，1906-1989，賴天送之長男，賴和之堂弟。日本京北齒科專門醫學校畢業。1927年與劉素蘭結婚，1931年在東京創辦《新臺灣大眾時報》，擔任發行人、編輯人兼印刷人。戰後於1946年當選彰化市議員，並任副議長。1957-1964年間擔任兩屆彰化市長。參見《新修彰化縣志・人物志・政治人物篇》。

10 三叔：賴天進，1883-？，賴知之次男，賴天送之弟，賴通堯之父。

11 蔡梓舟：？-？，字說劍，彰化鹿港人。蔡星暉之子，蔡世賢、蔡梓材之弟。大冶吟社、東墩吟社之社員。

生始有趣味，若一律平等，恐已不成世間。汝每替貧苦擔憂，不知彼等正以其貧苦為樂耳，汝固莫之知也。

　夜有貧者欲欠藥資，吾不之許。蓋吾驗之久，使吾不能不以忍人

　〔以下原稿闕頁〕

版本說明｜手稿 1 張，稿紙（賴賢湧用紙），軟筆字，直書，殘稿，現存賴和紀念館。

〔一般社會的事〕

稿本　《賴和手稿集・筆記卷》，頁243。
刊本　無。

　　一般社會的事既不容我們出手，餘閒的時只有吟風弄月，聊寫胸中的牢騷而已。耽之既久，更自成藝，凡有所作，呈請我先生刪改，有的乃能蒙他褒獎一兩句，我的心中很是滿足，不覺放下幾他一切，專力於此，遂亦得了同臭味者兩之相好。

　　有一位大富豪，不曉得為什麼緣故，唱設一個「孤老會[1]」，說要救助那一般貧苦無告之人。但雖說的好聽，專是要拍當權者的馬屁，堅固自己地位，識者皆鄙之。我的相好中真有一時著迷，同他附和，替他奔走者，我亦就疑惑不解了。後來他們似有見及，恐被人家疏遠了，就唱設一個究研會，想聯絡一些人物研鑽應世之學，補他的過失。乃老天沒有眼睛，會還未成立，他竟一病不起。哀哉，他雖一時反常，其為人實亦可欽可敬，修養亦到，人格亦完，實是可惜。由地方上說起來總算了一個柱石，我有詩哭他：

1　孤老會：此指楊吉臣及彰化同志青年會幹部，集資四千餘元，預存在彰化同志信用組合，以救助貧民。參見〈臺中籌恤貧民〉，《臺灣日日新報》，1918年5月8日。

握手門前未幾時，傷心微病更難醫。
而今屈指論人物，更失中流柱一支。

君雖多病，若論議時有不可一概之氣，亦能爲地方盡力者。

人生到此奈天何，撫梆只爲薤露歌。
不替楊家悲不幸，轉悲吾土損猶多。

此非溢語，言若平心思之，當不以爲謬。

沉沉交情本亦疎，對談有語不曾虛
寸長竟得蒙推賞，期許終慚我莫如。

　　後來有人邀我同他入會，我見他們眞曉得此中之昧者實無
幾人，且亦弄得不好看，亦遂婉言謝他，更觸了他們的意，狂
奴什麼罵個不了，我亦沒有閒工夫去管他。後來別的詩友擬開
一詩會，因我亦贊成在內，遂遭他們大反對，有欲赴會之人被
他們改請到聽竹庵[2]去，實在帶有點孩子氣，可笑的很。以後
我亦不欲把詩作應酬品了，興到的時，自作了幾首，請先生改
改，自己玩賞。此中樂趣，我自己以外更沒有人曉得，就被我
壟斷了。

2　聽竹庵：白沙坑虎山巖，主祀觀音菩薩，位於彰化縣花壇鄉。「虎巖聽竹」
　爲彰化八景之一。

　　但我做醫生的飯碗卻不能放下，眼見近來病人更多上幾倍，對我們利益上打算卻好，對社會一般想起實在心總不能安。這病由現時看起來，但只覺營養不良，血色枯燥而已，病人自身不覺得什麼苦痛。但生活的根本已受傷不少，已失了自主能力，亦不是限於一部 [3]，更散漫於四方，似有傳染性。我就與同業的有志，究研防止撲滅的法子，著手施行起來，更自不十分斟酌，竟被漫著。

版本說明 | 手稿 1 張，塵紙（空白紙），硬筆字，橫書，殘稿，現存賴和紀念館。本文爲 1923 年 12 月，賴和因「治警事件」遭羈押在臺北監獄時，以鉛筆寫在塵紙上之作品。

3　一部：いちぶ，tsit-pōo，一部分。

〔五月〕

稿本　《賴和手稿集・筆記卷》，頁244。
刊本　無。

　　五月中，幾位生平很對勁的朋友，在外邊做生意，成功回來，要對自己地方謀有所貢獻，我們共四個人就濫做[1]發起爲開一大歡迎會。這時候有些老前輩就不歡喜了，以爲這樣出風頭的事不同他們相量[2]，就說個不了。我們自己打算亦不是孩子，此事亦不是弄錯，亦不介意放下去了，不曉得更爲後來大大的孽根。

　　沒好久，一隊進化促進宣傳隊[3]到我們地方來。我們同志大爲歡迎，爲做種種設備，大行宣傳，其收效意外良好。不僅我們自己吃驚，別人看了亦嘆息不置。蓋多數人久處黑暗之下，忽睹光明，競相奔赴，亦理所必然。但在借神鬼力以罔[4]人們的，更說我們與他爲難，亦不甘心。芸窗會[5]開會因會長

1　濫做：lām-tsò，胡亂地、隨意地。
2　相量：siong-liông，商量。
3　進化促進宣傳隊：即東京臺灣青年會文化講演團，1923 年 7 月 23 日在彰化舉行演講。主要演講者有吳三連、張聘三、謝春木、黃周等人。參見〈東京臺灣青年會組織文化講演團〉，《臺灣民報》，1923 年 7 月 15 日。
4　罔：bóng，矇騙、欺瞞。
5　芸窗會：同窗會，即彰化第一公學校同窗會。當時報載會長將推舉楊木

的不法禁，且久不曾開會，是久抱不平一齊發伸，鬧謂不成將止，南報⁶亦以大書特寫，我地方乃被視作惡化。

七月中，我們文昌會⁷改算期到了，此會創立十有餘年，先前很好，創設人費了無數心血，受了無數謗議，纔得成立。但近來更流於形式，不事實際，幾位有心人思極力改造一番，便能副〔符〕⁸創立時的目的。他們不惜唇舌，盡力呼喚，大多人為他們誠感動，讚成他們主張。

版本說明｜手稿 1 張，塵紙（空白紙），硬筆字，橫書，殘稿，現存賴和紀念館。本文為 1923 年 12 月，賴和因「治警事件」遭羈押在臺北監獄時，以鉛筆寫在塵紙上之作品。本文開篇內容與〈我這次回來〉相似。

或賴和擔任，後又謂將推王敏川就任。參見〈同窗後聞〉，《臺南新報》，1923 年 8 月 4 日。

6 南報：即《臺南新報》。當時臺灣有三大報之說，北報為《臺灣日日新報》，中報為《臺灣新聞》，南報為《臺南新報》。

7 文昌會：彰化同志青年會，1914 年 8 月 16 日成立。1923 年中，該會成員排斥會長楊吉臣，並反對郡當局要求設立會長、副會長制度。參見〈青年會或解散乎〉，《臺灣日日新報》，1923 年 8 月 3 日。

8 副〔符〕：hù，符合。

〔我這次回來〕

稿本　《賴和手稿集·新文學卷》，頁 488-494。
刊本　無。

　　我這次回來，復得與二十年前親愛的社會接觸，不把我這無用東西斥出人群社會以外，心中很覺自慰。且因事業的關係上，又得詳細考察這社會一般的狀況，更加喜歡。但有一件使我很失望的就是迷神信鬼，還同二十年前一樣，似且再有進步的樣子。教堂加設了幾座，寺廟新蓋了幾處，這些都是那有力者們的提唱 [1]。卻是奉祀那至高無上的大成至聖先師的文廟，任他日就荒毀。在那尊孔學者眼中，不知生出什麼樣的概念，我亦就覺奇異了。

　　我雖未到非宗教的地步，迷信的破除自也關心。暇日和幾位同志作種種的宣傳，閱時既久，略有收效。但在一邊假借鬼神來欺惘大多數無學識的同胞的牠們，就空想我們是要謀取位置，奪他特權。看好些人們被我等喚醒，就恐慌了，怕飯碗打掉了，亦就相聚爲謀，妝〔裝〕神做鬼和我們混鬧起來。

　　一天，牠們要借仗媽祖的威靈，鼓勵人們漸要覺悟的迷信

―――――――――――――――

1　提唱：ていしょう，thê-tshiòng，提倡。

心，以便他們的利用，怕黑幕被我們揭開，就把法子來賺[2]我。奈一時糊塗，更上了他的當，後來曉得了，自己也笑個腹痛。

　　沒好久，幾位平生很對勁的朋友成功回來，想要對自己的地方做些有益的事業。有幾位同志不顧身分濫做了發起人，開了大大的歡迎會。事後那些先生大人們，就不喜歡了。謂這樣出風頭的事，是他們的份內事，我們總沒有關照一聲，有洗著他們的臉面[3]……說個不了。

　　當開會中，大穗[4]君的歡迎辭裡說：「聽見說人們的使命，是要創造能夠留給後代人一併享受的幸福。雖然我們的使命，除此一事之外，還有做人的一個徑程，為什麼呢？現在的我們可能算是一個的人嗎？不能！所以帶著有兩件的使命，就要加倍的努力才對啊，尤其是要望這次回來的先覺。」

　　主賓的演說中，我記得無豀君說：「我回到鄉下去，那些鄰近的人好些個來道喜，見過面就是說：『汝幾時就可做官呢？那什麼大人比汝還少讀幾年書，自前年做到了巡警，天天發財，現在已是大廈連雲了，誰敢不恭維他。汝可能做到那樣體面的官府不能？』照些樣看起來，大多數人們的腦裡，把讀書、做官、發財這三件總分拆不開，我念幾年不合做官、不會發財的書，難怪被人家說是個壞子弟。」

2　賺：tsuán，誆騙。

3　洗面：sé-bīn，用言語挖苦別人，使其難堪。

4　大穗：許嘉種，1883-1954，彰化北門人，長子許乃昌，四女婿巫永福。1903年臺南師範學校畢業，1913年創立彰化同志青年會，1923年治警事件被捕，後以不起訴處分，與賴和同時出獄。曾任臺灣文化協會理事、臺灣民眾黨中央執行委員，參與創辦《現代生活》及彰化政談演說會。

　　弄巧君（就靠他的快舌）：「向來吾們所主張、所要求至為正當，為是多數人的幸福，自然能減少一部分人們的『為己的利益』。那一部的總忍心著把多數人們供她的犧牲，怪的多數人們又把這以為是無上光榮。到現在光榮亦已夠了，須把這光榮返還才是。」

　　到了弱水君的位次，她就敏捷地站起來，漏出充滿著誠意的急促語調說：「古人說得好，求諸己而後非諸人。自己省察一下，然後始可批判別人。吾們自己有什麼苦痛忍耐著不說，在下人們的想像，我們是方在快樂著呢，吾們卻只要怪人沒有同情心。比方孩子們凍的鼻頭出汗，自己不要說，父母們當她是在苦熱著，把身上的衣衫正要剝起來，還要拿衫給他穿？像這樣只是孩子的不好，不是父母的不慈。」

　　再次黃君[5]站起來，輕輕的、緩緩的說：「好多的親戚、鄉下的朋友，聽說我念的是做生意的書，有的很不了解似的說：『現在做生意亦要念書，不然官府就不答應麼？那我們貧窮子弟就無處求生了。』有的說：『是不是念那像會社和組合一樣，拿別人的錢來做自己的生意的書麼？』有的說：『哈！哈！我曉得了，做官的所要的東西有不用錢的，用錢亦較人家便宜，因為是念過生意書，才能夠這樣……』」

5　黃君：黃周，1899-1957，號醒民，彰化和美人。1918年畢業於總督府國
　　語學校師範部，1920年就讀早稻田大學政經科，1924年畢業。1925年起
　　擔任《臺灣民報》記者，後升任編輯主任。1927年參與發起組織臺灣民
　　眾黨，並擔任中央常務委員。參見《新修彰化縣志・人物志・文化人物
　　篇》。

　　鼓掌聲、歡笑聲、酒杯的相碰聲，種種聲浪中，宴席要完了，我也就伸直我的脖子，張開我的嘴，把聲音奔出去：「沒有東西可吃了，簡慢 [6] 的很。我有點點希望，尤其是望這幾位先覺的先生們。我們是青年黨、進步派，不容許那安寧秩序的先生們把我們綑束住，希望記憶著今晚是對『無事平安的心理』先生宣戰的日子。社會是不斷地日在進化、變移的行程中，我們可能生根釘住不讓他轉移麼？閉會。」

　　信者總會。

版本說明｜手稿 4 張，稿紙（文英社），軟筆字、硬筆字混用，直書，完稿，現存賴和紀念館。本文手稿接續於〈盡堪回憶的癸的年〉之後，部分內容與〈五月〉相似，推測寫作時間應在其後，約在 1924 年。

6　簡慢：kán-bān，怠慢。

編輯餘話

稿本　無。
刊本　《臺灣民報》，1924 年 2 月 11 日。

○○先生：

　　前日偶有橫逆之加，乃蒙格外關心，感激得很。

　　此事件在我自己身上，實得有非常的經驗，獲益不尠。從此只有○的世界 [1]，尚未經過。在這個凡俗的人間，已經別無可懼怕的事了。

　　但這回得了社會非常的同情，意外的稱讚。回顧我自己的力量，實有不稱。此後再當加倍盡力，期不負此回所得的名譽。

　　還有一事足以自慰的，就是社會上，認定我不是壞人，沒有做過惡事，卻也入圇圇。對於神聖的法律，世人多曉的抱一點兒疑問，這個也算做些些的功勞了。

　　別無可說了！祈向諸位之友遣一聲罷。我的體重，增加欲近八斤，哈哈，幸福。（懶頓）

1　〔編按〕刊本原文如此，推測爲「死的世界」。

版本說明｜本文發表於《臺灣民報》，1924 年 2 月 11 日。手稿
不存。發表時篇首有編者說明：「日前接到某友來
書如左，錄之以供讀者清覽。」本文爲賴和在治警
事件獲釋（1924 年 1 月 7 日）後，寄給在東京的王
敏川之信件。

〔久聞騏驎山〕

稿本　《新編賴和全集‧資料索引卷》，頁 468-473。
刊本　無。

　　久聞騏驎山[1]曠大之奇，屢欲探之，至今日乃得伴家叔[2]以往，亦因緣也。途逢二、三香客，問之里程，而彼固亦欲至，燒火炭[3]者也。至火山岩，按夜來欲借宿於此。乃卸旅裝寄之客堂。復隨彼二、三香客，行往碧雲寺[4]。山路崎嶇，李白之蜀道難，又見有形容未盡處。所謂石磴萬級，少一失足，則墜身千丈谷底。是乃語家叔曰：「此難路，予此一行，已懶且厭矣」。前行香客應予曰：「年年來進香，已經十度矣」。或曰五、六年，或曰三年，皆無以路之難行為懦者。予曰：「君素心真且堅矣。」家叔曰：「我佛慈悲，乃能致人如此。」予語家〔叔〕曰：「我等此行固被探勝之心所驅使，為山靈所招致者，與佛什較緣遠。」家叔笑之。

　　嶇崎瀝〔歷〕盡，未見寺院。而汗雨淋漓，心鼓亂撞，呼

1　騏驎山：麒麟山，即「枕頭山」，海拔 650 公尺，關子嶺所在地。位於臺南市白河區。
2　家叔：賴天進，賴天送之弟。參見賴和散文〈日記〉。
3　燒火炭：sio-hé-thuànn，燒製木炭。
4　碧雲寺：又稱為「火山碧雲寺」，康熙 40 年（1707）創建，主祀觀音佛祖，位於枕頭山南麓。

吸不相續，行行欲顛。問之香客，曰：「行且至矣。」免〔勉〕
強而行，到碧雲寺。休息喝茶，待香客燒香，藉養養足力。少
時能行些，往路較易。行至燒火處[5]，諸香客肅誠頂禮，觀其
心理甚誠，蓋有過乎。在佛前看火，乃由石隙噴。石之下流泉
泡沸，滾滾不盡，或有汲泉以歸者。予有得焉，乃語家叔曰：
「彼香客謂，爲拜佛祖而行。然致之來者，實山之靈，非佛也。
彼只知此火本源，竟以爲乃佛之顯化。方今人智漸開，天地間
之神秘漸明。初之來此者，對佛心理當能似今日香客乎？爲佛
者，亦曾關心及此乎？」「若是，此火本源，汝能解說乎？」
予固不能道其詳細，盡含糊的答。

　　順山而下，些許與諸香客分途。至關仔領[6]溫泉，浴罷，
覺身體輕得太多，甚捷於行，乃匆匆赴路，欲至大仙[7]過宿。
至半途而雨滴壓頭，衣衫盡濕。予曰：「大公何捉弄人乃爾。」
家叔曰：「佛祖知因我等塵垢，欲教雨師，爲我淨洗，得持清
淨體以歸，何慼爲？」因雨，行更速。至大仙岩廟，未甚晚也，
勞寺僧眾爲設饌。因急於途，神倦力疲，欲早休息，而竟不能
眠睡。憶日間所過起，就燈下記之。粉壁上掛有《客堂日誌》，
因而錄之以誌一時鴻爪。

5　燒火處：即「水火同源」，或稱爲「水火洞」，在碧雲寺東南方。
6　關仔領：即關子嶺，位於臺南市白河區。1898年嘉義駐屯兵第五大隊發
　　現溫泉（另有一說在1902年），1904年始設溫泉旅館。另可參見賴和漢
　　詩〈寓洗心館〉。
7　大仙：大仙寺，又稱爲「火山大仙巖」，康熙40年（1707）創建，主祀
　　觀音佛祖，位於枕頭山西麓。

版本說明｜手稿6頁，筆記本（直式），硬筆字，直書，完稿，
現存賴和紀念館。賴和漢詩有〈行入關仔嶺〉、〈寓
洗心館〉、〈自温泉由磴道上關仔嶺庄〉、〈大雨
阻行〉等作品，所載內容與本文相符，應同為1924
年所作。

開頭我們要明瞭地聲明著

稿本　《賴和手稿集・新文學卷》，頁 504-507。
刊本　無。

　　我們是要唱道[1]平民文學、普及民眾文化這一種藝術運動。那富有普遍性的新文學，是頂[2]適用的工具，所以我們敢把她介紹給大家們。

　　這樣的事業，本不是我們力量所做得到，亦不該是我們來做的，但總要有人提唱起來纔是呢！可是等久了，雖見有《民報[3]》的努力，沒夠[4]，她別有她活動的方面。那麼，就教這時代的潮流和中心的熱烈，催促起我們開始活動來，亦預識於將來不能有美好的結果，要是能得到反響，那就足以鼓舞起我們的活動力了。

　　由來提唱不就是反對，廢滅又是另一件事，新舊亦是對待的區分，沒有絕對好壞的差別。不一定新的比較舊的就更美

1　唱道：しょうどう；tshiòng-tō，倡導。
2　頂：tíng，最。
3　民報：《臺灣民報》。1923 年 4 月 15 日在東京創辦，初爲半月刊，後逐漸改爲旬刊、週刊。1927 年 8 月遷回臺灣發行，1930 年 3 月 29 日改名爲《臺灣新民報》，1932 年 4 月 15 日發行日刊。1941 年 2 月 11 日改名爲《興南新聞》，1944 年 3 月併入《臺灣新報》。
4　沒夠：bô-kàu，不夠。

好，這些意義望大家們要須了解。

舊文學自有她不可沒的價值，不因爲提唱新文學就被淘汰。那樣會歸淘汰的，一自沒有用著[5]反對的價值。我們是要輸許些精神上的養分，配給那對文人文學受不到裨益、感不著興趣的多數人們，亦是把舊文字來做工具，與說毀滅漢文是不同方面，要請愛護舊文學的宿儒先輩放心些。

藝術和倫理本是各個兒獨立的，雖然卻亦有不能分離的關係。凡社會的公共律，因其範圍的擴大，適用性愈被縮少，牆壁會有動搖，就是地基不堅固的見證。在現社會的狀態益感到新文學普及的必要，新倫理建設的緊重[6]。

新文學的藝術價值，因其有普遍性愈見得偉大，亦愈要著精神和熱血。所以敢說有思想的俚謠、有意態的四季春、有情思的採茶歌，其文學價值不在典雅深雋的詩歌之下。

就是我們凡所要談說、歌咏、演繹、批判，也就是耳目所能接觸，情感所得體驗的；自然界裡、群眾中間，拾取題材，務要識字的人們盡能了解。並因爲是我們對於固有的藝術、文學，所云六藝之書、百家之言，沒有研究到，亦只能如此而已。

更希望對舊文學有興趣的先輩，撥些餘閒，賜與理論的丰情，批判是所最歡迎的。

---

5 沒有用著：bô-ū-īng-tiȯh，不需要。
6 緊重：kín-tiōng，迫切。

版本說明｜手稿 2 張（編頁 1-4），稿紙（文英社），軟筆字，直書，完稿，現存賴和紀念館。手稿編頁後接〈吾們〉，推測本文寫於 1925 年 1 月。

〔吾們〕

稿本　《賴和手稿集‧新文學卷》，頁 507-508。
刊本　無。

　　吾們人要申展個性，發見生命的價值，享受生活的趣味和快樂。須要脫出因襲的環境，破棄盲目的生存，創造文化生活纔能夠達到。

　　吾們臺灣的地皮[1]在三百年前，經過我先民開闢，現在雖有豐樂的現象，做子孫的我們因環境的關係，腦中還在是荒蕪著。多數的人們總沒有自覺著[2]生命之有價值，卻都挨著生活的痛苦，沒有曉得人生的趣味，不能享著當然的幸福。所以精神界的墾荒，那責任不是在現代的我們嗎？

　　我們臺灣山川泉石、草木蟲魚，多有世界的位置的。試問人物、文化怎麼樣呢？在前時代已不能比及祖國的中華，到現時代自不得比並[3]上邦的日本，那麼我們要長做臺灣的臺灣人就沒有話說。若是不然，請大家合同協力奮發起來罷！

　　現在敢把我同人們見聞範圍裡的現代思想、藝術、科學，

1　地皮：tē-phuê，土地。
2　著：tio̍h，到。
3　比並：pí-phīng，比較。

紹介⁴給大家相與研究討論，盼望牠能助我文化一寸寸的進展。

　　我們自曉得沒有多大力量，僅有些許熱誠，敢向大家面前披瀝在。

版本說明 | 手稿 2 張（編頁 4-5），稿紙（文英社），軟筆字，直書，完稿，現存賴和紀念館。手稿編頁接續於〈開頭我們要明瞭地聲明著〉之後，置於〈○○先生〉之前，推測本文寫於 1925 年 1 月。

4　紹介：しょうかい；siāu-kài，介紹。

〔致○○先生〕

稿本　《賴和手稿集‧新文學卷》，頁 509-515。
刊本　無。

○○先生[1]　康健：

　　僕在午後四時半歸到家裡，接著由吳春發[2]先生差學生寄來的信一封，是先生發的。僕恭敬地拜讀過了，很感謝先生肯賜與討論的光榮，且很佩服先生具有這勇氣——在現在彰化新淑女的中間。但少感覺著奇怪的，就是在吳厝拜會時，不賜以談論的時間。是爲是什麼緣故？那時候實未曾拜讀過先生的信。

　　（1）所論的 1、2 兩項，太沒有理由。這不是我們的不是，但我們亦不該多事、不惜勞力，卻不是輕視著、侮蔑著現在新淑女們，沒有起案[3]的能力。聽說提議的時候，先生亦在那邊。起草者是受著命令委任的，先生若有異議，要自己創作

1　○○先生：吳帖，1900-1972，字素貞，彰化人。吳德功之姪女，吳上花之妹。1925 年參與成立彰化婦女共勵會，1927 年嫁與霧峰林資彬爲續絃，改稱「林吳帖」。1932 年參與「一新會」，提倡婦女教育。戰後曾任國大代表。參見《新修彰化縣志‧人物志‧社會人物篇》。
2　吳春發：1921 年臺北師範學校畢業，與王白淵、謝春木同屆。1922-1933 年間擔任彰化第一公學校訓導。
3　起案：きあん，khí-àn，提出草案。

來，誰敢阻止著呢？當時卻自緘默不說，纔有這不滿意的事發生。——是的，淑女的性質在異性的面前，是畏縮縮不敢放言高論，這也不能偏怪於先生。

若說趣意書[4]的不合理論，規則的不完全，那不過是我們提供的一點資料，不是神聖不可侵犯的東西，儘管刪削改正，不用著議論。

所記載的發起人氏名，是表明我們的希望，是認定諸位能熱烈地出來努力，不是敢指揮差使、強迫，是不敢硬把假面戴上那不願意做鬼的臉上。

人格的修養，德智的磨鍊，不是因有了會的設立，纔必要著；亦不因有了會的設立，也隨被阻礙的。這是由個個自己的努力。雖然團結的力量，縱不能美化各自的品性，也得減少向墜落[5]去的惰力。

（2）3項的意見，想是興奮中的說話，纔有那樣錯誤。先生簡直否認多數者的能力，無視團結的效果，這就錯了。——有人說現在臺灣的新婦女，是多麼幸福啊！衣裝是怎麼樣講究而且體面，社會上是怎麼樣歡迎而尊貴啊！家裡頭是怎麼樣珍重而奉承啊！使著一般的婦女們，多麼羨望而嫉妒啊！是滿足在現代生活之下，沒有感覺著絲毫的苦痛，雖怎麼樣提供問題，大呼大喊，的確不能促她們的自覺，使她們奮起。她們只會講究美麗的衣裝，模仿嬌嬈的姿態，來討取社

---

4 趣意書：しゅいしょ，tshù-ì-su，表達設立宗旨、目的之文章。
5 墜落：tuī-lòh，墮落。

會上的稱讚，勾引青年們的仰慕。所希望的是富豪的夫婿，所要求的是奢侈的生活——是的，是怎麼樣可痛的事啊！雖然在我們彰化的新婦女，尤其是○先生，僕敢大著膽子說：不是，不是這樣的。是有明析〔晰〕的頭腦，有十分發達的固性[6]，是能代替一般婦女們，要求正當的位置，謀取實在的幸福的女豪。——雖無有這個會的組織的存在。但我相信著，有個有組織的團體，至少也能使先生喊出來的聲浪，傳播到較廣闊的空間。

（3）4 要使這個組織，發展進步或墜落破滅，是先生們的努力所關，我們不能代負責任。也是因有這好、壞；向上、墜落的兩方面，纔能發見著、表現著新婦女們的眞價值。因爲這是自主的、自動的女性集合體的試驗場。

（4）5 這裡所說的，亦有半面的情理，但是努力著於自己完成的途程中，同時用著同一的經驗，來指導其她人們，也使其完成她們自己，不是勞半功倍，更美好的事業嗎？

（5）6 這條實在使我驚嘆著先生的抱負很偉大，自信很強固。卻又使我懷疑著，先生的態度有稍不謙遜，胸次有些較狹隘。在臺灣現在的教育雖說是鑄模一樣，但在同一高女畢業生中，有若優秀特技的先生，就可以證明，人們的思想、知識、品性，是各自有特點，不一樣的。若照如先生的話，人人的關係、社會的交涉，就不能發生而存在了。不一定和比較纔能的接觸，始有益於自己。就是和比較愚劣的親近，總覺得受益處，

6　固性：kò-sìng，個性。

也自不少。所以朋友的切磋，比個人的獨學更必要。

　　末了有說到要求政治方針的改革，這是我們向來的主張，先生也能感著必要，很是卓見。但是有這種的必要，屢覺得團體的組織，是先務之急了。

　　很盼望先生脫去了假面，把眞實、和善、慈祥的嬌臉來相見，且一視可憐的多數儔伴，替婦女們盡些力，而使向來的抱負早些兒實現。

一九二五、一、十五

版本說明｜手稿 4 張（編頁 6-12），稿紙（文英社），軟筆字，直書，完稿，現存賴和紀念館。《賴和手稿集‧新文學卷》有缺頁（在頁 511-512 之間），編頁 9-10 稿紙參閱《新編賴和全集‧資料索引卷》，頁 476-477。手稿編頁接續於〈吾們〉之後，置於〈孫逸仙先生追悼會輓聯〉之前。篇末自署作於 1925 年 1 月 15 日。本文在討論「彰化婦女共勵會」之籌辦，受信者居於「吳厝」（彰化北門小西街），推測應爲吳帖（素貞）。

本社特設五問

稿本　無。

刊本　《臺灣民報》，1925 年 8 月 26 日。

（一）目今政治上急要施設的事項

（二）五年以來發生的重要事項

（三）希望民報多記載的事項

（四）希望勿記載的事項

（五）其他對本社的希望

一、省略。

二、1. 對議會請願者的經濟壓迫、月給[1] 生活者的馘首[2]，因此乃知爲政者的哀襟〔矜〕，促起吾人多大的覺醒。

2. 攝政宮[3] 之御幸臺，一面證明臺灣統治的成功，一面證明吾們的馴良易治。

3. 共學制[4] 施行，因此臺南商專被廢，臺灣醫學校被

1　月給：げっきゅう，guéh-kip，月薪。

2　馘首：かくしゅ，hik-siú，原指斬頭，此指解雇、革職。

3　攝政宮：裕仁，1901-1989。1916 年立爲皇太子，1921 年任攝政宮。1923 年 4 月來臺巡遊，1926 年即位爲昭和天皇。

4　共學制：臺灣教育令改正案，1922 年 2 月 6 日公布。中學校以上廢除本

滅。

4. 拷問致死事件[5]發生，吾人生命的價值被決定。

5. 文學革命之呼聲漸起，新舊思想之衝突漸烈。

三、有臺灣地方色彩的文學，世界思潮學術的介紹。

四、歌功頌德、粉飾太平的文學。

五、充實內容，增加頁數。

版本說明｜本文發表於《臺灣民報》，1925 年 8 月 26 日。發表時署名「彰化賴和」。手稿不存。本期爲《臺灣民報》「創立五週年、發行一萬部」紀念號，同期賴和發表〈無題〉。

島人與内地人之區別，實行共學制。依此新教育令，1922 年 4 月臺灣總督府醫學專門學校廢止醫學專門部，1929 年 3 月廢止臺南商業專門學校。

5　拷問致死事件：1925 年 3 月 5 日，臺中州大屯郡警察課刑事巡查柳正榮，在刑事室拷問賭博非現行犯林井，致使嫌犯死亡。同年 6 月，柳正榮被判入獄四年。

無題

稿本 《賴和手稿集‧新文學卷》，頁 517-524。
刊本 《臺灣民報》，1925 年 8 月 26 日。底本

　　明兒是她結婚的慶典，可沒有一點點東西表些些祝意麼？我心裡想了又想，默默地想——

　　她會收起來嗎？一定的，一定不敢拒絕。

　　但是她如果收了起來呢？她能不能生起別一種的感覺？

　　是是，感謝呢？嘲笑呢？鄙薄呢？慚愧呢？怨恨呢？總會使她澄虛的心海，漾起一縷縷的波紋。何必令她煩悶呢？不是誠意地祝她快樂，祝她幸福嗎？何必？

　　愛嗎？憎嗎？好嗎？壞嗎？

　　在她的網膜裡，總有我殘像站立的位置，不過會漸漸地由淡而消滅罷！可是勿令她有那由潛在意識再明瞭起來的一天！

　　一陣喧天的鑼鼓，從前街過來。一雙腳不自主地把我的軀體，搬運到街上去。

　　「看熱鬧去啊！媽媽。」街上孩子們走著在喊。

　　一陣惹人羨慕的很體面的娶新娘的行列，幾十盛春盛[1]已停在她家門前了。

---

1 春盛：tshun-siānn，搬運祝賀禮盒的容器、吊臺。

金鐲子、嵌寶石的指環、翡翠的頸飾、最時式[2]的衣衫。「這些物件當能使她滿足、快樂。真的她已經滿足快樂了！」我嘴裡無意識地不住喃喃的說。牠們呢？已把牠一件件收進去，又把陪嫁的物件，一件件搬出來：

「陪嫁銀兩千塊，粧奩[3]田百畝。」

我看見這些，心裡覺到一點慰安，她已得了生的幸福了。

炮城燃著火了，鼓吹奏起樂了，花轎起肩了，我的眼睛皆花了。驀然地一聲聲啜泣的音波，衝動我的鼓膜，喚醒我懵懵的意識！

唉！她哭著呢！為什麼哭泣啊？在戀念她父母嗎？在掛念她弟兄嗎？捨不了她住慣的房子嗎？定不！她不是很快樂了嗎？不是已開始她幸福的生的旅程嗎？為什麼哭著呢？逃不了做新娘的老例子嗎？唉！我的腦筋又復迷惘了啊！

一樣去年的園子，一樣深綠的夏天，纔經過一番的風雨，遂這麼闌沒啊！依舊這亭子，依舊這池塘，荷葉依舊的青，荷花依舊的白，可是嗅不到往年的氛香！找不出往年的心境！唉！我的心落到什麼地方去啊？

「汝的父母說：『汝是怎麼輕浮不規矩，學問常不關心，實在是沒有後望的孩子。汝哥哥呢？亦說汝不顧本分，只曉得花錢，不是個可栽培的子弟。』我很盼汝留心一點，勿落人家笑話！」

2　時式：sî-sik，流行款式。
3　粧奩：tsng-liâm，嫁粧。

　　她殷勤懇切勸戒的言語，音波還在我鼓膜裡顫動著。現在
她亦把我當做是靠不住的青年了。方今的世上再沒有人，承認
我也是個青年份子，簡直做人不成了！

　　依舊這亭子！依舊這池塘！

　　　　墜入這被咒詛的世界，
　　　　留得知覺吃的生著在！
　　　　雖永絕了阿母的慈愛，
　　　　失去了弟兄的期待，
　　　　被全數的人們所外，
　　　　亦感不到這樣痛苦悲哀。
　　　　我忍住淚珠吞下哭聲，
　　　　恭敬地接受愛神的獎品，
　　　　自願意做戀愛的奴才。

　　　　炎日漸漸地昏著，
　　　　涼風絲絲地吹著，
　　　　雲陰慢慢地移著，
　　　　池水粼粼地縐著，
　　　　無限自然的背景，
　　　　映到了我的眼精〔睛〕，
　　　　總覺得淒涼慘淡，
　　　　似向著這劣敗者，
　　　　表示她的吊慰和同情！

鮮麗的野花仙是在憐我 ——
　被厭棄者的孤零！
特地裡放出沁肺的溫馨，
枝梢的新蟬似是能解我 ——
　被厭棄者的慘感！
亦唱她爽耳的歌聲，
　使我心裡頭恍惚得到光明，
覺到我已經成了可怕的，
　一個模型與一個定則，
要現身給所有愚人們看。
我也曾有過十二分
　放在戀愛上的眞誠。

七、二〇

版本說明｜本文發表於《臺灣民報》，1925 年 8 月 26 日。發表時署名「懶雲」。篇末自署作於 7 月 20 日。手稿 4 張（編頁 14-21），稿紙（文英社），軟筆字，直書，完稿，現存賴和紀念館。手稿編頁接續於〈孫逸仙先生追悼會輓詞〉之後，置於〈鬥鬧熱〉之前。

〔在所謂文明了的社會裡〕

稿本　《賴和手稿集・新文學卷》，頁 525。
刊本　無。

　　在所謂文明了的社會裡，賭博這一類的玩意兒，總被法律所嚴禁。不管他裡面黑暗處怎麼樣，表面上總是如此。但所謂法律者，原是人的造作，不是神——自然——的意思，那就不是完全神聖的東西了。況使這法律能保有牠相當的尊嚴和威力，是那所謂強權，強權的後盾就是暴力，暴力又是根據在人的貪慾之上。而在運用、執行這法律，原是被創造未完全的人，尤其是那些強有力者，所有強有力者只是支配慾和占有慾的發動。

版本說明｜手稿 1 張（編頁 51），稿紙（文英社），硬筆字，直書，完稿，現存賴和紀念館。手稿編頁前接〈兒歌〉，本文為該稿本最後一頁，推測為 1925 年底作品。

本社設問的應答

稿本　無。
刊本　《臺灣民報》，1926 年 1 月 1 日。

（一）保甲制度當「廢」呢？當「存」呢？
（二）甘蔗採取區域制度當「廢」呢？當「存」呢？

一、存。我們生有奴隸性，愛把繩索來自己縛束，若一旦
　　這個古法廢除，則沒有可發揮我們的特質。
二、存。我是資本家飼[1]的走狗，若這特權喪失，連我做
　　走狗的，恐怕也沒有噉[2]飯處。

版本說明｜本文發表於《臺灣民報》，1926 年 1 月 1 日。發表
　　時署名「彰化賴和」。手稿不存。同期發表小說〈鬥
　　鬧熱〉。

1　飼：tshī，養。
2　噉：hám，啖、吃。

讀臺日紙的「新舊文學之比較」

稿本　無。
刊本　《臺灣民報》，1926 年 1 月 24 日。

　　不論什麼事，無過於比較、研究的趣味，所以這種工作我很不厭倦。尤其是這種著作，很能吸引我熱烈的歡迎。但我向來的態度，總不能捨去先入的主見。能夠虛心地，以比較其長短，推求其優劣，很是抱憾。雖然一點點，少堪自信：就是至少亦能斂卻幾分意氣，不敢憑著感情議論，只在擁護自己所認為美好的而已。若有人譏誚 [1] 我說：「這是沒有能力可以排擊所認為惡劣者的消極態度」，那我亦只有承受著罷。三、四兩天，《臺日紙》有這一篇論文。因為是平生的所好，就詳細讀過了幾番，遂生出以下的文字。

　　一、新文學運動，純然是受著西學的影響而發動的，所以有點西洋氣味，是不能否認。又且受著時代的洗鍊尚淺，業績猶未完成，也是事實。她的標的，是在舌頭和筆尖的合一，當然這也說是模倣。但各樣的學術，多由時代的要求，因著四圍的影響，漸次變遷，或是進化，或是退化。新文學亦在此要約之下，循程進化的，其行跡明瞭可睹。所以欲說是創作，寧謂

1　譏誚：ki-siàu，譏笑、諷刺。

之進化，較爲適當。若說新文學中，沒有創作品，這在稍具文學知識的人們，自能判斷，不用多說。橫書與直書的分別，在現狀下的新文學，尚沒有橫書的必然性。但將來音字採用的時候，就有橫書的必要了。到那時，這項怕就是頂要緊的比較點了。

　　二、舊文學的工具，本來不十分完備，且其對象在士的階級（所謂讀書人），不屑與民眾（文盲）發生關係，所以只能簡潔，亦自不妨簡潔、典重。新文學的工具雖尚未完備，比較多些一點，且以民眾爲對象，不能不詳細明白。自然在舊文學者眼中，就覺其冗長了。所謂認識自我，不過是先秦、楚辭、漢賦、唐、宋，大家的一種便套[2]而已。又謂洋氣極重，這恐是神經過敏的異常感覺。不知新文學的趨向，是要把說話用文字來表現，再少加剪裁修整，使其合於文學上的美。這樣若還染有洋氣，就是漢文化的破產，漢人種的不肖，不能怨尤了。至謂用ＡＢＣ來代甲乙丙，這純由作者個人習慣上和便宜上所生的結果，於本質沒有關係，自然沒有做比較標準的價值。用韻、對偶已有極詳細的討論在前了，不用我說。

　　三、既往時代的舊文學，自有其存在的價值，不在所論之刊〔列〕。只就現時的作品（臺灣）而言，有多少能認識自我、能爲自己說話、能與民眾發生關係？不用說，是言情、是寫實、是神秘、浪漫、是……天〔大〕多數──說歹聽[3]一點──不

2　便套：piān-thò，普通、平常。
3　歹聽：pháinn-thiann，難聽。

過是受人餘唾的「痰壺」罷。由來文學就是社會的縮影，所謂可異的新文學家的所「主」，不就是現社會待解決、頂要緊的問題嗎？在這種社會裡生活著的人們，能夠滿足地優遊自得，嘯咏於青山綠水之間，醉歌於月白花香之下，怕只有舊文學家罷？唉！幸福的很！欣羨的很！

　　至於描寫的優劣，在乎個人的藝術手腕，不因新、舊的關係。若同一成熟完美的作品，我敢斷定新的，較有活氣、較有普遍性、較易感人、較易克完文學的使命。

　　一事還須別說幾句，就是音字的併用。在現狀下，有許多沒有文字可表現的話語。這事在佛典輸入時代，舊文學曾有過一番經驗。那時有無新造的字，固不能知，大部分是用固有的字音，來翻譯梵語。有的另加口傍，以別於本來的字義。但到現在不僅意義不明，不明句讀的所在也有。翻譯可勿說，只像「欸乃」的讀做「矮魯」，如此且尚不能明白，必待解講，始知是行船時，船夫一種的呼喊。又像山歌的餘音（如噯喲兮），種種樂具的聲音，不用音字是不能表現。所以一篇文章中，插有別種的文字，是進化的表識。若嫌洋字有牛油臭，已有注音字母的新創，儘可應用。

　　苦力也是人，也有靈感，他們的吶喊，不一定比較詩人們的呻吟，就沒有價值。中西人的會餐，已是既有的事實，把牠描寫出來，不也是一種藝術嗎？可是不上舊文學家的眼也自沒奈何。

　　四、臺灣的新文學，雖不是創作，卻是公明正大的輸入品，決不是贓物──這點光耀，謹讓舊文學諸大師們去享受。因為

他們的勞力，創作了臺灣現代瘡爛的固有文化，養成了一般人們懦順的無二[4]德性。

最奇怪就是臺灣的新文學家，有幾個能讀洋文？偏偏他們的作品，染有牛油麵包臭，眞眞該死。又且年輕欠缺修養，動便罵人，實大不該。罵亦須罵得值，像那詠著聖代昇平，吟著庶民豐樂的詩人們，眞值得一罵？以後要十分謹愼，不可過於輕快者。

新文學是新發見的世界，任各有能力的人，去自由墾植、廣闊地開放著。純取世界主義，就是所謂大同者也。不過碰著荊棘的荒埔，不能不用力斫拔[5]排除。

五、此段所云，盡是文學家的創作心理，尤其是就變態心理引了許多例。這心理狀態，不論是新、舊文學者，皆有共通性，不曉得是在比較什麼？若說舊文學家盡是感傷的，新文學家皆在發狂狀態中，這是非醫者的診斷，本沒有價值，不用提起。舊文學家之皆爲感傷的，也不盡然，還轉是頹廢、樂天的居多。像道學先生的程夫子[6]，也有「世事無端何足計，但逢佳節飲重醅（倍）」的消極態度，餘可勿論。

六、七這兩段已不是比較的話，本無庸說及，但有一點不能不說。文學自有其存在的價值和使命，不能把道德律，來範

---

4 無二：bô-jī，一般、無異。
5 斫拔：tsiok-puát，砍削、拔掉。
6 程夫子：程顥（北宋），〈遊月陂〉：「月陂堤上四徘徊，北有中天百尺臺。萬物已隨秋氣改，一鐏聊爲晚涼開。水心雲影閒相照，林下泉聲靜自來。世事無端何足計，但逢佳日約重陪。」參見《二程文集・卷一》。

　　圍其作品、來批評其價值。因爲文學根本不是載道的東西（卻能利用做宣傳的工具，然已失其眞價）。

　　新、舊的接近，不知誰被進化。現在的臺灣雖尙黑暗，卻也有一縷的光明可睹。若說到禮教文物的中華，那舊殿堂久已被，陳獨秀的七〔四〕十二生的大砲[7]，所轟廢了。

　　　　　　　　　　　　　　　　一九二六、一、九

> **版本說明**│本文發表於《臺灣民報》，1926 年 1 月 24 日。發表時署名「懶雲」。篇末自署作於 1926 年 1 月 9 日。手稿不存。本文在回應署名「一記者」之〈新舊文學之比較〉，《臺灣日日新報》，1926 年 1 月 3、4 日。

> **附：〈新舊文學之比較〉，《臺灣日日新報》，1926 年 1 月 3、4 日。**
>
> 文學革新，爲吾人十餘年來所提倡者，然與今日中國及臺灣新文學異趣。今試就今日所謂新文學者，與舊文學比較如左。（一記者）
>
> 一、自外觀上而言。舊文學用「焉之乎者也」及句譯〔讀〕；新文學用「了、啊、呀、唉、嗎、呢、喲」及洋式符號。

7　七〔四〕十二生的大砲：陳獨秀〈文學革命論〉之結尾：「予願拖四十二生之大砲，爲之前驅！」參見《新青年》，1917 年 2 月。

舊文字〔學〕二字以上用複數之字者，爲「等、眾、諸」；新文學以「們」字代「等」字，「眾、諸位」則同外，女他爲「她」，物他爲「牠」。是勿論出於模仿洋文，非屬於創作。又舊文學直寫，新文學學洋文橫寫。

二、自組織上而言。舊尚簡潔；新喜冗長。舊帶古典的氣息音調；新具洋氣極重，帶有若翻譯洋文者之氣味。舊認識自我；新崇尚洋風。舊用「甲、乙、丙」諸代人名詞；新用「Ａ、Ｂ、Ｃ」諸代人名詞。舊文學有駢體之例；新文學絕不認駢體，然至整頓處，卻於不識不知之中，裁成對偶。例如鄧均吾之〈靜夜〉，有「慘白的街燈、滴瀝的簷聲、隱約的蛙聲、寂寥的樂音」，豈非一種對偶？謂之新者，不過多一「的」字。又如「蒼茫茫的圓空、淼茫茫的煙水」，「和平的鳥音、幽韻的山泉、蕭條的林語」，亦莫不然。舊文學詩歌、詞賦用韻，普通用上、下平各十五韻，乃至於上、去入詩韻；又有用《通韻》、《廣金》。新文學詩歌，以不用韻爲解放，字數不拘，是其特點，其實多有用韻之者。「青天無盡頭，心神與之遠，飛雲與飛鳥，兩兩相眷戀」。遠戀韻洽，明明是古絕句。惟首用枕著石，蕉著天；結用自然懷抱中，萬物各自得，故爲避韻。胡適之嘗論中國古文中，類多有韻，引例極博，可知用韻之洽，爲我先民固有美感，自然流露，未可盡識爲束縛也。如〈遊龍華〉第二首：「士女如雲，乘著流水似的華車。」上句純然舊文學，下句暗用車如流水馬如龍古典。又如〈夜之聲・一〉：「蠢笨的蛙聲喲，爾們鼓吹什麼？」鼓吹二字，即古典的文字。

三、自內容而言。或言：「新文學多言情，舊文學不多言情」。曰：「否」。新文學家之身體，非出於舊頭腦父

母情種而生乎？文王寤寐求之，輾轉反側。吳人龍子猶，敍情史作偈。天地若無情，不生一切物，一切若無情，不能環相生。生生而不滅，由情不滅故。進化論嘗言愛他的努力，出於情感。人非草木，安能無情？草木之開花結實，遺傳其種子，亦情之愛他的作用耳。惟舊文學言情，及於五倫，不專尚本能的性欲衝動，蓋情之進化也。

或言：「新文學善寫實，舊文學不善寫實」。曰：「否」。自「粵若稽古」至於今日，寫實之詩歌文詞，真是汗牛充棟，欲舉其例，不難以千百舉。所可異者，新文學多主於自由解放、打破偶像，及主張個人主義、不言忠孝、無視家庭制度。用語之涉於神秘者，舊文學女蘿山鬼、神仙狐怪之屬；新文學心所願也之上帝、生翅天使，乃至於蟲聲、薔薇、百合，星光月影之美女化。新文學之所以過於繁者，若簇拉派、伊武聖派，貪寫周圍無用景物，宛然若寫真機之撮影。撮影中有太〔大〕好錦繡河山，遇有若淡水河岸運糞船泊湊時，亦一並撮入。舊文學若南畫，惜墨如金，氣韻自逸，妙於選擇。新文學讀之靡靡然，若北京，一班苦力，開聲吶喊，強迫黎總統下野。吾人讀郭沫若之〈星空〉，用北斗織女、獅子座、少女宮，雜以羅馬字許多洋語，宛然若北京之中國人，與碧眼洋人猜拳會食於北京飯店。

四、中華與臺灣。中華新文學非創作，係模倣洋文；臺灣非創作，係剽竊中華。中華新文學家，多富有漢學，雖雜以洋氣不敢罵人，如《胡適之文存》，末附反對者之意見雅量。臺灣自稱新文學家，不多讀漢籍，故其所作生油麵包之臭加重。換言之，若稻江藝妓，一時流行束腰縮鬖。又以年紀太輕，修養未純，善於罵人，其罵法又

極卑鄙，使人欲嘔。蓋七家村中悍婦口吻。中華新文學家，既曉漢學，又精洋語，然尚嫌草創的，未經時代洗煉。臺灣新文學家，能讀愛爾蘭鄉土文學之原書幾人？特變本加厲，欲以文學上之帝國主義，以征服反對者之妄想狂而已。

五、文學家及感傷的。昔司馬子長自敘，其中一節，言屈原放逐著《離騷》，左邱失明有《國語》，孫子臏腳論《兵法》，不韋遷蜀傳《呂覽》，韓非囚秦〈說難〉、〈孤憤〉。《詩》三百篇，大抵聖賢發憤之所為作。發憤者何？傷感的也。「我欲為君槌碎黃鶴樓」，固屬醉後狂言，欲以炸彈炸壞舊殿堂，豈非夢中囈語？是故西人之論文學，有神秘性、錯誤狂、主我狂、高蹈狂、誇大狂、惡魔狂、頹廢狂、耽美狂、色情狂等，皆帶一種精神的傾向。美酒使人身醉，美文使人心醉；心醉即精神上之變質也。神秘狂者，獨彼見天使生翅，而他人竟不之見。狐鳴篝火，處處皆妖；拜蛇拜火，在在宗教。錯誤狂者，登臺北最低之圓山，思小天下。或無病呻吟，飫膏粱，而談清貧之尚足。主我狂者，自己而外，不知有他，必欲強人。自己嗜痂，到處宣傳痂之美味。高蹈狂即眾人皆濁我獨清。覺茫茫天壤，無一可意者，誓將洗吾耳而迴吾牛。誇大狂者，即今夜若無雨，明朝必出日之詩翁、詩伯。及螳臂當車，自稱勇猛；給仕小使，居然大人。或以公學校劣等生，讀一二雜誌即自命思想大家，欲指導一切；或以野狐禪之僧侶，欲普濟眾生。惡魔狂於善有絕對的厭惡，於惡有絕對的偏愛。狃大人侮聖人之言。頹廢及耽美狂，其在中國為晉代之清談，西洋為羅馬末期言語。其在中國見春筍而聯想婦女纏足，西洋有見兄弟而聯想犬類平和，比擬不倫。色情狂者，多描寫低級卑劣性欲。聞婦女便溺之聲，便異常興

奮，文思潮湧。或誤信狐妻鬼妾，便想入非非，如此禮者。且言男女結婚，全由香臭決定，不在美、不在賢、不在品性〔行〕，全在於香味決定，標榜香味最高主義。就中色情狂之文學者，於異性無克己能力，被異性魔力束縛，不能自脫。一旦失戀，則尤人怨天，咒詛一切，至於抱石沉河。或描寫感傷的戀愛小說，長篇當哭。

六、文學上之反省。須常識發達、思慮純熟；明於觀人、善於觀己；無門戶之見、無過猶不之識；喜怒哀樂之發於文學者。一一中節，可以載道，可以淑性，中庸爲德。雖曰極至，然鮮能久矣，豈獨今日之文學？惟在今日，生活上多感困難，苦心焦思；勞形於奔衣走食之外，學問上分出東西千岐百途；欲博不精，求精不博；大道以歧道亡羊，學者以多方喪生。即不喪生，亦易誘起神經衰弱著影響於文學界及藝術界。

七、新、舊派之接近。吾人終言新、舊派不久可以接近。蓋物質本來，不生不滅，眞理所在，雖舊亦新。舊文學依新文學之反動，漸趨平易；新文學依舊文學之反駁，漸反〔返〕中庸。其理可證於物理之振子，反撥反撥，卒歸於中。日本洋畫大家石川寅治有云：「西人到日本觀劇，不觀舞踏而觀京踊，於畫不觀油畫觀日本畫。」蓋我所謂新者，實模倣於彼之舊；而彼乃欲採我之舊，從而革新。我所謂新者乃彼之唾餘，創作極少，無怪彼不肯一顧之也。

謹復某老先生

稿本　無。
刊本　《臺灣民報》，1926 年 3 月 21 日。

　　前日因指頭發癢，遂寫出一篇不像樣的文字，老實也不忍使老先生失了臉子，竟置之不一駁。又幸老先生肯再下教，光榮無上。小子何人，敢希聖如孔子？讀書雖未有二十五年，也時在開卷。可是屢讀屢增益懷疑，本自知根性惡劣，這點怕無奈何。

　　人們的「物的[1]生活」方式，和「精神生活」狀態，每因時間的關係、環境的推遷，漸漸地變換轉移。兩生活的表現方式（文藝、繪畫、彫刻等），也同時隨著變遷。由文學史的指示，所謂中原文學，實際、雍容、雅淡的態度，在一時代，受到北方，悲涼、慷慨、雄壯的影響，氣質上增益些強分；又受到南方，理想、優遊、緻密的淘化，詞彩上添些美質；後再受到佛學的影響，滲入很濃的空無色彩；最近又被沐於歐風美雨，生起一大同化作用。所以新文學的構成，自然結合有西洋文學的元素。且人們心理，不見有多大懸隔，表現方法，偶有雷同，本不足異。若以這些一切，皆可唾棄，唉！想老先生一定尚在

1　物的：ぶってき，but-tik，物質的。

敲石取火，點一根燈心草的油燈，在披閱蒲編竹簡，雖有洋痰壺，打算無所用罷！還有一點不可思議，就是老先生也利用到報紙，雖無牛油臭，汽油的臭味固很強，見得勢利的套圈，人們是不易逃脫！

前人所貽留文學的田地，固然廣漠無垠，擁有無限寶藏，要不是[2] 利用有組織的規模、科學的利器，來墾闢經營，只任各個人一鋤一鋤開掘去，終見亂草滋生。像臺灣一部分富人，只一個錢，亦得不到使用的自由，尚不忍放棄富豪的地位。

老生先！苦力的「姦你娘」，雖很隨便、不客氣，原不是他們的吶喊。他們受到鞭撲的哀鳴，痛苦、饑餓的哭聲，在聽慣「姦你娘」的耳朵裡，本無有感覺，卻難怪老先生耳重。

文字上的譏誚，筆端的感情，自信尚未越出人生態度的批評、理論探討的範圍外。相對性原理既已被公認，老先生說一句，小子要不應一聲，那就真的欺侮了老先生！在老先生，不也時時捧出聖人、國家，想來壓制人？縱這樣刺戟，老先生在所難堪，就要遁跡山水之間，忘形花月之下。雖比乞憐之輩稍高，恐怕終逃不了？小子確信老先生，不那樣卑怯、無能。雖觀察不同，立足各異，也是有心世道，力挽頹風，欲致之三代，有理想有抱負的學者。希望為著世人，努力加些餐飯！

小子怎麼敢把既往文學，一切抹殺？不也說他自有存在的價值嗎？無論杜、陸[3]，就是老先生所不取的王次回[4]（除了「教

---

2 要不是：nā m̄-sī，如果不是、尚未。
3 杜、陸：杜甫（唐），字子美，〈石壕吏〉為其所作新樂府詩。陸游（宋），字放翁。

郎衹底摸抄遍，忽見紅幫露枕邊」一類句子），也有一絲生命。
在抒情詩裡，描寫戀愛的成績，自有其位置。不是小子所能擡
高，也不是老先生所能貶黜。就清涼飲料，本不能責其無破愁、
壯膽的「酒」的功效。

　　現代的臺灣杜甫、放翁！請勿吝惜把〈石壕吏〉那樣的作
品，來解解小子們文學上饑渴。就如雜詩，表現自己生活的、
片面的，也可滿足。唉！現臺灣不是老先生的理想國嗎？那得
這些材料，可供描寫？小子錯了，死罪死罪！

　　老先生！既明白到現社會，可用新形式描寫；且又發見
著新形式中，有舊文學的美點，小子拜服！「惡而知其美者鮮
矣[5]」，孔老先生的話，已經老先生證明了！小子還別有點意
見，若能把精神改造，雖用舊形式描寫，使得十分表現作者心
理，亦所最歡迎，但可憐總多是……

　　舊文學便云艱深刻苦，新文學未見就淺陋平易。若以眾人
所不懂為艱深，一字有來歷為刻苦，那也不見得有什麼價值。
像老嫗能解的詩文、乞丐走唱的詞曲，就說沒有文學價值，
也只自見其固陋如已。就舉例諸詩中，如黃興（聽說是姓譚
的[6]）一首少要註釋，其外不皆明白自然如說話一般？

4　王次回：王彥泓（明），字次回。〈即夕口占絕句十二首〉之五：「斗
　　帳香篝不漏煙，睡鞋暖窄困春眠。教郎衹底摩挲遍，忽見紅幫露枕邊。」
　　參見《疑雨集・卷四》。

5　惡而知其美者鮮矣：語出《大學》：「故好而知其惡，惡而知其美者，
　　天下鮮矣。」

6　姓譚的：譚嗣同，1865-1898，字復生，湖南瀏陽人。戊戌六君子之一，
　　其遺作「望門投止思張儉，忍死須臾待杜根。我自橫刀向天笑，去留肝

　　人本不可不讀舊書，卻不可單爲著舊書而讀書。所以向故紙堆中討生活，何如就自然界裡闢樂園？舊文學艱深刻苦，小子不敏、不敢（也實不能、也有不必要）與從事研究，有負勸導。

　　現在臺灣，誠如老先生所說，雖有一部新詩集[7]的產生，猶未影響及一般人心理，完全是舊文學所支配的領地。在老先生意象中，必當是「舜日堯天周禮樂，孔仁孟義漢文章」的世界，偏偏女學生有軟文學[8]可讀，甚至被誘發了人性弱點，這就不可思議了。

　　小子所見很狹，劉夢華〔葦〕[9]在中國文壇有何影響，完全不知。但新文學在中國是經過了討論時期，在開始著建設的工作。不須更引彼時所討論的例，來辯護解釋，空占許多篇幅。

　　如我老先生在舊文學者裡，一定是第一流人才。在這文字裡，雖可說無有巴結權勢的口吻，但不敢冒瀆著戒心，卻能看見。老人家本來小心，我小子在所當[10]⋯⋯

　　對於舊學者，小子何敢盡數排斥？如老先生者，很希望援手提攜提攜，專此敬請

　　膽雨崑崙。」時人誤爲黃興所作，參見〈黃興血淚〉，《臺灣日日新報》，1919 年 11 月 6 日。

7　新詩集：張我軍《亂都之戀》，1925 年 12 月在臺北印行。

8　軟文學：なんぶんがく，nńg-bûn-hák，以戀愛、情事爲主題的小說或戲曲作品。可參見〈軟文學之誤人〉，《臺灣日日新報》，1921 年 1 月 8 日。

9　劉夢華：應爲「劉夢葦」，1900-1926，湖南人，新月派詩人。其新詩主張，可參見〈中國詩底昨今明〉，《臺灣民報》，1926 年 4 月 18、25 日。

10　在所當：tsāi-sóo-tong，理所當然應該如此，意謂自己「不敢冒瀆」。

金安　有萬 [11]（不書「不一」者所以表尊敬也）

三月七夜

版本說明｜本文發表於《臺灣民報》，1926 年 3 月 21 日。發表時署名「懶雲」。篇末自署作於 1926 年 3 月 7 日夜。手稿不存。本文在回應署名「老生常談」之〈對於所謂新詩文者〉，《臺灣日日新報》，1926 年 2 月 25、28 日、3 月 1 日。該文引述劉夢葦之新詩主張，見於〈中國詩底昨今明〉，《晨報副刊》，1925 年 12 月 12 日。後轉載於《臺灣民報》，1926 年 4 月 18、25 日。

附：〈對於所謂新詩文者〉，《臺灣日日新報》，1926 年 2 月 25、28 日、3 月 1 日。

▲昔在孔子，言：「吾十有五，而志於學。三十而立，四十而不惑。」又曰：「吾黨小子狂簡，斐然成章，不知所以裁之。」

▲今之小子，主張新體詩者，或自稱爲斐然成章，然而狂簡，不知所裁。坐在於不肯如孔子二十五年間，繼續力學，期達於不惑地位。

---

11 有萬：iú-bān，即周全圓滿之意。有萬不一，指周全，而不有差錯或突然的意外。

▲新體詩作者，既不肯力學，自然於舊文學妙處不解，不然，則自然詛咒漢文化破產。替如一班不肖子孫，自任爲不世出聰明，輕薄祖先克勤克儉，創置田園，爲利薄，於是變賣田園，投機於德之馬克、俄之露布。不自知其曾幾何時，一落千丈也，故曰破產。乃若輩之破產，非漢文化之破產。彼又以舊文學是創作了現代瘡爛的固有文化，養成一般人懦順的無二德性。此則何故？日本固有漢詩人某，當日俄戰役之時，嘗弔川中島有詩：「兩軍戰略頗相當，人弔水邊古戰場，遺恨不爲明治將，生禽〔擒〕暴虜獻吾皇。」而黃興有詩：「望門投止思張儉，忍死須臾待杜根，我亦橫刀向天笑，去留肝膽兩崑崙。」何嘗不讀之可歌、可興？即如臺灣陳滄玉君之〈詠桃源圖〉，有：「莫想隨他去避秦」詩，亦帶有無限激昂氣象。不似今之專寫戀愛，極力接吻抱腰，若蠶蛾之交尾，奄奄一息，以自赴於死地也。此種接吻抱腰戀愛文學，自謂可以救國救族，振作士氣。吾人雖愚，不敢置信。

▲彼又云：「苦力也是人，也有靈感〔感〕。」臺灣苦力大都開口，便罵姦爾娘奶。若將苦力惡聲一一描寫，便是臺灣鄉土苦力文學，此輩身後臺灣苦力，必然尊敬他爲臺灣莎翁，婆婆美麗島之杜工部。

▲彼又云：「舊文學家，是能到生活滿足地，優遊自得，嘯詠於青山綠水之間，醉歌於月白花香之下。幸福的很，欣慕得很。」是又可視爲一種囈語。所以者何？臺灣舊文學家，類多不得志之士，故備受新文學家欺侮。其所以嘯詠於青山綠水之間，比諸昏夜乞憐，驕人白晝〔畫〕，賢不肖必有能辦〔辨〕之者。醉歌於月白花香之下，與山水之嘯詠，皆爲一種藝術的美感。比諸口談戀愛神聖而蓄妾者，與夫歡迎會呼妓侑酒，初則藝旦，人人女士，

繼而狎侮無所不至者，以滿足野獸的本能，則一般虛心平氣公平之判斷，又當奚若？

▲彼又云：「舊文學是受人餘唾的痰壺。」不知此痰壺乃祖先遺下之痰壺，與新文學為洋人之痰壺者，可謂超出數等。自古及今，雖曰勢利之多，然尚不至如今日一部，見洋人富強，情願為洋人痰壺。不解洋文，偏喜模仿洋文，得得然自命革新，真可唾也。但不知此種極勢利的之洋式痰壺，肯容吾人一唾之否？

▲大體新體詩論者，恆拾洋人牙慧，其佳處無過於「文學乃社會之縮影」一句。告〔吾〕人試問：舊文學非社會之縮影乎？惟新體詩人無學不識之爾。吾人試問：杜甫之前後出塞、秦州雜詠、不〔石〕壕吏、新安驛無家別、兵車行等，非當時社會之縮影耶？彼不獨反對軍國主義，且排斥憑借外力主義。玩其〈北征〉之中，有云：「其王願助戰，此輩少為貴」之語。廣東新人，喜借蘇俄為後援者，讀之當一齊愧殺。放翁時代，則國家積弱，外患來侵，故有：「生願入山隨李廣，死當穿塚傍要離」，及〈大散關頭〉諸作。其臨死時，有「王師恢復中原日，家祭無忘告乃翁」句。今之戀愛至上詩人，與他比較，直一個是志士，一個是淫徒。以淫徒而罵倒志士，真天翻地覆，豈特世紀末耶？

▲吾人再言：詩文一事，主在於精神，不專在形式。以舊形式，描寫今日社會，何嘗不以新形式？而徒寫戀愛，教人接吻抱腰，則於國家民族，有何裨補？若云舊文學艱過於刻苦，為韻所縛，則以不作為是。

▲吾人敢奉勸新文學之主唱者，再力學事於舊文學之研究。即如詩之一途，上窮騷，中及漢魏六朝唐宋元明，下則有

清一若梅村、漁洋、浙西諸家，皆不可不讀。詩論至少須
參透司空圖《詩品》、嚴滄浪《詩話》、歸愚《說詩晬
話》，如是方知洋人所言者，皆先民糟粕。若夫愛情，則
香奩體，一部疑疑雲、非性之研究，與夫戀愛之表現乎。
吾人不之取耳。

▲舊文學家，至少亦略記文學端緒，胸中習熟古今詩文數
十百篇。新文學家，不知人人能誦郁達夫、郭沫若輩之新
體詩幾篇？他如莎翁、倪德杜伯之原文，更不待論。

▲新文學家，恆排斥韻語。然而扣以中國韻學，則鄭氏庠、
陳氏第、顧氏炎武、江氏永音學諸書，未之曾讀。若輩於
漢學素養全無，於洋學又復膚淺，又不解中國新文學之變
遷，漸迫近於舊文學之美點，使坡老有知，必曰今世小
兒，強作解事。

▲今人一部排斥文非載道的東西。即文能載道，有何惡處？
譬如鼓吹愛國愛族，振作人心，矯正頹廢文字，或尚論時
政之得失，努力匡救，非載道耶？戀愛神聖，若過於程
度，則變成誨〔穢〕淫。今之女學生，多被誘拐，若彰化
最近發生現象，皆坐於所讀軟文學，專描寫戀愛，不能載
道之弊。

▲日本近代之文學，雖則變遷，然新派文學家，尚不敢罵
鳴雪、碧梧桐之俳句，及森槐南、本田種竹、鹽谷青崖、
落合東郭之漢詩，為瘡爛的文學，為守墓犬，為痰壺。第
臺灣一二小兒，不知香臭，自冒稱洋人為乾父，敷衍胡適
之唾餘，變本加厲，特肆無忌憚耳。

▲支那現代有一劉夢葦〔葦〕，是主張新體詩者，彼偏於今
日新體詩，非常不滿。其言曰：「今日新體詩，是最可笑

現象。猶如纏足女子，一旦解放，反覺不慣行走。新體詩經了幾年摸索，眼見的《繁星》、《春水》，成了往事。《冬夜》、《草兒》，乃至《女神》、《紅灼〔燭〕》、《蕙的風》的時代，也都過了。今不問如何，寫幾句散文的分行，安排幾處洋式標點符號，便說是詩。千好萬好戲臺上互相喝采，讚美好戲。此點在胡適之中學時，曾討論數次，聞一多先生，也是同感。新體詩之不能發達，坐〔在〕於無人敢批評他、指摘了他的缺點。介紹西洋文學原理，卻沒有人做過好詩，真可憐極了。世無加吉布如安低司，和那瑪都雅罷爾德等，誰肯下以神聖批評。」

▲劉氏更云：「新舊文學之分，為胡適之便宜上分出，為鑑於西洋採用方言，及俗語人文，所以引起中國引車賣漿之流，所說的話，皆是新文學。自《嘗試集》出，而胡適體，頗見流行。《冬夜》、《草兒》也長出來了，《女神》也提花藍，唱著『詩人還在吃乳』。其他《蕙的風》、《紅燭》、《將來之花園》以及《湖畔》，都一齊出世。但此種名文，書上並沒寫有非賣品三字，而顧客終屬寥寥，亦無人讀到會心能記憶的程度。惡言之為作品本來不佳，曲解之為民眾乏教養，但知向李、杜、白、蘇之詩共鳴，尋討生活，不能領略新詩的好處。」

▲劉氏又云：「許多作家，不知道文學是什麼。看人家論白話是詩，便寫白話；看人家說詩是分行寫的，便分行寫起來。自己搖頭擺耳、朗誦高詠，前無古人、後無來者，而一輩盲目之書肆，便將他收入在文學從書之內，企圖厚利，結局大吃虧損，無人肯買，汝說滑稽不滑稽？所可笑者，人家說詩是自由的、平民的、人道的，他便自由的，連褲子都不想穿。沒有被戀愛之醜男子，窮措大，也做著一首新體詩、一篇新體文。言彼女十分戀愛於我，我更願

向牡丹花下死也。總而言之，皆極滑稽而尖利的俏皮話。漁洋是清時一代正宗，可惜才氣薄得很；若輩是新體詩正宗，可惜滑稽俏皮的很。」

▲右劉氏所云，真可謂今之新體詩論者，下一頂針。臺灣今日殆不見有新體詩作者，若有，則或如劉氏所云。新體文更覺不漳不泉，作者言是北京話文，卻有人說是亂彈戲口白。臺灣書肆，尚不見有新體詩詩集出兌，豈臺灣乏現代的雞林賈耶？若謂新體詩係平民的，曷不使乞丐，抱琴攜燈，向街頭巷尾走唱，極力宣傳，看一般民眾，歡迎與否？

▲吾人終言臺灣舊文學家，若一流者，必不肯作巴結權勢文字。新文學主唱者，若與舊文學家，相當有交際，便知底蘊，決不可混賬亂罵，如瞽者自謂到處，見臺灣皆是黑暗，無有人物。

〔當這個新舊交替的時代〕

稿本　《賴和手稿集‧筆記卷》，頁 200-201。
刊本　無。

　　當這個新舊交替的時代，舊的觀念尚在多數人的腦中，舊的思想尚在擁有權勢的時候，不論有什麼事件發生，總把這個罪責卸在方在萌芽的新思潮之上。這固無妨，新的既有萌茁的機運，亦自有培養其成長的要素，不因爲他力的摧殘（誣陷）遂失了生機。

　　現在最受到指謫的就是「自由戀愛」四個字。所有浪蕩子、輕薄兒的拐誘，不自愛女子的墜落，總說是這四個字的作祟。不要緊，他的魔力既這麼強，定不是符錄、咒語所能禁壓的，會有實現其眞相的一日。咒詛他的人們，不幸多活幾歲，得親眼及見，唉，那就……不幸？

　　就近我們地方所發生的事[1]，我也負有一分的責任，也是受到詬責的一人。因爲我也是主張婦女解放、戀愛自由的一

1　我們地方的事：彰化戀愛事件，或稱爲誘拐事件。1926 年 2 月，彰化街長楊吉臣之子楊英奇、霧峰林資鏗之子林士乾，與潘貞、盧銀、吳進緣（吳德功之女）、謝金蘭、楊金環，欲一同私奔中國。後事跡敗露，僅林士乾與楊金環前往廈門。其中潘、盧、謝、吳等四人爲彰化婦女共勵會成員。可參見〈考察彰化戀愛問題〉，《臺灣民報》，1926 年 3 月 14 日。

人。今回所生這個關係，說得上是戀愛嗎？還他一點價值便宜些？是說是戀愛，但私奔拐誘是戀愛的結果嗎？要是解得戀愛的人，當公然的發表、旁敲地主張；有了妻子或有了夫婿的，當然要還給他們各人的自由，償給他們的損害。這實在不合於舊禮法，而在理論上我卻承認其應該；事實上卻不這樣做。而至於私奔，若他們真實由於戀愛，我就要說舊禮法的罪責了。但其動機是在於玩弄遊戲，聽說且有所圖謀，況又是眾人公認的不成物[2]的子弟。唉，我實不甘把「戀愛」二字輕輕送給他。

　　好的方面說沒有受到教育，有的卻是高女的畢業生；說受著物質的誘惑，有的卻不欠缺；那麼真說是自由、開放的罪責嗎？──在新婦女們組織會[3]以後，漢文研究受不到聽許，學術研究會亦不成立。例會[4]時所謂新人們的參會，說話亦在須迴避的狀態下，使得會的生氣全無，而她們卻成了一團的遊伴（比較能得自由的），群居終日無所用心。且旁邊還有幸其墜落，可以藉口加罪於提唱者的在（以小人之心度君子）。心理上的弱點一經挑撥，更容易動搖，況所謂水性的女子。又現社會易便適於男女的交際，陷於不良結果的情態之下，漸漸而有這件的發生，實在是「意料中的意外事」。要說是社會的不良，又怕受人家的責罵，我也承認是我們做事不徹底的罪過。雖然

2　不成物：m̄-tsiânn-mih，不成材。此指楊英奇。

3　組織會：彰化婦女共勵會，1925 年 2 月 8 日舉行成立大會，由楊咏絮述開幕詞，蔡鳳介紹會員，潘貞報告創會經過，王琴審議會則，阮素雲演說。參見〈彰化設婦女共勵會〉，《臺灣民報》，1925 年 3 月 1 日。

4　例會：彰化婦女共勵會於每月第一個星期六舉行例會。參見〈婦女共勵會第一次例會〉，《臺灣民報》，1925 年 4 月 1 日。

我卻不因此而放棄我們的主張，使犧牲到吾的子女，也要使其
真相有實現的一日。因這事的發生，在我們的地方，為人父母
兄弟的心上，無異受了銃繫〔擊〕⁵：對於婦女們像撒下羅網，
對於婦女問題的前途築了牆壁，對於文化運動像投下了爆彈。
這罪過、這責任，不用說是我們「新思想的人」應該承受的，
所以我們不能不再積極地幹。

　　法律既無奈何

　　人言又豈足恤　嗚呼

　　　　版本說明｜手稿 2 頁，筆記本（橫式），硬筆字，橫書，完稿，
　　　　　　　　現存賴和紀念館。本文內容是在回應 1926 年 2 月「彰
　　　　　　　　化戀愛事件」。

5　銃擊：tshing-kik，衝擊。

忘不了的過年

稿本　《賴和手稿集・新文學卷》，頁 536。
刊本　《臺灣民報》，1927 年 1 月 2 日。底本

　　小子不長進，平生慣愛咬文嚼字，「立名最小是文章[1]」，「聲名不幸以詩傳」，這是多麼感慨的話啊！所以不願意側身所謂斯文之刊〔列〕——其實也不能夠——但在不知不覺的中間，也染些牢騷的皮〔脾〕氣，偷得空間，便就學起病者痛苦的哀號，呻呻吟吟，自鳴得意，以樂其心志，和其哀情，不顧慮旁人，所謂風家也者，笑掉了齒牙。生性如此，雖用巨磨磨碎了此五尺之軀，使成粉末，乃和以森羅殿的還形復體水，再捏成一個未來生的我，怕也改不脫這個根性。現在只有覺悟，覺悟把臉皮張緊一些，任便人家笑罵，不教臉紅而已。

················

　　「光陰如矢」，這一句千古名言，我近來纔漸漸覺得牠的意義，因爲番仔過年[2]看看又要到了。可恨可咒詛的世界人類，

1　立名最小是文章：語出袁枚：「余幼詠懷云：每飯不忘惟竹帛，立名最小是文章。」參見《隨園詩話・卷十四》。
2　番仔過年：huan-á kuè-nî，指陽曆新年。

尤其是那隆鼻碧瞳的紅毛番[3]，美惡竟不會分別。有最古的文明、禮義之邦的中國，自很古就有完美的曆法，他們偏不採用，反採用那四季不調和，日月不相望的什麼新曆法，使得我們也不能不跟他多一次麻煩。但這是所謂大勢，說是沒有法子的事。除廢掉舊曆，奉行正朔，和他們做新過年。唉！這是多麼傷心的事啊！

在我未曾學過遊歷、視察、觀光的人，別地方是什麼樣子，我不明白，只在我們貴地，一到過年，不論什麼階級的人，精神上多有些緊張，行動上也有些忙碌。有的人（多半是閒著享福的人），和純真的孩童們，總在等待過年的快樂，但在手面趁吃[4]人，不能不倍加他的工作，預備些新正年頭[5]無工可做時的糧食。做事業的人們，也要計算他一年的成績，用以決定後來的經營方針。農民播種犁田，要趁節氣，猶不能放他們一刻空閒。就是那些文人韻士，也在腹中起草他「願與梅花共自新」一類的試筆詩。頂可憐的就是女人家了，過年種種的預備，務使春風吹來，家門有興騰的氣象，且新正閒著的時候，自己一身也不容不修飾，對男人怕失了他的玩愛，對同伴們要顯示她得到男人的憐惜。所以家裡市上，多亂惱惱地熱鬧著，新聞雜誌也各增刊而特刊，小子也乘這機會寫出這篇亂七倒八的文字。

究竟為的是什麼？何以故過年就要如此呢？新年的一日，

3　紅毛番：âng-môo-huan，對西洋人的蔑稱。
4　手面趁吃：tshiú-bīn thàn-tsiah，靠自己賺錢糊口。
5　新正年頭：sin-tsiann nî-thâu，過年期間。

和別的其餘的一日，也不是依然一日嗎？人們怎地在心境上，就有這樣的不同？唉！春五〔王〕正月，這不是和舊時代的天子，與小百姓的關係一樣？

....

什麼就是一年？天文學者的解釋說：「地球繞著太陽，運行了一個週環。」這是經過科學的證明，沒有錯誤的確定事實。

但現在的曆法，在我的知識程度裡，曉得有回、中、西三種，尚有住在山內那些我們的地主，也有他們一種曆，這說是野蠻的慣習，人們不預〔與〕承認，在他們社會裡，卻自奉行唯謹。現在只就所謂有相當文化的根據，那三種曆法，略一對比，就使我發生了許多疑問。因為所規定的過年，完全不同日子，同在這顆地球上，地球也規矩地循著唯一的軌道，輾轉運行，怎地所說的一週會不同？若說因所認定的起始點，互有參差，故過年的規定遂各不同，那麼地球運行初，由何處開始？這一點不能明白，就可自由假設嗎？我要替地球提出抗議哩。

且中曆我也在書本上，看見有幾次的變遷，什麼建子、建丑、建寅[6]，一年的設定，原無有確實的根據標準，不過隨意做作而已，也不是什麼大不了的事。何故世上的人類們，對著

6　建子、建丑、建寅：夏朝以正月為歲首稱為建寅，商朝以十二月為歲首稱為建丑，周朝以十一月為歲首稱為建子。

牠有這麼大的感情？試把這個假定廢掉，使人們沒有年歲的感覺，不是一件很合理得快活的事嗎？沒有年歲，不見得人們就活不下去，何用自作麻煩。

在幾千年前，當科白尼[7]還未出世，大家猶信奉天圓地方，日月星辰是天空的附屬物的時代，日頭[8]是自東徂西，自然不曉得地球是遵著軌道，在環繞太陽運轉，那時代的一年，以什麼為標準？天體的現象嗎？用什麼做根據？唉！這指定一個日子為過年，和由無量數的人類中，教幾個人去做官一樣，終是不可解的疑問。

....

一到過年，第一浮上我的思想，就是金錢。在我回憶裡，所能喚起的兒童時代，僅七、八歲時的狀況，再以前任怎地追憶，也只有朦朧一個暗影而已。我在兒童時代，所以喜歡過年的來到，也因為能得到較多的金錢，可以借牠的魔力，來增強我快樂的濃度。過年，在家裡有壓歲錢的分賜，由祖父母、爹媽、叔嬸，啊！手一插進衣袋，不用摸索，就可觸到金錢，唉！那時的快樂真有……但心還未足，有時再往親戚家去，借著拜年的名目，騙些「掛頜錢[9]」，親戚們多讚稱我，說我乖巧識

7　科白尼：Nicolaus Copernicus，1473-1543，波蘭天文學家。提出「地動說」，主張地球繞著太陽轉動。今譯為「哥白尼」。

8　日頭：jit-thâu，太陽。

9　掛頜錢：kuà-ām-tsînn，《臺灣通史‧風俗志》載，新年期間「親友之兒女至，

禮，因為這是親戚間，一個來往的禮節，不曉得我的目的，是在「掛頷錢」，人們又在禮讚兒童的天真聖潔。唉！「禮」這一字是很可利用的東西，不曉得誰創造的，我要頂禮他啊！

現在的我，是社會的一成員，人類的一分子了。快樂的追求，金錢的慾念，比較兒童時代，強盛到肉體的增長，多有一百倍以上。一到過年，金錢的問題，也就分外著急。愈著急愈覺得金錢的寶貴，愈覺得金錢的寶貴，金錢愈不能到手，也就為痛苦所脅迫了。又有不可得的快樂，在一邊誘惑我，那痛苦就更難堪了。我向來以為賺錢不是難事，「春錢[10]」那更不成問題，若會賺錢，怕他不「春」？有「春」錢立地就成富豪勢力家，也就可以得到百般的快樂。現在可把我以前的思想，完全打消了，愈會賺錢，愈覺用錢的事故愈多，「春」錢的可能性愈少。富豪是先天所賦與，不是寒酸相的人可以昇格充數。愈要追尋快樂，愈會碰著痛苦。唉！

統[11]我的一生——到現在，完全被過年和金錢所捉弄，大概到我生的末日也還是這樣罷。思想中只感覺年歲的川流，不斷地逝去，夢寐中也只見得金錢的寶光，在閃爍地放亮。既不能把牠倆，由我的生的行程中，將腦髓裡驅逐，只有乘這履端[12]初吉，捧出滿腔誠意，拜倒在歲星和財神寶座之下而已。

以紅線串錢贈之，或百文、數十文，謂之『結帶』。」此即「掛頷錢」，今以「紅包」代之。

10 春錢：tshun-tsînn，用剩的金錢、積蓄的錢財。

11 統：thóng，總計。

12 履端：lí-tuan，正月、元旦。

一寸光陰一寸金，
黃金難買少年心。
少年已去金難得，
……………………。

版本說明｜本文發表於《臺灣民報》，1927 年 1 月 2 日。發表
　　　　　時署名「懶雲」。手稿僅存 1 張，稿紙（臺灣民報
　　　　　原稿用紙），硬筆字，直書，殘稿，現存賴和紀念館。

聖潔的靈魂

稿本　《賴和手稿集・新文學卷》，頁538。
刊本　無。

　　良醫之子，多死於病。我雖然也在行醫，尚不足說是高明，況至於良乎。何事[1] 我的兒子也多死於病。一、二尚可自解，因當時經驗尚淺，且不盡死於自己手下。至於再之，又在十年後之今日，又完全死在自己處方之裡。唉！這將何以對於死者啊！

　　不殺人不足以爲良醫，這是世間的定論。別人猶可，況乃自己的兒子呢？再這十年間，別人且可勿論，因爲未曾有過欲向我索償生命者，但自己的兒子已經藥殺了三個，這樣竟再有行醫的勇氣？唉！卻又捨不掉這名利兩收的行業。

　　版本說明 ｜ 手稿1張，空白紙（浮貼於賴賢湧用紙），硬筆字，橫書，完稿，現存賴和紀念館。本文提及「自己的兒子已經藥殺了三個」，而賴和的四男賴悵於1927年3月7日過世，推知本文寫作應在1927年3月。

1　何事：hô-sū，爲何、竟然。

〔對臺中一中罷學問題的批判〕

稿本 無。
刊本 《臺灣民報》，1927 年 7 月 10 日。

申述鄙見之先，竊思一聞貴報前所徵集保制（一）存廢[1]之結果及其影響如何？倘輿論自輿論，實際自實際，於事無補，不如緘默為佳。但土人亦焉有輿論？使其有之亦豈有效力？牠（二）得如此成績，自是充分證據。百餘土青年之前途，使能上達，亦僅幾個訓導[2]、巡查[3]，多數終流為高等遊民。爭及一位天孫苗裔之廚夫飯碗，當局不忍徇有力輿論將牠（三）閉銷〔鎖〕，自是寬大處置。少數人不知感恩，尚猶妄發議論。噫！世風日下，人心不古，可慨也夫！

注：

（一）保甲制度

（二）（三）就是一中的代名詞

（二）含有這回結果的意思

---

1 集保制存廢：參見賴和〈本社設問的應答〉，《臺灣民報》，1926 年 1
  月 1 日。
2 訓導：くんどう，hùn-tō，公學校或小學校的正式教員。
3 巡查：じゅんさ，sûn-tsa，基層的警察。

版本說明｜本文發表於《臺灣民報》，1927 年 7 月 10 日。發表時署名「彰化賴和」。手稿不存。篇末有賴和添加之注釋。本文在回應 1927 年 5 月，臺中一中因日籍炊夫（中村氏）爭議，引起學生退宿與罷課事件。事後學校當局開除學生 36 人，無期停學 30 餘人。參見〈臺中一中學生罷學的真相〉，《臺灣民報》，1927 年 5 月 29 日。

前進

稿本　無。
刊本　《臺灣大眾時報》創刊號，1928 年 5 月 7 日。
　　　《臺灣小說選》，1940 年 1 月。底本

在一個晚上，是黑暗的晚上，暗黑的氣氛，濃濃密密把空間充塞著，不讓星星的光明，漏射到地上。那黑暗雖在幾百層的地底，也是經驗不到是未曾有過駭人的黑暗。

在這被黑暗所充塞的地上，有倆個被時代母親所遺棄的孩童。他倆的來歷有些不明，不曉得是追慕不返母親的慈愛，自己走出家來；也是不受後母教訓，被逐的前人之子[1]。

他倆不知立的什麼地方，也不知什麼是方向；不知立的地面是否穩固，也不知立的四周是否危險。因爲一片暗黑，眼睛已失了作用。

他倆已經忘卻了一切，心裡不懷抱驚恐，也不希求慰安；只有一種的直覺支配著他們，──前進！！

他倆感到有一種，不許他們永久立在同一位置底威脅的勢力。他們覺得他所立腳底下的土地漸漸鬆解，他們的腳漸漸陷入地面去。他倆便也攜著手，堅固地、信賴地互相提攜。由本

1　前人之子：前人囝，tsîng-lâng-kiánn，指前夫或前妻所留下的孩子。

能的衝動，向面的所向[2]，那不知去處的前途，移動自己的腳步。前進！盲目地前進！無目的地前進！自然忘記他們行程的遠近，只是前進。互相信賴、互相提攜，為著前進而前進。

他倆沒有尋求光明之路的意識，也沒有走到自由之路的慾望，只是望面的所向而行。礙步的石頭、刺腳的荊棘、陷人的泥澤、溺人的水窪，所有一切前進的阻礙和危險，在這黑暗統治之下，一切被黑暗所同化。他倆也就不感到阻礙的艱難，不懷著危險的恐懼，相忘於黑暗之中。前進！行行[3]前進，遂亦不受到阻礙，不遇著危險。前進！向著面前不知終極的路上，不停地前進。

在他倆自始就無有要遵著「人類曾經行過之跡」的念頭。在這黑暗之中，竟也沒有行不前進的事，雖遇有些顛躓，也不能擋止他倆的前進。前進！忘了一切危險而前進。

在這樣黑暗之下，所有一切，盡攝伏在死一般的寂靜裡。只有風先生的慇懃，雨太太的好意，特別為他倆合奏著進行曲。只有這樂聲在這黑暗中歌唱著，要以慰安他倆途中的寂寞，慰勞他倆長行的疲憊。當樂聲低緩幽抑的時，宛然行於清麗的山徑，聽到泉聲和松籟的奏彈；到激昂緊張起來，又恍惚坐在卸帆的舟中，任被狂濤怒波所顛簸。是一曲極盡悲壯的進行曲。他倆雖沁潤在這樣樂聲之中，卻不能稍為興奮，並也不見陶醉，依然步伐整齊地前進，互相提攜走向前去。

2　面的所向：bīn ê sóo-hiòng，面前、前方。
3　行行：hâng-hâng，跟緊、不脫隊。

　不知行有多少時刻、經過幾許途程，忽從風雨合奏的進行曲中，分辨出浩蕩的溪聲，澎澎湃湃如幾千萬顆殞石由空中瀉下。這澎湃聲中，不知流失多少人類所托命的田園，不知喪葬幾許為人類服務的黑骨頭 [4]。但是在黑暗裡，水面的夜光菌也放射不出光明來，溪的廣闊不知橫亙到何處。

　他倆只有前進的衝動催迫著，忘卻了溪和水，忘卻了一切。他們倆不是「先知」，在這時候眼睛也不能逐其效用。但是他倆竟會自己走到橋上，這在他們自己一點也沒有意識到，只當是前進中一程必經之路。他倆本無分別所行，是道路或非道路，是陸地或溪橋的意志。前進！只有前進。所以也不擔心到橋梁是否有斷折，橋柱是否有傾斜。不股慄、不內怯，泰然前進，互相提攜而前進，終也渡過彼岸。

　前進！前進！他倆不想到休息。但是在他們發達未完成的肉體上，自然沒有這樣力量——現在的人類，還是屏弱的可憐，生理的作用在一程度以外，是不能用意志去抵抗、去克制。——他倆疲倦了，思想也漸模糊起來，筋骨已不接受腦的命令，體軀支持不住了，便以身體的重力倒下去。雖然他倆猶未忘記了前進，依然向著夢之國的路，繼續他們的行程。這時候風雨也停止進行曲的合奏，黑暗的氣氛愈加濃厚起來，把他倆埋沒在可怕的黑暗之下。

×　　×　　×

4　黑骨頭：oo-kut-thâu，勞動者。

　　時間的進行，因為空間的黑暗，似也有稍遲緩。經過了很久，纔見有些白光，已像將到黎明之前。他倆人中的一個，不知是兄哥或小弟，身量雖然較高，筋肉比較的瘦弱，似是受到較多的勞苦的一人，想為在夢之國的遊行，得了新的刺激，又產生有可供消費的勢力，再回到現實世界，便把眼皮睜開。——因為久慣於暗黑的眼睛，將要失去明視的效力，驟然受到光的刺激，勿〔忽〕起眩暈，非意識地復閉上了眼皮。一瞬之後，覺到大自然已盡改觀，已經看見圓圓的地平線，也分得出處處瀦留 5 的水光，也看得見濃墨一樣高低的樹林。尤其使他喜極而雀躍的，是為隱約地認得出前進的路痕。

　　他不自禁地踴躍地走向前去，忘記他的伴侶。走過了一段里程，想因為腳有些疲軟，也因為地面的崎嶇，忽然地顛蹶，險些兒跌倒。此刻，他纔感覺到自己是在孤獨地前進，失了以前互相扶倚的伴侶。忽惶回顧，看見映在地上自己的影，以為是他的同伴跟在後頭，他就發出歡喜的呼喊：「趕快！光明已在前頭。跟來！趕快！」

　　這幾聲呼喊，揭破死一般的重幕，音響的餘波，放射到地平線以外，掀動了靜止暗黑的氣氛。風雨又調和著節奏，奏起悲壯的進行曲。他的伴侶猶在戀著夢之國的快樂，讓他獨自一個，行向不知終極的道上。暗黑的氣氛，被風的歌唱所鼓勵，又復濃濃密密屯集起來。眩眼一縷的光明，漸被遮蔽，空間又再恢復到前一樣的暗黑，而且有漸次濃厚的預示。

5　瀦留：ちょりゅう，tsu-liû，醫學用語，指液體的聚積。

失了伴侶的他，孤獨地在黑暗中繼續著前進。

前進！向著那不知到著處⁶的道上。……

一九二八・五・一

版本說明 | 本文發表於《臺灣大眾時報》創刊號，1928 年 5 月 7 日。發表時署名「賴和」。手稿不存。後收錄於《臺灣小說選》，1940 年 1 月。文末標注寫作時間為「1928.5.1」。

6 到著處：kàu tó-uī，到哪裡、往哪裡去。

無聊的回憶

稿本　無。

刊本　《臺灣民報》，1928 年 7 月 22、29 日，8 月 5、
　　　12、19 日。

送兒子到學校去

　　兒子到了就學年齡了，講：「著[1] 給伊去讀書。」說起來就慚愧，我原也是學校的畢業生。為什麼要讀書？這理由我到現在還不明白。讀書有什麼用處？學校畢業有什麼利益？這些我一點也不懂的。總是孩子著給伊去讀書，是既定的事實，也是我們的義務。我們百姓人，既有義務，原不容允你逃避。但我終不了解是為著誰的緣故，奉行故事一般，也就把兒子送進學校。

　　學校！啊！堂皇的建築，這是我曾經遊戲過的所在[2] 嗎？我不敢冒認。先生！啊！多麼尊嚴的模範，這是我受到教誨過的嗎？唉！我以前沒有這樣福分。這要說是我的母校，恐怕牠不承認我，因為這中間，還有長的距離。要說我也是出身者，我只是一個凡庸的百姓，沒有進中等學校，也沒有當過保正、

1　著：tio̍h，得要、必須。
2　所在：sóo-tsāi，處、地方。

甲長，能算數嗎？必須位極巡查，世稱大人，至小[3]也須當個
壯丁，那才不負這「出身」二字。我實在沒有資格。學校和我
的緣故，想僅僅是在畢業生名簿上有我姓名而已。

　　唉！今天是真堪記念的一天，喚醒我過去二十五年間的回
憶，回復我入學當時的情緒。啊！人生的黃金時代，逝矣不復
來。

入學之初

　　我記得初入德門[4]，是在整十歲的時候，讀日本書也同在
那個時代。當時讀日本書的人，大部份總要受勸誘。不是，講
歹聽一點，也可以說受到官權的威迫，才不得已去進學校。

　　我起初被那比較大些的朋友，放風箏、擲獨樂[5]的遊伴所
誘嚇[6]，對著學校也有些畏懼。他們說：「讀日本書會被捉去
當兵，且一進學校，頭鬃[7]也會被剪去。」在那時候「當兵」
我還不明白是什麼事，以為兵就是日本人，轉有些欣羨。只有
「剪髮」是件不得了的大事，因為頭鬃不是隨便就可剪去。雖
然也不曉得是為著什麼緣故。在我當時的意識裡，覺得沒有一
條辮子拖在背後，就不像是人。有著這天大的理由，所以學校

3　至小：tsì-tsió，至少、最少。
4　德門：tik-mn̂g，入德之門，即漢文書房。
5　獨樂：こま，to̍k-lo̍k，陀螺。
6　誘嚇：hóo-hánn，恐嚇。
7　頭鬃：thâu-tsang，可梳辮子的長髮。

就不敢去。後來受書房先生屢次催促，才不得已隨著他的引
導，上學校去。那書房先生，為什麼教人捨棄聖賢的事業，去
讀日本書？他先生沒有說明，在我也不覺得這是值得疑問的
事。

入學以後

我抱著疑懼心，無可奈何進學校去。結果使我失望，並使
我駭異不慣。因為終沒有我想像中的危險事，使我遭逢、使我
震驚。又且在教室裡不多久的讀書，便又讓我們去自由嬉戲，
這在我的感覺裡，實在不像讀書，如我在書房裡終天不離坐位
慣了的兒童。但不久之後，失望不慣的心情，漸被歡喜快樂所
侵占，同時我也不復畏思〔葸〕，也敢盡興、盡力和同學們競
賽遊戲了。

頭鬃呢？還幸保留得住，無人來為干涉，也就讓我留下人
的表幟。因為是蕃仔[8]才剪髮呢。所以學生中有一兩個剪去的
人，常被我們大家所捉弄。臺灣人先生九分九[9]，也還珍惜地
保留著，貴重地拖在背後。當兵一事，再也無人提起。

讀書呢？竟是講故事的時候多。所謂讀書的讀書，轉不常
有。如體操於我也還合意，牠和遊戲差不多。但是昇〔升〕過
二年以後，可就壞啦。故事不講，所講多是沒有趣味，使人厭

8　蕃仔：huan-á，舊時對原住民的蔑稱。
9　九分九：káu-hun-káu，百分之九十九。

倦的那些什麼，我一點也不明白，這講是修身。體操也不似遊戲了，那按規照矩的動作，也使人討厭。

　　總之入學以後，前所懷抱的恐懼，完全忘悼，而又得到意想不到的快樂。和書房比較起來，竟給我以很好的印象，真有樂園和監獄之差。尤其像我，在以嚴厲出名的○先生[10]訓育下之兒童，這感覺尤更深刻。每天皆歡喜到學校去，不似上書房，總要受人督促。

節儀[11] 薦盒[12]

　　到書房念書，有所謂束修，就是謝禮，是要給先生買柴買米，因為先生也須吃飯。這束修不是學問的價值，學問不是可以用金錢估量的。這於我沒有留下可懷的記憶，雖先生曾吩咐過我，說：「今年多念幾冊書，又另有講解，不似開蒙[13]時簡單，束修須多送些。」束修多少，是家裡人的事，和我沒有直接關係。

　　節儀和薦盒，就和我親密的多了，但現在還有不磨的影像，留在腦中。因為節儀多是我親身送去，薦盒又多是我所嗜好的餅餌。節儀雖僅幾角銀子，在我眼裡，已不是小可[14]的數

---

10 ○先生：黃倬其，小逸堂之塾師。參見賴和〈小逸堂記〉。
11 節儀：tseh-gî，節日時送的紅包禮。
12 薦盒：tsiàn-áp，供奉神明用的分格式餅盒。
13 開蒙：khai-bông，開始學習、受教。
14 小可：sió-khuá，平常的、微薄的。

目了。當時我每天只能領到六文點心後〔錢〕，在那各樣便宜的時代，也足一頓點心。此外如要玩具，是絕不能向家裡要錢。無益之戲，會令學業荒廢，是在嚴禁之例〔列〕。所以幾角銀的節儀，就很使我羨慕了。一份節儀，可以買幾個風箏，可以購幾顆干樂[15]，心裡盤算著，每想偷自留下，總是缺少膽量。只在手裡多摩些時，便和薦盒端端正正供奉在至聖孔子位前。

　　講到薦盒，現在還會使我流涎。當時我每天雖有錢可買點心吃，隨便的點心，總不及薦盒的甘香可口。記得開蒙的時候，拜過先生，由跨下滾過雞卵[16]，隨即點書。因父親尚在和先生說話，我便被放在一邊，眼睛交交相[17]，注視著薦盒。在空咽饞涎，想被先生注意所及，便把薦盒拿給我。我接到手裡就把封皮扯去，即刻放入嘴中，方在細嘗那甘香的滋味，忽然頭上受著一拍，又聽著父親罵說：「貪嘴的東西。」想是舌尖正感到爽快，也因為父親拍不用力，一點也不覺疼痛，也不以貪嘴是可羞。

　　此後每逢年節，要拿薦盒去孝敬孔子公，總等到先生在座位上，希望他能教我拿回，就可以滿足我的貪嘴。但可恨有時候，想先生要留給他的兒子，假裝沒有看見。這一天我背書便不會熟，定要多受幾下竹板。

---

15 干樂：kan-lȯk，陀螺。
16 雞卵：ke-nn̄g，雞蛋。
17 交交相：kau-kau-siòng，目不轉睛、凝視著。

有錢讀書

我的遊伴中，有幾個不去讀書。我曾聽見大人們說，不讀書就是「青盲牛[18]」，是眞恥辱的事。所以有一天放課後，我到他們家裡，便向他們說：「什麼不去講〔讀〕書，不怕被人笑『青盲牛』？」我的朋友只對著我笑，沒有回答，也似不知要怎樣回答。轉[19]是他的母親回答我說：「讀書！你們有錢人可以去讀書，我們貧窮的人，無錢誰肯教給我們？青盲牛！無錢的人誰不是在做牛做馬。」她的說話，在聲調裡覺含有一種不高興。這使我驚駭糊塗，什麼這一兩句話，會惹人家生氣。一時我也不曉得要怎樣才好，無意無思[20]，便自走出來。可是我的心滿被不思議所充塞了。什麼在一部分的人，講起讀書總裝著正經的面孔，以爲讀書是神聖的事業？什麼在我那朋友的母親，講著[21]讀書似有些不屑呢？又且我曾聽見說，讀書乃做人頂重要的事，無錢就算不得人嗎？什麼可以不讀書，讀書又怎樣要錢？啊！我眞羨慕那無錢人家的孩子，他可以不到書房去受刑罰。唉！還有……還有我終不了解的事情，我們也算不上有錢人，什麼也要去讀書？那些我所認識的有錢人家的子弟，年歲和我一樣了，有的還較我大一些，尚教用〔佣〕人背上街上遊玩。什麼他們有錢也可沒讀書？也可不做人？是不是

---

18 青盲牛：tshenn-mê-gû，文盲。
19 轉：tsuán，反而。
20 無意無思：bô-ì-bô-sù，沒有意思、自討沒趣。
21 講著：kóng-tiȯh，說到。

錢的要緊，還在讀書之上，做人之先，是不是？

後來我曉得到學校讀書，不但無須用錢，有時還分給我們紙筆、讀本。我便去報知那訴說無錢的朋友，我真愛他們和我一起上學校去，因為要多得遊伴，且有時和人相打[22]，也可多得幫手。但是失望，他們的長上皆一致地反對，說：「日本書讀做什麼？我們不要做日本仔，也沒福氣可以做大人，我們用不著讀日本書。」

唉！這可就使我更糊塗了。讀書！到書房和上學校，讀的書不一樣，那是確實的事。一樣是讀書，什麼也有用不著讀的呢？讀書乃做人頂重要的事的定理，使我懷疑，豈因為不要錢就非重要？或者重要是在用這一邊，不是在讀的方面？所謂重要乃在人的認識，不是書的本身。

竹笆（板）先生

我在書房裡得到一種觀念，到現在還忘不了，就是對於先生的駭怕，或者可說是厭惡。比如看見查大人[23]一樣，心裡常覺不安，不曉得什麼時候要挨打，皮肉時時顫戰地預備著。

當時有名的先生，多很注重竹笆，可以說名聲是出在竹板之上。竹板愈厚，打人愈痛，愈能得到世間的信任，名聲也就愈高，學生也就吸集的愈多。先生的教法，就只有竹板，捨

---

22 相打：sio-phah，打架。
23 查大人：tsa-tāi-jîn，巡查大人。

棄竹板就失去教誨的權威似的，無奈何學生們了，先生的尊嚴
也就在竹板面上。學生們說話要挨打，離開坐位要挨打，字簿
上畫畫花鳥也要挨打，背書不熟忘記講解，自然更該挨打。總
之一切皆以竹板統治之，任是愚鈍的、刁頑的，在竹板之下也
就聰明溫馴了。讀不會嗎？打！一次打撲之後，什麼多算明白
了。好似先生的知〔智〕慧，由竹板的傳導而始注入學生腦中。
打就是教育的根本原理，教育哲學就建設在竹板之上，所以先
生的尊重竹板，還比較在孔子以上。

　　後來進去學校，覺這裡的先生，意外和善，不似書房先生
常以冷面孔向人，我對先生的觀念，也就改變一些。同時我的
心裡也私自把先生的資格否定，第一因爲不大打人，第二也因
爲不須束修。

　　但是以後一年一年，先生調換，同時先生的態度，也漸威
嚴起來，也就愛打起我們來。我是在書房裡被挨打慣的，起初
也不覺有特別的苦痛，後來漸漸受不住了，又覺得打的程度，
常超過我們的過錯。有時候並以什麼緣故該受打撲，自己不明
白的事也曾有過，這已使我們不平。尤且日本先生的打撲，一
些都無有能使我們悔過的效果。因爲在打撲之下，感不到教誨
的情味，所以憤恨的空氣，漲滿在我們一級個個的腦中。有一
天不曉得由何人發議，當授業要開始的時候，我們一齊跪到公
園，不去上課。有了這一次重大的騷擾，校長也就追究原因起
來，聽到我們的訴說，便和我們約束[24]，包管我們不再受到打

---

24 約束：やくそく，iok-sok，約定。

撲，我們才回到教室裡。這一次我們小小的心腔，險些被勝利的歡喜所漲破。

書房與學校

書房在我是不願去，我比喻牠做監獄，恐怕有人要責罵我。不要緊，我絲毫也沒有故意要冤枉牠。世間也不少人曾上過書房，大家多有經驗。我想除起[25]那聰明的、好讀書的、受先生特別寵愛的以外，大概總會同意我罷，是不是？誰高興上書房去？不去！家裡的督捉〔促〕，雖可瞞騙；先生的催喚，雖可逃避；無奈何同學們的捕捉，就無法抵抗了。因為經過兩三次的催喚，還不去上學，先生就會派上學的學生，到家裡來捕捉。平日學生們在書房裡，正苦無理由可以外出，所以先生有什麼差使，學生們總爭先奔赴。何況這樣差事，是頂有趣的。四、五人捕捉一個，有的扶頭，有的把腳，推推挽挽，像縛[26]小羊。若是平日有交惡過的，也可偷偷打他幾拳，捕進書房按在椅子上打屁股，那是比看戲更趣味啊！所以學生們總踴躍從公，任你閃到什麼所在，皆會被他們搜索出來。不去！教他捕捉去！我的屁股可設有、安上鐵板？雖不願意也不敢歇一天。

後來上學校去，每天就有半日的自由。在當時，人們視漢文猶較重要，對於讀日本書不大關心，甚且有些厭惡，以為

25 除起：tû-khì，除去。
26 縛：pa̍k，綑綁。

阻礙漢文的教育。我呢？正與他們相反，卻不是歡喜學校的功課，因爲到那兒有讓我們自由嬉戲的時間。無奈學校只有半日的授業，下午又不能不到書房去。這事使我每常不平，家裡的人什麼定要我去受苦？什麼緣故漢文要緊？爲什麼不讀不行？家裡的人、書房的先生，終不能使我明白，也似沒有感到須使我們明白的必要，只是強制我們讀，結果轉使我們厭恨牠，每要終日留在學校。可惜當日沒有像現時，有這手工、農業、寫生等等遊戲似的功課，沒有可以留在學校的理由。雖然誰也有一個頭腦，能打算他自己有益的事，所以我也被這本能所驅使，講究不上書房的方法。

啊！有啦，掃除。教室裡的掃除，那時候多由學生們自己自願，若能得到這件工作，便有所藉口，可以不上書房。所可恨者，先生總教那優良學生去擔當，我十次也得不到一次的許可。由我的觀察，他們似無和我有同樣的動機，像是得到掃除的許可，就有無上光榮似的。實打算不到這小小掃除之役，也須競爭。

土語日本話

上學校自然是去學日本話，這就是讀書。日本話以外，別無所謂讀書，學問也就在說話之中，只有這是所謂要緊的。父兄們使子弟讀日本書的目的，也就在此，因爲這是要緊的。所謂要緊者，是因爲會說日本話的人，在當時比較的皆得有好處。只說好處怕含糊一點，說較明白就是特別會多賺錢。讀書

的目的是在賺錢，給子弟讀書的父兄，總忘不了這正當的目
的。在我初入學的時代，被視爲不要緊的日本書，遂也漸被認
爲要緊的了。看到那做巡查、通譯的收入，比較那掌櫃、賬房
的月薪，實在使人欣羨到要嫉恨起來。

　　當時先生教給我們日本話，不像現時這樣用力。每天只
有一點鐘[27]功課，又是用土話講解，且沒有強制我們說。所以
說話的能力，很是拙劣，到畢業後還不敢向日本店鋪買東西，
因不會說他們發話怕受到欺侮。同時我也無理由地怨恨起先生
來，在我幼稚的觀念裡，我認定他們像是怕教會我們。因爲若
教會我們，便於他們的利益上有損失，所以不大盡力罷。

　　現時不知什麼樣子。當時的臺灣人先生，很多抱著不平，
嘗說一樣的勞力，得不到人家半分的報酬。所以我也曾傷心過
爲何不做日本人來出世。

　　前天我偶然在教室旁邊立一些時，看見對於八、九歲兒童
的教授，也純是用日本話。在這畢業生的我自己，聽來不大明
白。這的確能得到十足賺錢的能力，我對於我的孩子的將來眞
是心歡意滿。

畢業以後

　　到我畢業的時候，學校已經大發展了，新生的募集，不須
再像以前那樣鼓舞勸誘。雖然如現時對於學齡兒童，也施行選

---

27 一點鐘：tsit-tiám-tsing，一個小時。

拔試驗，實在是當時的人意想不到的事。有著這樣事實，愈使我對於「讀書是做人頂要緊」的定理的懷疑，更添一些確信。因爲學學〔校〕也在拒絕一部分兒童的讀書。

　　和我同時進學校去的一年級生，有四學級[28]，大約近二百人。到我們畢業的時候只剩有十三人，這又是和插班生併算在內。若要算同由一年起直至畢業，不過九名，其餘雖也有跳級生，總是半途退學的居多。

　　我們前的畢業生，到上級學校去，還有錢可領。雖然也要當局多方勸誘，父兄們總不願意，可以說當時對於學校，也可以說是對日本人，還不敢十分信賴。到我們的時代，因爲已經有上級學校的畢業生，得到較好的地位，賺來容易的錢，使世人欣羨，爲父兄的也多有些心癢，進上級學校這事，也就減去家庭一方面的阻礙。但因爲要去的人比較增加些，遂有所謂入學試驗，這也不過形式。聽說現在就不容易了，一個月要五拾餘圓的學費，有錢的人自然不見有什麼關礙[29]，可是每常五十名的定額，報考的總在一千名左右。我不曉得其餘不能進上級學校的畢業生，是怎樣傷心，這是如何不幸的事?!時代說進步了，的確！我也信牠很進步了。但時代進步怎地轉會使人陷到不幸的境地裡去？啊！時代的進步和人們的幸福原來是兩件事，不能放在一處並論的唰。

　　我當畢業的時候，也眞想到上級學校去，這卻沒有別的

---

28 學級：がっきゅう，ha̍k-kip，班級。
29 關礙：kuan-gāi，阻礙。

有意義的目的。賺錢的念頭，此時不知何故，絲毫也不存在。在先 [30] 雖欣羨過賺錢，也不過只在欣羨。雖也感到錢的用處，也只在要用而已，還未有如現時感到牠偉大的威力。所以我便也把人們認為讀書的正當目的忘記，只要世間曉得我也是今〔會〕讀書的青年。因為當時的人，對於上臺北讀書的，似認定他比較的聰明，總有些敬重。有這緣故，所以我也只望能得上臺北就好，更不考慮自己的性質適合什麼職業，須擇何種學校才適當。凡有上級學校，我盡去報考。

啊！事出意外眞是傷心，家裡竟生阻礙，不許我去受入學試驗。他們所反對的理由，是講頂港 [31] 是歹所在 [32]，騙子到處皆是，孩子們少不注意，會被拐去做豬子 [33] 賣。雖然這是不充足的理由，卻自有牠神聖的權威，我也只有服從而已。

除此以外，還有當書記，尚可斯斯文文保存一些讀書人的氣味。無如親故中沒有勢力者可為介紹，也只空自羨慕。學校長 [34] 也很好意，要為介紹去做小使 [35]。我想讀書讀到半死，正實去做小使，未免辱沒著讀書。還有人勸我去做補大人 [36]。當

---

30 在先：tsāi-sing，一開始；先前。

31 頂港：tíng-káng，臺灣北部。

32 歹所在：pháinn sóo-tsāi，不好的地方。

33 豬子：ti-á，被販賣到南洋做苦工者。參見〈清國豬仔販〉，《臺灣日日新報》，1907 年 11 月 29 日。

34 學校長：がっこうちょう，hák-hāu-tiúnn，校長。

35 小使：こづかい，sió-sú，雜工。

36 補大人：巡查補，本島人警察之代稱。臺灣總督府訓令第 204 號：「為補助巡查的職務之推行，在警察費預算範圍內，得以巡查補的名稱，使用本島人志願者擔任雇員。」1899 年 8 月 1 日起開始實行，至 1920 年 8

時的畢業生，要是去志願，官廳也很歡迎，總盡數錄用。我自己看他們在威風的過著享福的日子，要有些心癢。無如自己生成羞恥心強些，怕被人家笑話。因為那時代的補大人，多是無賴，一旦得到法律的保障，便橫行直撞，為大家所側目。說起大人，簡直就是橫逆罪惡的標本，少知自愛的人，皆不願為。我裡心〔心裡〕雖在欣慕，實鼓不起實踐的勇氣。今日眼睜睜地看他們有錢有勢，只怨恨自己生來缺少膽力。

畢業生的能力

家裡不許我進上級學校，自己又覓不到合意的「頭路 [37]」。家裡的事情，田裡的工作，又多粗重艱苦，使我做不來。而且我想，這樣工作，應該是不讀書的粗人去做，斯文人不宜做這下賤的事。所以我雖終日悶坐，也不願和家人相幫 [38]。家裡看到我這款式 [39]，也自了然 [40]，便央人介紹到一家雜貨店去學生意。雖然這不是我自己心願，總比田裡的工作輕可 [41] 些。到此地步，我也只有從順而已。

可憐！我永忘不了我是畢業生。自以資格比同夥高，凡事

月 31 日廢止，巡查補一律晉陞為巡查。

37 頭路：thâu-lōo，工作、職業。

38 相幫：siong-pang，互相幫助。

39 款式：khuán-sik，樣子、狀況。

40 了然：liáu-liân，枉費、枉然。

41 輕可：khin-khó，輕便、輕鬆。

不肯下人 [42]，無如初進生意場裡，眼目所接的一切生疏，腳手所應萬事不慣。又自己想：以畢業生的身份〔分〕，來事事問人，足以表白自己無智識，深以為恥。唉！那知！在校裡所學得的，到這場合，一點點的路用 [43] 也無。最使我為難的，就是貨單、信件皆看不來，因為漢字認識不多。又且算盤不熟練，口算 [44] 不純熟，零星買賣也應接不來。又是初見世面，兼之口才笨拙，招呼顧客不能周到。也因為自己有點傲氣，所以就常受同夥的訕笑了。當我弄錯手腳，惹得人家笑話時，他們便稱讚起我，說：「難得是畢業生，什麼事多有特別才能。汝看！多麼能幹啊！」我聽到這樣讚揚，心裡覺得有說不出的苦痛。我的自尊心，被毀壞到一點也不留存。我便存心要圖報復，自己想：「好！等有日本人來交關 [45]，看你們怎樣應付。」因為除了我，店裡再沒有會講日本話的人，那時當讓我出一口氣。無如小店鋪，受不到御用達 [46] 的光榮，雖也時有查大人的光顧，卻用不著日本話。他那——「喂！你仔 [47]！牛肉二罐，衙門拿來，較緊 [48]！」那樣日本臺灣話，衝進我的耳朵，每會使我生起一種被侮辱的憤恨，以為他認定我沒有說話的能力。在夥伴們又以我是會說日本話的，總要我替他送去，這就是受過教育

---

42 下人：hā-jîn，屈服於人。
43 路用：lōo-iōng，作用、用處。
44 口算：kháu-sǹg，唸出聲音的心算。
45 交關：kau-kuan，購買。
46 御用達：ごようたし，gī-iōng-tat，官方用品的承辦商。
47 你仔：lí--á，即「你」，加上「仔」帶著輕蔑的意味。
48 較緊：khah kín，快一點。

的特權。雖然這是一點小勞力，不足換一聲費神，也就算了，又須向他叩頭道謝，不然就說是失禮，會打走了主顧，店裡的頭家[49]就有話說了。

　　結局我覺得生意是學不來，萬分忍不住同夥的欺蔑了，而且我又發現，一切的虛詭奸譎無恥，使我失望。我不慣生活在這欺詐之中，便自跑回家裡。

還我本來

　　我走回家裡，感到很大的煩悶苦痛，自己覺得沒有希望而頹喪了。在先對家庭所懷抱的不滿反抗，一切消失；受過教育的自負，使我慚愧；學校畢業的資格，添上我的恥辱。使我對讀書生起疑問，對學問失去信仰，對智識放去信賴。此後家人有所說話，我一句也不敢回答。家裡的事務、田裡的工作，任何粗重艱苦，也不敢不去拼命做。雖然我內面[50]還潛在著一種燃燒著詛咒和怨毒的熱焰，但是外觀已變成溫馴和順的孩子了。只是還改不了受過教育的習性，在路上碰著大人，不自覺地也向他說聲「好天氣[51]」。但他那做官的尊嚴，不可侵犯的態度，厭煩似的不回答的回答，使我內心感到諂媚的羞恥。此後我就自己注意我的行為，不使受過教育的形跡，顯現到行為

---

49 頭家：thâu-ke，老闆。

50 內面：lāi-bīn，裡面、內部。

51 好天氣：hó-thinn-khì。源自日語問候語「こんにちは」（你好）的原始全稱「今日はよいお天気です」（今天是好天氣）。

上去。沒有多久的時日，沒有多大的費力，只厚著面皮，自然而然就被環境所同化。還我本來的面目，依然是一個農人子弟，戴上笠子挑著糞箕，往來市上。遇著舊時的同學，一點也不臉紅。

六個年間受過學校教育的薰陶，到現在沒有一些影響留在我的腦中。所謂教育的恩惠，那是什麼？是不是一等國民的誇耀就胚胎在學校裡？絕對服從的品行是受自教育？

現在我已是孩子的父親了，孩子也長成到就學的年齡。由了我自己的經驗，真不想給伊讀書。我對他不敢有所期望，因為我自己已經不能副〔符〕了父親的期望。而且現時又和以前大不相同了，萬事錢在先，無錢讀什麼書？況讀書未必就得到學校智識，讀書這事也已經妝飾品化了，有錢人才求得著。像我們無錢的人，縱勉強使他進學校去，到畢業後不是依舊做個農夫？讀書豈便使稻粟多收些？又何用那六年間教育？進一步講，「奄〔閹〕雞趁鳳飛[52]」，也就勉強忍耐復使他進中等學校，但畢業後做什麼？現時大學的畢業生，在家中坐的，不是還多著嗎？勿論他們多屬有錢人，只要得到學士的頭銜，便為家門增光不少，也就滿足了。但是在我們做田人，有做工才有飯吃，吃飯比什麼多要緊。中等學校畢業生，誰肯再來種田挑糞？

而且不讀書什麼多單純。痛苦、不幸，那些不祥的字不識，

---

52 閹雞趁鳳飛：iam-ke thàn hōng pue，閹雞跟著鳳凰飛翔，比喻不自量力，
　勉強模仿別人反成笑柄。

自然也感不到牠的清味，那是何等幸福的一生。論理起來，應該是不讓他去讀書好。但是不給伊讀書，心裡總覺不安，也不是怕後來孩子會怨恨我，不曉得怎會發生這矛盾的心情？給孩子去讀書，也覺於他沒有什麼幸福，轉怕他得到不幸。不給他讀書呢？於我於他也沒有什麼壞處。不知何故心中總是不安，送他到學校去嗎？牠已把失望給我。送到書房去嗎？這更使我不安。雖說現在的書房改良的多了（也不過參用些不完全的學校教授法而已，不見得改了就是良），況比較純正的舊學者，全是守分安命的人，干犯法規的事，他們是絕不敢爲。現時若不得到官廳的許可，隨便把所學的教人，會同盜賊一樣，受到法的制裁。所以我所認識的範圍裡，實在尋不出可以寄託孩子的書房，沒有方法，也只得送他來進學校。

　　學校！我禱祝你，勿再使我的孩子和我一樣失望。

　　孩子！我祝福你，休要像我一樣無能。

　　祝福！啊！這渺茫的希望。

版本說明│本文發表於《臺灣民報》，1928 年 7 月 22、29 日，8 月 5、12、19 日。發表時署名「懶雲」。手稿不存。

希望我們的喇叭手吹奏激勵民眾的進行曲

稿本　無。
刊本　《臺灣新民報》，1930 年 7 月 16 日。

　　報紙是民眾的先鋒，社會改造運動的喇叭手。若非忠忠實實替被壓迫民眾去叫喊，熱熱烈烈吹奏激勵民眾前進的歌曲，決不能受這樣的稱號。我們的《民報》到底怎樣呢？值得這名譽的稱號嗎？在於這個十週年紀念日，我們應該來回想和清算一下纔是，決不可單單以歡喜來過這有意義的紀念日。

　　報紙既然是民眾的先鋒，不消說和社會改造運動有多大的關係，所以要回想我們《民報》的過去，同時也不得不來想起臺灣組織的民眾運動的既往。臺灣的組織的民眾運動——但過去所謂什麼事件這暫時不論——就是由「臺灣文化協會[1]」的成立出發。「臺灣文化協會」成立的原因，到底在那裡呢？歸結起來，不外乎我們《民報》的前身的《臺灣青年[2]》雜誌的

1　臺灣文化協會：1921 年 10 月 17 日成立於臺北靜修女學校禮堂。以林獻堂爲總理，楊吉臣爲協理，蔣渭水爲專務理事。賴和獲得總理指名擔任理事。
2　臺灣青年：1920 年 7 月 16 日在東京發行，臺灣留學生組織「新民會」之機關報。由蔡惠如、林獻堂等人贊助出版，林呈祿、彭華英等籌辦，蔡

發刊啦。因為當時《臺灣青年》的誕生，恰似由臺灣上空，投下了一個炸彈，把還在沉迷的民眾叫醒起來。因為由沉迷的夢中，跑到這個不平等的現實的社會裡頭來，他們平靜的血，那裡不會滾[3]起來呢？於是就發生了臺灣議會請願的運動，和打動全臺灣的臺灣治安警察法違反事件啦！

　　然而以後，臺灣民眾運動一日一日漸漸緊張，以致月刊的《臺灣青年》雜誌，不得不改為週刊的《臺灣民報》。所以由《臺灣青年》改為《臺灣民報》，再由《臺灣民報》改為《臺灣新民報》的外形上、名稱上的變換，已經十足地可以值得我們紀念啦。在這個時代，我們的《臺灣民報》豈不是值得稱為民眾的先鋒、社會運動的喇叭手嗎？可是以後臺灣的民眾運動，已經由理論的鬥爭跑到了實際的鬥爭，所以在山程[4]遠隔的東京的《民報》，也漸漸又來不及了。於是在這個時候，因欲期達到迅速報導的目的，我們的《民報》不得不也就由東京移到實際鬥爭的臺灣。可是一個平常的旅客，要通過基隆港都不容易，何況我們民眾運動的喇叭手。然而不知怎樣，更然[5]受了寬容大量（？）的允許，《民報》果然能夠在臺灣繼續刊行。但《民報》還未移入臺灣以前，我們民眾運動的主體的「臺灣文化協會」，已經就發生了左、右派的分裂了。文協的分裂和《民報》移入臺灣，表面上雖沒有什麼關連，可是民眾那裡

培火擔任發行人兼編輯。至1922年4月改名為《臺灣》，1924年6月停刊。

3　滾：kún，沸騰。

4　山程：やまほど；san-thîng，極多、非常。

5　更然：king-jiân，竟然。

不會懷疑呢？以前是受到全民眾所信賴所擁護的我們的先鋒，更然受了一部民眾的懷疑了。噯！這個值不得我們的紀念麼？我們的喇叭手呀！我希望你冷靜地觀察，嘹喨地吹奏激勵民眾的進行曲吧！

現在民眾所缺乏的，已經不是訴苦的哀韻，所要求的是能夠促進他們的行進的歌曲。《民報》呀！我們唯一的言論機關的《民報》，血管裡過去豈不是曾流著紅的血嗎？切不可以這些被懷疑，而丟棄了一切的歷史的使命要緊呀！

以上是因為紀念所講的話，也可以說等於空話。實際上既有所謂支配者許可，既須受許可，若經過許可以後，已不是未被許可以前的面目了。說明白些，報紙須受到許可纔能發行，經過了檢查始得發賣，等到展開於讀者的眼前，所謂純的被支配者的言論，不是一片烏黑便是全篇空白。所以對於日刊的發行，在我也不敢有多大的期待。但有一點可以期待的，就是當事諸君的妙筆，要使所發表的能夠通過檢查，而又不至於全部抹殺我們的意志。這樣當事諸君的努力，些少可以安慰像我這樣抱有未來憂慮的人。

版本說明 | 本文發表於《臺灣新民報》，1930 年 7 月 16 日。發表時署名「彰化懶雲」。手稿不存。本文是為紀念《臺灣民報》之前身《臺灣青年》創刊十週年而作。

隨筆〔抄書、重陽、異樣〕

稿本　《賴和手稿集‧新文學卷》，頁 528-529、532-
　　　533。
刊本　《現代生活》第 3 號，1930 年 11 月 17 日。
　　　底本

抄書

> 中國藝術衰頹的原因，是在他的至上理想，只專一的在過去內去找
> 尋，而不在生機較高的未來中去找尋——尊禮傳統之高，如尊禮宗
> 教的教義——繁富的想像力讓位於魯鈍的智能，粗疏的形式代替了
> 活動的生命，規律和經典代了創造力。[1]

　　讀這一段，覺得這意義也被九斤老太[2]「一代不如一代」
的歎息所漏洩，也被藥店裡「尊古法製」的招牌所表現，而爲
大成至聖先師所大成者也。

× × ×

　　老王：給我！給我！那個○〔官〕印我去丟到毛缸裏去，永遠咱這

1　以上引自（德國）G. Fuchs〈中國藝術之衰頹的原因〉，林知稷譯，《駱
　駝草》16 期，1930 年 8 月，頁 8。
2　九斤老太：魯迅短篇小說〈風波〉的人物。

裡再不許有他〔官〕。

想想看！不許有他，那些他教他到什麼地方去覓吃，不活活餓死？

老王：無論那一個走了，咱都不想他，除下派款、派公事，打人、罰人以外，沒有用他的時候。³

這不是正當的事務嗎？此外要叫他去做什麼？

（以上由《駱駝草》）

× × ×

重陽

重陽實在是一個佳節，「滿城風雨近重陽⁴」的確也是一句名詩。因為自有了這句詩那時起，就一直被詩人們傳誦到今日。可是在此地此時，我實在玩味不出這句詩的好處——也因為我不是詩人的緣故罷——不知是近重陽纔滿城風雨，也是

---

3 以上兩則「老王」小説片段，引自玉諾〈雲破天清的月夜和麻化王的政論〉，《駱駝草》16 期，1930 年 8 月，頁 7。

4 滿城風雨近重陽：語出北宋詩人潘大臨，後人多有續作。參見《苕溪漁隱叢話後集・卷六》。

滿城風雨纔覺已近重陽。若在咱地方，還是「滿城風雨近清明[5]」來的切實，因爲重陽多是青天白日的好天氣，倒是清明前後例有風雨。

在此要特別聲明一句，這是講我自己玩味不出這句詩的好處，不是講這句詩不好。譬如青盲[6]人講霞彩是暗黑的，講只管他講，原不能減損霞彩的鮮麗。

×　×　×

重陽特別是詩人的佳節，約幾個朋友，攜幾矸酒[7]併嗜好的某餌，到無人監視的山頂去，飲到有些薰然。雖不能長嘯狂歌，也可以嘆幾聲氣，吐些胸中鬱抑，自自由由，不會受到干涉，且沒有被檢束[8]的危險。快哉詩人，趕緊學做詩人去。

×　×　×

永過[9]我也眞希望做一個詩人。其實所謂詩人，也只是今日一般所稱謂的漢詩人，不是眞實的詩人。在當日並也不知比在我心目中的詩人，遠有更偉大的眞的詩人。雖然有唐宋諸家

5　賴和漢詩〈上巳〉有句：「十里鶯花來上巳，滿城風雨過清明。」
6　青盲：tshenn-mê，失明、眼瞎。
7　幾矸酒：kuí-kan-tsiú，幾瓶酒。
8　檢束：けんそく，kiám-sok，拘留、收押。
9　永過：íng-kuè，以前、從前。

那樣偉大的模範，那是我們後來的人，所不能企及的，這樣思想大概不只是我一個人如此。後來我漸覺得現下這時代，不會比前時代渺小，而且還較偉大，所以這時代的詩人當然要比前的時代較偉大纔合理。可是我自省的結果，覺得不配，乃不得不把做詩人的希望放掉。

×　　×　　×

做詩人的希望現在雖已放掉，既徃〔往〕因爲學做詩人的基礎工作，實在費了不少精神和時日。因爲要側於風雅之林，也曾放下正當而且比較的工作，去赴各處的詩會，也曾觀月飲酒登高賦詩。今日偶翻舊稿，且把九日的詩錄下來看看：

> 九秋情思易無耶〔聊〕，卻喜登高有伴邀。定寨崗邊小亭子，觸人舊恨湧如潮。
>
> 鑼鼓紛紛送夕陽，世間歡樂正如狂。憑高自覺情無著，萬里秋心入莽蒼。（一九二三，九日伴施、郭二先生登高）[10]
>
> 爽約秋英未綻黃，竟無風雨阻重陽。去年猶有登高伴，今日閒居適自傷。（一九二四，九日）[11]

這是六、七年前有的一部分心情，向後每年都沒有作詩的

---

10 以上詩作原題〈九日伴寄庵克明二先生登高〉，參閱《新編賴和全集·漢詩卷》，頁 556。

11 此詩原題〈重陽〉，參閱《新編賴和全集·漢詩卷》，頁 619。

興趣。今年在新聞紙上味些血臭、看些銃聲，雖有些感想，詩卻做不出來，也只得翻翻舊槁〔稿〕看。

異樣

「狀元羹」、「狀元羹」，這叫賣聲，忽衝進我的耳孔。我覺得也些奇怪，什麼是「狀元羹」？遂走出街路一看，哈！就是從前的「廣仔粿」。

×　　×　　×

向來做這小生理[12]的，多是兒童或是沒有勞動能力的病弱者；現在富有生產能力的壯年勞動者，也在叫賣「鹹鴨卵」、「肉脯」，也在叫賣「粉圓」、「米羹粥」，這樣一錢五厘的小生理，已變做一種重要的生業[13]了。

版本說明｜本文發表於《現代生活》3 號，1930 年 11 月 17 日。頁 11。完稿。發表時署名「灰」。手稿 2 張，稿紙背面（東京創作用紙，稿紙正面爲〈赴會〉），硬筆字，直書，殘稿，現存賴和紀念館。刊本可參閱《新編賴和全集·資料索引卷》，頁 483。

---

12 生理：sing-lí，生意、買賣。
13 生業：sing-gia̍p，生計、家業。

隨筆〔這一日、自己清算〕

稿本　無。
刊本　《臺灣新民報》，1931 年 1 月 1 日。

這一日

又是十二月十六了，這不值得紀念的回憶，又復在我心裡縈迴。

昨日大功君來約，要到死去了的清波君[1]的墓去看看。朝來天氣不甚晴朗，不知果否實行？問之大喜君，乃知約在大穗君處聚齊，預定八點出發。

早上繼承著昨天雨意，滿空猶瀰漫著黑雲，路上也還潮潤，雖有些風，卻捲不起被黏著的塵埃。天氣有些沉陰闇淡，似為吾人追吊那不再來的過去。

到大穗君處，大喜君已先在，大功君尚未見來，遂用電話約他到公園取齊[2]。我們三人也就出發，大喜君騎上他的自轉

1　清波君：吳清波，1878-1928，彰化市仔尾人，自幼繼承父業，經營鞋商。參與臺灣議會設置請願運動，1923 年 12 月治警事件時被捕入獄。1924 年 5 月加入臺灣民報社，擔任記者及外務主任。1928 年因心臟病過世。其妻林香，育有五子二女。次男吳益村，負笈東瀛，1930 年因腳氣病在東京去世。參見《新修彰化縣志・人物志・政治人物篇》。

2　取齊：tshú-tsê，集合。

車[3]，我說：

「是要上山呢，鐵馬[4]不更累墜[5]？」他回答我說：

「不相干，到山上我騎給你看，你們能到的地方，我一定跟隨著。」

到公園，大功君已在等待了。他帶有幾粒蜜柑，還分給我們各一包破無聊的瓜子，便向坑子內進行。

大喜君騎上鐵馬跑向前去，我們便相約，要故意取那較難行的路徑，使大喜君捨棄鐵馬。不意他只管跑向前去，我們跟在後面，竟須循他行跡。到一小谿，泉水溢過了石跳[6]，他容易地馳過去，我們徒行者反弄得履襪沾濡，計劃可以說是完全失敗了。

路過蘇炳垣[7]君墓，也爲之駐足一些時。墓的柵門已被盜去，欄杆也皆斑剝生鏽，失去了黃金的光澤。墓的水門汀[8]亦多龜裂，雖經修補過，這一處處破壞痕跡，反給與憑吊者，以無窮的悲哀。

蘇君身軀素弱，年向壯已老態龍鐘。我們皆稱他爲老人，見面時每咒以胡不早死。渠亦好謔，每相還罵，以爲笑樂。而

3　自轉車：じてんしゃ，tsū-tián-tshia，腳踏車。

4　鐵馬：thih-bé，腳踏車。

5　累墜：luí-thuī，拖累、累贅。

6　石跳：tsióh-thiàu，鋪在淺水上供人踩踏前進的石頭。

7　蘇炳垣：1892-1928，彰化人。1913 年總督府醫學校畢業。1913-1914 年在臺中醫院實習。後赴日於東京醫專研究，1928 年 2 月 22 日在學校之附屬病院去世。

8　水門汀：tsuí-mĥg-ting，水泥。

今渠真已早死了，使我們聚會時減卻不少活氣，也使我們懺悔那諧謔的不祥。

快到清波君的墓了，曾來過的人有些模糊，辨認找尋，指東說西，反被我這未曾來過的人所發見。一行便齊集到墓上去，拂去塵埃在墓邊小坐。今日的一大目的，算已容易地達到了。

大功君薦上帶來的蜜柑，還提議要在墓前行禮。相信無神論的我，不與讚同。我們這一班人，也拘呢〔泥〕於世俗形式，不是可笑的事嗎？

大穗君提議，要在這近邊相一處，可以為渠之次子，前日客死京都之益村君瘞[9]遺骨，使今日此行，較有意義。大家同意。踏查結果，只有墓之西畔稍寬壙，可容再築一墳。乃共舉大喜君，負責進言於清波嫂。我說：「恐他日墳成，清明祭掃痛夫傷子，使她多滴幾滴傷心淚。」一行的人，亦各悵惘，講不出話來。

默立許時，瞥見東畔有一特異墓碑，聳出亂墳之上。離此沒有幾步，遂共往探視。碑文的特別，足使人吃驚。我初讀一過，禁不住要發笑，再一思考，便被哀傷所侵襲。覺得我們島人，真有一個被評定的共通性，受到強權者的凌虐，總不忍摒棄這弱小的生命，正正堂堂和他對抗。所謂文人者，藉了文字，發表一點牢騷，就已滿足。一般的人士，不能借文字來洩憤，只在暗地裡咒詛，也就舒暢。天大的怨憤，海樣的冤恨，是這

9　瘞：ㄧˋ，埋葬。

樣容易消亡。「受勢壓李公」的子孫，也只是這種的表現，這反足[10]增大弱小者的羞恥。讀到這碑文，誰會替你不平，去過責壓迫者的不是？

返到清波君墓上，又再默立些時，日已近午，是可以回去的時候了。人便分取幾粒蜜柑，相率[11]而就歸途。大喜君依然騎上他的鐵馬而作先驅。

這一日[12]，啊！我已記不起是幾年前了嗎？來算一算看，第二年有盛大紀念會[13]的開催[14]，第三年到海口去看獵信魚[15]，第四年是紅仁塗崁[16]的遠足，第五年有獵兔之圍[17]。前年沒有什麼，只白食大穗君一頓酒。今年是第七年了，大概沒有差錯罷，就是七年前的這一日了。

這一日是向平靜的人海中，擲下巨石，使波浪洶湧沸騰的一日。這一日曾使我一家老幼男女，驚呺駭哭並累及親戚朋

---

10 反足：huán-tsù，反而、反成為。

11 相率：sio-tshuā，相偕、一起。

12 這一日：1923 年 12 月 16 日，《治安警察法》違反事件，通常稱為「治警事件」。總督府於當日針對「臺灣議會期成同盟會」成員，進行全島性大逮捕，共有 49 人被羈押。賴和被捕後羈押在臺北監獄，至 1924 年 1 月 7 日以不起訴處分獲釋。

13 紀念會：即「同獄會」，1924 年 12 月 16 日，在臺北、彰化、臺南三處同時舉行。彰化有 70 名會員聚會，由王敏川致開會詞。參見〈同獄會概況〉，《臺灣民報》，1925 年 1 月 11 日。

14 開催：かいさい，khai-tshui，舉辦。

15 信魚：sìn-hî，烏魚。

16 紅仁塗崁：地名，位於快官山一帶，約是今彰化市香山里。

17 獵兔之圍：1927 年 12 月 16 日，彰化街有志者發起的遠足會，由彰化公園出發，經紅仁塗崁，至快官張金珠之柑園。晚餐由許嘉種招待。參見〈治警記念遠足會〉，《臺灣民報》，1927 年 12 月 18 日。

友，憂懼不安的一日。這一日是我初曉得法的威嚴（？）公正（？）的一日。所以對於這一日，我總有些特別的情感，同人們有什麼計劃，我都高興去參加。但是以後比這更有重大意義的一日，相繼出現了，自然使了這一日失去牠紀念的價值，去年纔廢去舉行。不知什麼緣故？今年又相約有這一行。啊！是，我想著了。因為以後所出現的那些有意義的一日，我們皆沒有在場；而且未來所要出現的，我們現在也已失去了參加的勇氣。我們已經是過去的人物了，所以過去了的這一日，還夠使我們留戀。啊！這不值得紀念的回憶，總常在我們心裡縈迴。

自己清算

又是一年了。向來我總嫌惡古人多事，創設曆法，使世人多一層麻煩。一樣是一日的日，怎樣制限[18]過去了的幾日為年，教人有歲月易逝的慨嘆，年華垂暮的悲哀。但是近年漸漸認得他〔它〕的必要性的存在了。對著這無窮的生的旅路，量取相當間隔，建立路標，創設驛站，來給趕路的人，做行程的計算，供疲勞的休息，這是自然所要求的必須的施設。

時間是過去了，在記憶猶未消亡的人，於過去的時間裡，曾有什麼作為？自然有他回憶的時候，同時也有「結果如何？」一種清算的心理。

---

18 制限：せいげん，tsè-hān，設定、規範。

　　我自己對著這過去的已經去了，未來的也在眼前的這個時候，想要來自己清算一下。

　　想想看！你這個自己是什麼人物？值得清算？政治上有你插嘴的餘地？經濟界有你立足的處所？有貢獻科學的發明？有激動思想的議論？這幾項可以不用提牠，在咱這地方至少也須有：擁護道德的呼喊，拯救貧窮的善舉。不然在另一方面，你也須是受盡打躂[19]監禁的社會主義信徒，也須是飢寒交迫、困苦流離的勞工，纔有可清算的資料。

　　啊！是呀，我要清算什麼？我就沒有可以清算的資料嗎？我不信，我來算。算！算！

　　酒是我的嗜好，無聊有興時，每要喝牠幾杯。一年中啤酒、白鹿[20]，就不知喝多少了。煙我是不喫，但遇有双砲臺[21]，嘴裡也要唧牠一支。這兩項不值得計算嗎？這兩項支出，不就政府一大稅收，由這稅收不知養活牠手下多少人，我豈不是失業的救助者？不僅僅如此，我既是活人，自然不能不喰[22]飯穿衣，一年中米茶布帛的錢，也就不易計算。由這錢，農工們纔得蓄妻養子，這樣我豈不是農工的擁護者？還有呢，算起來是十五年前的事了（這是特例可以在此一起計算）。我曾擲去五圓的

---

19 躂：that，用腳踢。
20 白鹿：はくしか，peh-lok，日本茨城縣生產的清酒名稱，以鹿島神宮的「白鹿」傳說命名。
21 双砲臺：siang-phàu-tâi，中國製香煙名，俗稱砲臺煙。
22 喰：tsiah，吃。

觀覽料[23]，去看須磨子的《復活[24]》。雖然被在旁的日本人疑作小偷，教坐近我的他的奧樣[25]小心著。但是為著藝術的愛護，受些冤枉有什相干？也還有呢，我曾講了幾句大話，嚇呆愛護道德的善人，氣死口說道德的強盜。也曾放過臭屁，激嘔不少喫飽山珍海味的貴人。

呀，不算了。這樣清算起來，是沒有算清楚的時候。只就這幾層估量起來，我也就是一個非常人物了。嗚呼，豈不偉哉！

現在我明白了，每當有特別的時節，《民報》總來要我寫些文字，以為紙面增光。就是為此，我也就不再客氣了，把我所具有的非常的特點，寫給她去刊補餘白，如此而已。

版本說明 | 本文發表於《臺灣新民報》，1931 年 1 月 1 日。發表時署名「懶雲」。手稿不存。同期發表賴和小說〈辱?!〉。

---

23 觀覽料：かんらんりょう，門票、入場卷。
24 復活：ふっかつ，托爾斯泰小說改編之新劇，由「藝術座」劇團之團長松井須磨子主演，1915 年 10 月 3 日起在臺北演出，同月 16 日在嘉義演出。時賴和任職於嘉義醫院。
25 奧樣：おくさん，ok-sáng，太太、夫人。

紀念一個值得紀念的朋友

稿本　無。
刊本　《臺灣新民報》，1932 年 1 月 1 日。

　　□□〔臺灣〕這個地方，大家當然曉得□□□□□□更熟
識纔□□〔應該〕。因爲這□〔塊〕□□□□□□□□□我們
大家歡笑、歌哭、托生命、□〔育〕子孫的所在。

　　這個島嶼有人講是仙島，這也可以；有人講是寶庫，這也
無不可以。因爲這都是事實。不過是什麼樣的仙人所住？是誰
的寶庫？這是另外的問題。在此應特別聲明者，就是仙島所住
的不一定就是仙人，也有他馴養的狗、鹿、雞、鶴，也有爲他
汲泉摘菓的童僕，寶庫中也少不了有塵埃雜屑。

　　呼哩摩挲[1]，講猶還是讚嘆的話。若至那「眞個四時長是
〔似〕夏，荷花渡臘菊迎年[2]」，「襯出法王金歇〔偈〕地，
班脂花蕊綠珊瑚[3]」，是爲大家所明白的讚詞了。這樣臺灣是

1　呼哩摩挲：Formosa，今譯爲福爾摩沙。
2　荷花渡臘菊迎年：巡臺御史張湄（字鷺州）寫臺灣氣候：「少寒多燠不
　霜天，木葉長青花久妍。眞個四時皆似夏，荷花渡臘菊迎年。」參見《重
　修臺灣府志·卷二十四》。
3　班脂花蕊綠珊瑚：丘逢甲〈臺灣竹枝詞〉云：「鯤身香雨竹溪孤，海氣
　籠沙罨畫圖。襯出覺王金偈地，班支花蕊綠珊瑚。」參見《臺灣詩乘·
　卷五》。班脂花：pan-tsi-hue，木棉花。

被人所憧憬的，實在她也自有其可愛的所在。

　　只就大自然所賜與的來講，山的巍峨挺秀、水的連漪潤澤、檜林的雄大、竹林的茂密、石油的火燄、黃金的光輝、樟腦的芳氣、砂糖的甘甜，多是人類所羨慕、世界所推許。就是飛的禽、走的獸、鳴的蟲、潛的魚、有用的草木、珍奇的花卉、蔓延病痛的細菌、包□〔袱〕毒素的蛇類，多有她們世界的位置。甚至時時變換的氣候，也有牠的特點。你看她炎天赤日頭，卻會忽然烏雲滿天、大雨淋漓、狂風掃地、雷電交至，平地做起大水、風颱[4]來，這一年中總有一兩次。但若講到人物上去；唉！慚愧，已經有了定評的「怕死、好名、重利[5]」的一群蠢蠢者之外，曾有一個有世界的名聲的人物嗎？既往的我可不知道，未來的那也不可必。現在呢？唉！慚愧！

　　但是我所紀念的朋友[6]，猶還是這蠢蠢中的一個，他不能例外。他無有偉大處值得大家紀念，也沒有溫篤的友情值得我個人紀念。所謂值得紀念，只是在一個時間裡，我想要紀念的時，忽然被記憶起來。值得紀念只是在這一點上而已。

　　是暑暇[7]中的一個下半晡，這個朋友，忽然在敝地的街上和我相碰著。這一日是風颱大水後的第二日，縱貫鐵道在濁水

4　風颱：hong-thai，颱風。

5　怕死、好名、重利：後藤新平提出之臺灣人性格，原為「怕死、愛錢、重面子」。參見菊仙〈後藤新平氏的治臺三策〉，《臺灣民報》，1927年2月10日。

6　紀念的朋友：黃調清，1899-1922，臺南人。1915年總督府醫學校畢業，後在鹽水港街執業。參見賴和〈記事〉。

7　暑暇：sú-hā，暑假。

溪起[8]故障，南下的車只行到二八水[9]。這朋友是要到臺南去尋他好友，因爲汽車[10]不通，便來在敝地停腳[11]。應該是在二八水等待汽車的徒步連絡[12]纔是，什麼緣故卻要停腳在我們敝地？這朋友無講明，我也不明白。

　　這朋友和我是同在一個學校讀書，他慢我一級，平時的友情是很淡薄的，不，寧講是有點敵意較實在。這另有緣故。在那時候，正當中國革命成功，學生們多受了一點影響，××精神漸漸覺醒起來，便利用著《食堂新聞》，大家在討論。記得曾有人發表了秋瑾女士的遺詩「國破方知人種賤[13]」，那一首並附有批評。我一個很相好的朋友[14]把牠抄錄起來，方在抄寫的時候，有別的學生看見，以謂他是要抄去報官。這話一傳，大家都以我那個好朋友爲奸細，大肆攻擊。那好朋友我信得過，我很替他不平，便不顧到是會犯著眾怒，對他們的攻擊加以反攻，在《食堂新聞》上論戰起來。這值得紀念的朋友，當時是立在陣頭的我的怨敵。

8　起：khí，發生。

9　二八水：即今彰化縣二水鄉。

10　汽車：きしゃ，khì-tshia，火車。

11　停腳：thîng-kha，停歇、暫停。

12　徒步連絡：火車無法通過濁水溪橋，乘客需在二水站下車徒步渡河，再接續搭乘往南列車。參見〈汽車全通〉，《臺灣日日新報》，1913 年 7 月 28 日。

13　國破方知人種賤：秋瑾〈感憤〉：「莽莽神州嘆陸沉，救時無計愧偷生。搏沙有願興亡楚，博浪無椎擊暴秦。國破方知人種賤，義高不礙客囊貧。經營恨未酬同志，把劍悲歌涕淚橫。」參見《詩報》，1931 年 3 月 16 日。

14　相好的朋友：李得，1896-1923，彰化人。1917 年總督府醫學校畢業。參見賴和〈記事〉。

　　雖然既經[15]在我們的所在相碰，自己也很不好意思把目睭[16]看到旁邊去假裝看不見，便去招呼他。既知道他是住在旅館，即時勸他移住到我家裡。我曉得出來旅行的學生，是沒有帶著多大旅費。但是這時候和我同行的，有一個原是同學的（我的塾師的侄兒[17]），他更是熟誠，要我朋友去款待。我也樂得省一層麻煩，不同他相爭，讓那朋友到他家裡去住。

　　翌日我想要少盡一點地主的義務，便約了另外一個同學，邀同那朋友，一行四人，往我們的地方的勝地，舊時八景之一的聽竹庵[18]去遊覽。日頭照在頭上，汗黏膩膩地溼透了襯衣，沒有撐日傘[19]，也沒有戴草笠。究竟還是少年元氣，走了五里多路，並不覺得疲倦，只是兩臉被日光所炙，有些熱烘烘。

　　這個勝地不知勝在什麼所在，只是幾間平常形式的佛院，建築在小山下，前面圍著一道壇圍，壇外便是坑溝。院後的小山，種滿相思樹，前面左右，不知有幾十重的竹圍環繞著，一些也不見得有幽深之趣，更說不上清奇悠雅。可是在這萬竹的

15 既經：kì-king，既然已經。

16 目睭：ba̍k-tsiu，眼睛。

17 塾師的侄兒：黃文陶，1893-1970，彰化人。幼時父母相繼過世，由叔父黃偉其扶養。與賴和同在小逸堂學習，1917 年總督府醫學校畢業，1932 年獲京都醫學大學醫學博士。參見《新修彰化縣志・人物志・社會人物篇》。

18 聽竹庵：白沙坑虎山巖，「虎巖聽竹」為彰化八景之一。雍正 8 年（1730）創立，由地主賴鳳高捐地建廟，其祿位配祀於廟室，參見《花壇鄉志》。另有一說創立於乾隆 12 年（1747），由里民賴光高募建，參見《臺灣私法人事編》。此即後文賴和謂其先祖捐地一事。

19 日傘：ひがさ，ji̍t-suànn，陽傘。

環繞中，當秋風起時，的確很有些竹聲風籟可聽。無奈這時正在炎夏，竹尾搖也不搖一下，聽不見什麼天籟。猶幸詩人們所形容的篩金碎玉，這次得以實證，枝間葉隙的日影，在我感不到有什麼詩的情味。

在聽竹庵遊覽一些時，日頭已經中午，體內諸機官[20]，根據著本能，提出她補賞〔償〕的要求。這庵裡的僧人，不知道是較無鄙相[21]，也是看我們不起，竟不為著添油香，給我們準備茶點。幸得這所在是我的祖家[22]，我還有一個族姊，就住在庵前，就去打擾她。她的丈夫是一個貧困的山農，況且不是迎香[23]做戲的時候，又是突然不速之客，自然沒有什麼可款待我們。臨時去掘一枝竹筍，煮來給我們配糜[24]。這筍的風味竟覺非常好，為平素所未曾嘗〔嚐〕，筍又是和平素所食一樣，又且的確不是因為餓了纔覺牠的非常好，大家都具著這相同的意見。

在喰著清糜的時，別無有什麼話好講，我便向大家講起我永過的家世來，指著這庵後的山庵邊的山田，這一大片的竹圍，給朋友看。講起這土地以前盡囑〔屬〕我們的，現在山和田，已捨給庵裡做財產，竹圍也賣去一段，只剩有這半個「宅

---

20 機官：ki-kuan，器官。
21 鄙相：phí-siùnn，偏見。
22 祖家：tsóo-tshù，家族親人的居住地。
23 迎香：ngiâ-hiunn，廟宇參拜活動。
24 糜：muâi，粥、稀飯。

仔[25]」。那朋友聽見我話講了[26]，帶笑向著我說：「我們臺灣人，都有和你一樣的心理，常要提起那已往的不可再來的歷史，來誇耀別人，來滿足自己，所以纔淪作落伍的民族，不能長進。我這話對你很失禮，但這是事實。」我被日光所燒紅的面皮，這時覺得分外烘熱起來，其外的人也似對那朋友的不客氣吃了一驚。

是那朋友到臺南去後的一日，我再到塾師家去。先生[27]正在廳堂上，和一位住在近鄰，那朋友也曾去拜訪過的秀才，在談論那朋友。

「你的意見怎樣？我覺得他是另外一種人物。」

「是，我覺得他有些不尋常。」

「我這時覺得我的教育錯了，我以前都是以『在社會爲模範青年，在家庭爲善良子姪』爲目標，現在我纔發見著有另外像那一種人物的必要。」

「嗄！現在大家都尊奉你若聖人，你怎不會……」

「你誤會了，我是由良心講出來的。」

「你教的那一些學生，不是父兄們個個都在滿足感謝，社會上也在稱許你嗎？」

「所以這一誤，不知要遺害多少人！」

「模範青年、善良子姪，怎會不好？」

「那只是駕車的馬，拖犁的牛，規規矩矩不敢跨出遵行的

25 宅仔：thȅh-á，屋宅。
26 講了：kóng liáu，講完。
27 先生：黃偉其，小逸堂之塾師。參見賴和〈小逸堂記〉。

路痕一步。」

「也足以做安份的百姓、守成的子弟。」

「你還不了解，難怪人講秀才的頭腦多烘，現在實有另一種人物的必要。」

我聽見這一段談話以後，對那朋友就有點注意，但是交遊還不怎樣親密。

卒業[28]以後，每年只有一張賀年信片的來往。忽然在一個時候，什麼時候我記不起了，恍惚是一個黑暗的夜中，天上的雲重疊地堆積著，一點點的星光，窮盡目力也不能發見，風又唬唬地怒吼著，又且有暴雨的預兆，遠遠地西方有失火的警鐘響亮著，是一個淒壯的夜裡，他忽跑來求我握手。這一個突然，使我有些躊躇，那時我方在翻讀《陽明信札》，便把所讀的一節給他看。

「有死天下之心，方能成天下之事。」

他讀後大笑起來，這一笑又使我自愧渺小，便把手伸給他，互相用力一握。一握之後，他已不是我的朋友了，以後的他也不值得紀念了，關於他的公家的紀錄，大概不會燒掉罷。

一九三一、一二、二二

---

28 卒業：そつぎょう，tsut-giàp，畢業。

版本說明│本文發表於《臺灣新民報》，1932 年 1 月 1 日。發表時無署名。篇末自署作於 1931 年 12 月 22 日。同期發表賴和詩作〈相思歌〉。手稿不存。賴和另有 1913 年 3 月 14 日〈記事〉一則，與本文所述《食堂新聞》論爭相符，由此可知本文在紀念醫學校同學黃調清（1889-1922）。

我們地方的故事

稿本　《賴和手稿集・新文學卷》，頁 540。
刊本　《南音》1 卷 3 號，1932 年 2 月 1 日。底本

　　有來到敝地的人，我敢信一百個之中有九十九，無有人無
去到公園[1]。所以大家都知道公園的所在，公園是在東門外的
沿太極山[2]腳一帶地域。這樣講來，雖是未有去到的人，也應
該約略知道繞是。

　　「喂！你怎講虛詞[3]，現在那有城[4]的影跡[5]？」我想一定有
人會這樣責備我，這也責備去實在，不過不曉得是因為怎樣，
城雖然拆去了，人們總猶還是講「城」的較多，可以講這城的
印象，留在敝地人士的腦裡尚深，就是不曾看過城是什麼款
式的囝仔[6]，也會曉[7]講城內城外，而且阻隔城內外的城牆，自

1　公園：彰化公園，初名為「八卦山公園」，1905 年 12 月設立。
2　太極山：即「八卦山」，在彰化縣城東門外，又名定軍山。
3　虛詞：原文自註「ハウ　シャウ」，即「嘐潲」，hau-siâu，誇大、吹牛。
4　城：彰化縣城。嘉慶 16 年（1811）知縣楊桂森任內倡捐興工，至嘉慶 20
　　年（1815）完成。各城門擔任董事（總理）者，東門林文濬，南門王雲鼎，
　　西門陳大用、羅桂芳等，北門賴應光。參見王紹蘭〈彰化縣城碑記〉，《彰
　　化縣志・卷十二》。
5　影跡：iánn-tsiah，痕跡、蹤跡。
6　囝仔：gín-á，小孩。
7　會曉：ē-hiáu，能夠、知道。

早——在現在的囝仔未出世以前就拆去了。

永過在這公園口，是有一座城樓，巍巍然聳立著，在誇耀牠的歷史上聖蹟，給過路的人景仰瞻望。這座城樓，在那時候是僅存的魯殿靈光，眞被那班故老好古的人所珍重，所以會得不受毀損，排著十足尊貴的巨軀，去鎮[8]在交通要道。這城樓，我無讀過縣誌，不知經過多少年代，但是我曾看見過牠的塌仄[9]，也曾看過牠的重新。不過新又要保存著古的尊貴，所以還是塌仄的時候多，因爲內部的腐朽，不是表面的塗飾，就會得除掉。

及至現代的機器文明，乘著她勝利的威勢，侵入到無抵抗力的我這精神文明的中心地（這是受人稱頌過的榮譽）來，這城樓最後運命[10]便被決定了。

現代機器文明的寵兒，在現在可以講是自動車[11]，所以街路上不時看見有自動車的奔走，上北下南也在和火車競速。這座城樓恰鎮在這往來南北的要道，有時候不知是故意、過失或不可抗力，自動車竟會爬上城壁去。這的確是運轉手[12]無老練，斷不是這古蹟有礙著交通，會阻礙文明的向上，怎樣竟決定要把城樓拆廢？所以那一班尊古尚舊的先生，就皆不平、怒罵，甚至奮發起來。在顧得眼前無事，就以爲天下太平的他們，會

8　鎮：tìn，擋住、妨礙。

9　塌仄：lap-tsik，坍塌。

10　運命：ūn-miā，命運。

11　自動車：じどうしゃ，tsū-tōng-tshia，汽車。

12　運轉手：うんてんしゅ，ūn-tsuán-siú，司機。

生出這樣勇氣，眞是難能可貴。他們對街當局，提出備含著熱誠的古蹟保存的要求。「保存，著[13]，著愛[14]保存。」街當局也這樣，對他們表示同意。不過保存是要相當費用，古舊先生既擔不起這重負，一般的悉[15]百姓，竟不知道古的尊貴，結局無法度[16]，也只有含著一眶眼淚，看牠被拆廢而已。

這被留做紀念最後的城樓，也被拆去，應該「城」這個名詞，也要隨著消滅纔是。奇怪！現在的人猶還是在講「城」，這是不是深深潛在人的腦裡的好古意識，我是不能判斷。

城還未拆去以前——不，直到最近，市街急速地向西面發展以前，在風水家所講，我這地方是「網仔穴[17]」。城外一條市街長長地蜿蜒到竹圍、田圍交錯著的草地[18]去，恰像網仔索[19]。城內的人家被城牆包圍著，圓圓地眞像撒開的網仔。就是這個緣故，我們地方的人，所以不能騰達發展，就因爲罩在網仔內。我不信風水，無奈事實卻歷歷證明出來，現在還是一款[20]。

出城無幾步，就是穿過現在的公園，便到太極山腳，這一帶山崗，在歷史上也小小有名聲。我這地方，以前每有反亂，

---

13 著：tio̍h，對、沒錯。
14 著愛：tio̍h-ài，得要、必須。
15 悉：gōng，傻、笨。
16 無法度：bô-huat-tōo，沒有辦法、無可奈何。
17 網仔穴：bāng-á-hia̍t，如蜘蛛結網的風水地理形貌。
18 草地：tsháu-tē，農村、鄉下。
19 網仔索：bāng-á-só，編織網絡的繩索。
20 一款：tsit-khuán，一樣、沒有變化。

那拿手好戲，最激烈的戰爭，多是演在這山上。由舊時戰術上的地形來講（我不是兵學家，這只是復述），城是不能離山獨立，在我們這三、五年必定有一次反亂的地方，百姓常常受到砲彈的洗禮，在當時大家都希望城造到山頂去，以便據守。無奈當時的縣大老爺，卻不照這樣設計，百姓間非難的聲浪頗高，縣大老爺也不辯白，只是講了幾句給人無法猜測的讖語：「等後來有較能幹的來，他就會給這城舉謝土祭[21]；更有能幹的，便會把城拆廢。」城現在確實已經被拆廢了，縣大老爺這幾句話，有啥意義還未明白。在我想設使這座城，據著險要的地形，永過的人那樣好作亂，若被占領去，做官的不就為難了嗎？因為有好多次的事實，都證明著，失守比克復是容易得多多。

這好亂的事實，有一位縣官，竟將原因歸到這一帶山脈去，講：「山無主峰，民故好亂」。就在縣衙後疊一座假山，更在假山之上，築起一座高閣[22]，命名取義，想借著風水上的迷信，來鎮壓人民好亂的心理，可惜在當時一些也無效力。直到近幾年前，這閣移建在真的太極山上，就像真有了效驗。我不知道這次移徙的人，有無和那位縣大老爺同樣用意，但是直到今日，我們地方就真正安寧，人民也真正向化。雖有一次金字事件[23]，究竟也消滅在風影電跡中。只空費做官人一番勞

---

21 謝土祭：siā-thóo-tsè，房舍、廟宇或墳墓等建築物落成時舉行的祭拜儀式。
22 高閣：太極亭。嘉慶 3 年（1798）知縣胡應魁建於彰化縣署後。嘉慶 16 年（1811），知縣楊桂森重修，改太極亭為豐樂亭。參見《彰化縣志·卷二》。日治後豐樂亭遷移至八卦山上。
23 金字事件：即「王字事件」，又稱為「募兵事件」。1922 年 8 月八卦山「能久親王御遺跡地」紀念碑，碑文「王」字遭人挖除。警方大肆逮捕數十

力，獲不到功勞，無有榮昇的機會，眞可惜。

但是故老們還有別種說法。「地靈人傑」，這是千古不易的定理。因爲我們地方的靈氣，是結在這山脈，這一帶山脈平坦坦無有主峰，所以也不會有傑出的人物，也不會有眾望所歸的賢者，少有見識的，各人都以爲自己是了不得的人才，不肯下人，就是小可事，也各爭爲頭老[24]（不，只會在小的利益上相爭奪），這是到近來愈覺顯明的事實。

四城門，是北門最先被拆廢，而且也是北門城樓造得頂壯麗。聽講是當總理[25]的人，要留下紀念事業，捐出私財建築的，這個總理是擁有百萬的家財。「十個富戶九個乞食相[26]」，這個總理不是較特別嗎？大家單單聽見講，不是就要承認他是較向義、好名的人？不，他猶還不能例外，他所以肯助築城樓，是勢出不得已。

當時恰值年多[27]歉收，人民正苦糧食不足，官府也怕因爲飢荒引出反亂，也正在講求救濟方法。這時候那當總理的人，眞是湊巧，他所囤積下幾十倉粟，忽然一齊醱倉[28]，各粟倉都冒出煙來，所以就不能放去不管。清倉之後，把腐敗去的粟，

名嫌疑犯，對其嚴刑拷問，並欲嫁罪霧峰林季商有募兵行動。檢方後以竊盜罪草草了結此案。參見《臺灣總督府警察沿革誌・第二篇上卷》。

24 頭老：thâu-nóo，首腦、領袖。

25 總理：賴應光。王紹蘭〈彰化縣城碑記〉載：「北門則捐職州同加二級五品職銜賴應光義得。」參見《彰化縣志・卷十二》。

26 十個富戶九個乞食相：tsàp-ê hù-hōo káu ê khit-tsiàh-siùnn，絕大多數的富豪都如乞丐般窮酸、吝嗇，計較金錢而不願意施捨。

27 年冬：nî-tang，收成、收穫。

28 醱倉：puat-tshng，穀倉內的穀物發酵、酸化。

挑去棄在大溪邊。本來富戶人是「眾怨之府」，在這飢荒的時看見他挑粟去填溪，便大家憤怒起來。「暴殄天物，絕民食糧」，這是構成犯罪的正大理由。一班流氓無賴，就平地生起風波來。永過的官也無有不愛錢的，富戶便是做官的財源，平常時都要用著無影跡[29]的事，來硬敲軟損，況且有這重大的事情，那有空空放過的情理？官府一到門，雞狗便都不寧了。後來不知道怎樣講，送多少去給大老爺買茶，纔得從輕發落。就罰他起造北門，以彰法的公正尊嚴。而且也要賣些官府的人情，所以不用罰的名義，委任他去當總理。

當了總理，他也另有打算。既然會擁有百萬財產，對於金錢，當然不會比別人憨[30]。起造一座城樓，開[31]去二、三萬銀，在他是無有艱難。他還格外慷慨，不惜多開些工費，因為要和官府造的有所分別，好做他永遠的紀念，以見他的「急公好義」，所以這北門就較以外之城樓壯麗得多。不意城樓造好，縣大老又講他不遵規制，又要罰他再造城牆，去與東、西門相接。這一下就著力了，所開費用，不止造城樓十倍。富戶人的生命根——他的錢，真了去不少。可是在一個時代裡，起北門（豈不聞）的名聲，是透遍我們地方。後來因為和城外的交通複雜，最先被拆廢。但是此後，我們地方便開始進入另一個時代，這犧牲是和東門一樣值得紀念。

---

29 無影跡：bô-iánn-tsiah，莫須有。
30 憨：gām，傻、笨。
31 開：khai，花錢、花費。

　　大概是造城的時候，把塗³²掘起來填城壁，所以城內沿城腳多是魚池。池的面積占有全城一半以上，所以蚊仔就獲得了真像寶庫的殖民地，我們地方的住民，被吸去不少膏血。雖然卻會得和「風的名所³³」齊名，為地方生色，也為醫生們造福。

　　城的營造費，聽講與起³⁴聖廟³⁵差不多，這真使我不平。要保護一城蠢蠢百姓的所費，竟和奉祀一個生民未有³⁶的聖人相等，啊！這真有辱尊嚴，犯大不敬，世間豈有此理。

　　講到聖廟，就不能不把「雷起大成殿、鬼哭明倫堂³⁷」的夭異，一併提出來講。當時的社會可以講是被鬼神統治著，不單是災害病痛、家事國政，要去求鬼神解決，就是忽然飛來一隻不常見的鳥，也是發見著一尾奇異的蛇，也講是鬼使神差，大家就惶惑不安起來，何況又是在這尊嚴的聖地所發生的異變，牠所預兆一定是重大的禍害。不是一粒彗星的發見，一粒隕石的下墜，那樣帶著好奇的恐懼而已。社會洶洶不寧，民眾

---

32 塗：thôo，土。

33 風的名所：鹿港。賴和手稿原作「風的名所鹿仔港」。

34 起：khí，建造。

35 聖廟：彰化學宮、彰化孔子廟。雍正4年（1726）彰化知縣張鎬始建。參見《彰化縣志・卷四》。

36 生民未有：語出《三國志・崔林傳》：「生民以來，未有盛於孔子者也。」雍正元年（1723），朝廷令各省府州縣學改啟聖祠，為崇聖祠，頒「生民未有」匾額於文廟。參見《彰化縣志・卷四》。今彰化孔子廟仍存有雍正御筆「生民未有」匾。

37 雷起大成殿、鬼哭明倫堂：吳德功《戴施兩案紀略》載：「同治元年（1862）壬戌春正月，雷起大成殿，災異疊見。是月雷忽從孔子廟大成殿與『天地參之』匾起，咸稱為天地會之應。明倫堂疊聞鬼哭，牝雞化為雄。城中之雞亦未至三更而啼，是即《漢書・五行志》所謂雞禍者也。」

極度被不安侵襲，大家奔走相告，像大禍就要臨頭，祈禳醮祭[38]，所有可以消災改厄的事，無一件不做到，人心纔漸漸安定。一日過一日，不見有何等事故發生，終至大部分的人把牠忘記去。

久之又久，年代也已更換了，不久以前明倫堂曾充做刑務所[39]，在這所在有六百九十三人，被送上絞臺。看到這慘劇，以前聽到鬼哭，死未了的故老，觸動靈機，便得到可以解說鬼哭的理由。他們是相信輪迴，是認神鬼。以前哭泣的鬼，是今日死去的人，因爲在投胎時，已經受到來生最後的宣告，這現實的生，就是賞和罰的結果。這說明一經流佈出去，聽到的人都表示同意，同時也重再引起「雷起大成殿」所預兆的禍害，一定會較重大的危懼來。雖然有了轟廢的一聲紙上砲響[40]，大家都以爲不足應這預兆，猶抱著不安的心，在等待變異的到來。

版本說明｜本文發表於《南音》1 卷 3 號，1932 年 2 月 1 日。頁 37-40。發表時署名「玄」。手稿 16 張（編頁 1-16），稿紙（株式會社臺灣大眾時報社原稿用紙），硬筆字，直書，完稿，現存賴和紀念館。

---

38 祈禳醮祭：kî-jiông tsiò-tsè，設壇祈福消災的法事。

39 刑務所：けいむしょ，hîng-bū-sóo，監獄。1900-1902 間在此設置臺中監獄彰化支監之獄房及死刑場，參見賴和新詩〈低氣壓的山頂〉。

40 紙上砲響：指新文學運動。參見賴和〈讀臺日紙的「新舊文學之比較」〉。

臺灣話文的新字問題

稿本　無。
刊本　《南音》1 卷 3 號，1932 年 2 月 1 日。

秋生[1]先生：

　　我有一個意見，不知可以當做你的參考不能。新字的創造，我也是認定一程度有必要，不過總要在既成文字裡尋不出「音」、「意」兩可以通用的時，不得已纔創來用。若既成字裡有意通而音不諧的時候，我想還是用既成字，附以旁註較易普遍。在《南音》第二期裡新創那幾字，在既成字裡，我拜託守愚[2]君去查考字書，在後附記，就是他的回覆。這幾字裡，「厚」字音意兩通，較「絆」字似易識。其他幾字由前後的意

1　秋生：郭秋生，1904-1980，筆名芥舟、TP生、街頭寫眞師等，臺北新莊人。幼時在書房學習漢文，曾就讀於廈門集美中學。後任職大稻埕江山樓餐廳經理，交遊廣泛。1931 年參與創辦《南音》，與賴和同爲南音社成員，主張使用臺灣話文。1933 年與王詩琅、黃得時、朱點人等組織臺灣文藝協會，擔任幹事長。1934 年加入臺灣文藝聯盟。參見《日治時期臺灣現代文學辭典》。

2　守愚：楊守愚，1905-1959，本名楊茂松，彰化人。武秀才楊逢春之子，與賴和家交誼世好。幼讀私塾十餘年，有深厚漢學基礎。1926 年加入鼎新社，參與新劇運動。同年與賴和、陳虛谷共組流連索思俱樂部。1929 年在賴和鼓勵下，開始發表白話小說。1934 年加入臺灣文藝聯盟，1935 年參與楊逵《臺灣新文學》並與賴和共同負責漢文欄編務。參見《新修彰化縣志·人物志·文化人物篇》。

思，我想看的人，自然會讀做土音[3]，不知你的意見如何？

一月二十七日

賴和鞠躬

附記

搣——挖。挑挖也，手探穴也。

迊——即。例如即日，意此日也，然則做「此」字解，當
　　無不可。

迌——邏或或。雖曰不定之辭，亦可做「他人」解，是則
　　解之爲「他」何妨。

拗——抑。轉語詞，如「求之歟，抑與之歟[4]？」意即「或
　　者」也。

絣——厚。益也，例如「彼得其情，以厚其欲[5]。」又「優
　　待」之也，如深結厚焉。

版本說明｜本文發表於《南音》1卷3號，1932年2月1日。頁9。
　　　　發表時署名「賴和」。篇末自署作於1月27日。手
　　　　稿不存。

3　土音：thóo-im，地方口音。

4　抑與之歟：語出《論語・學而》：「子禽問於子貢曰：夫子至於是邦也，
　必聞其政。求之與？抑與之與？」

5　以厚其欲：語出《國語・晉語》：「彼得其情，以厚其欲，從其惡心，
　必敗國且深亂，亂必自女戎。」

附：郭秋生回信，《南音》1 卷 3 號，1932 年 2 月 1 日。

賴和先生

　　臺灣話文之基礎工作上的「新字創造」，當然要像你所說的，無有疑義了。我在本誌創刊號裡頭說過的提案〈說幾條臺灣話文的基礎工作給大家做參考〉也是這款。不過沒有嘗試是等於空談，可是一旦實行又不免碰著「不妥」的難關。但這「不妥」的所以不妥，正所以啓發有心人的匡正、改善，達於完善之域。是故，在這基礎建設的時期，望望有心人多一些協力——歌謠、民歌的文字化——並進一步起來嘗試，變可以從「不妥」的荒草雜堆裡發見著「妥當」的芳草出來。那麼移入「臺灣話文的本格的建設」，豈不是回過頭，已有一條的路徑了嗎？

　　我所嘗試的裡頭，一定有不少的「不妥」，至於此去的嘗試，也莫不更是這樣。這點深深希望大家見諒，並深深期待大家切實地監視棒喝，俾我不至趨入迷途，則臺灣話文幸甚。

　　對於賴和先生的指點，我也有多少的意見，還望大家不吝教益。

客車裡

稿本　《賴和手稿集·新文學卷》，頁 559-561。
刊本　無。

好久不旅行了，今日坐在車箱裡，覺特別舒適。雖然三等級，因爲是急行[1]車，坐的人不多，可以占據二人以上的座席，且對面的椅又空著，可以讓我靠腳，猶更快意。一個人雖然寂寞，較之和不相識的人坐在一起，是自由得多。

此次的旅行，本可以搭夜行車，便多半日的時間可以勞動，把休息帶到火車裡，是極濟的事。但這次旅行是犯官吊，明日要上法堂去做證人，恐失眠以致精神恍惚，失去了證言的效力。所以不惜把半日的勞動犧牲。

車到臺中，我離開座位。因爲上、下的車在這驛頭[2]相閃[3]，南下車中，有朋友要歸Ｓ去。

我想看看他，所以走到二等車邊中，朋友找未著[4]，車已經在開行[5]。我只得走回原位，不料座席已被別人占去了。那

1　急行：きゅうこう，kip-hîng，快車，只停靠主要車站。
2　驛頭：えきとう，iȧh-thâu，車站。
3　相閃：sio-siám，列車交會。
4　找未著：tshuē-bô-tiȯh，沒找到、未找到。
5　開行：khui-kiânn，啓動出發。

個人雖然和裝[6]，我斷定他不是日本人，因為沒有大國民的襟度。本想向他講起這座是先占的，看見他傲慢的態度，已經張開的口，竟自發不出聲音，便自仰起頭看看棚上的隨身行旅——一個手提皮包——向和他對面椅上坐下去。那個人本只占坐一人席位，似看見我在尋座位，遂轉身靠側，雙腳亦靠到椅上去，分明是在拒絕我坐到他身邊去的表示，我只得坐在他的對面。他也仰仰頭看見我的手提皮包，似曉得他所坐的是我先占的位置，他更覺得意了，展開手帕覆在靠手上，倒下身子又把雙腳伸到我佔座位上來。我一時心裡很憤怒，想責罵他幾句，但再一下[7]也就忍耐下去，怕費了口舌爭不到什麼，便一切讓他，自己走去坐在西邊的椅上。這時候突然被我想起無抵抗主義者，是不是和我有同樣的心情？是卑怯？是大度？我己竟也判斷不清。

版本說明 │ 手稿 3 張，稿紙背面（南音文藝雜誌原稿用紙），硬筆字，直書，完稿，現存賴和紀念館。本文寫於〈善訟的人的故事〉稿本背面，推測寫作時間為 1932 年。

6　和裝：hô-tsong，穿日式的衣服。
7　再一下：koh tsit-ē，下一刻，一下子。

喪禮婚禮改革的具體案

稿本　無。
刊本　《革新》創刊號，1934 年 10 月 27 日。

革新會[1]諸先生：

受到好意的褒獎，我眞是歡喜，確然對於貴會所徵求，沒有可以貢獻的資料，也當談談一些鄙見，來報酬高誼。

禮，在封建社會下，是一種統治的工具，庶民是不能妄議的。現在的統治階級已經是沒有利用他的必要了，尤其是喪、婚這兩件，更表示他的寬大，所以大家也就有議論其改革的機會了。

本來這是用社會階級做標準的，現在當然要用經濟程度來做標準。但是現在臺灣社會的經濟程度相差，由普魯[2]至於資產家，其相懸不知道有幾百十倍，自然是不能有這麼多種的具體案，在我是要用最下層的來做標準。

喪，死過了二十四時間，就宜收斂。第二日出葬，祭一概廢止，只於香的供獻，送葬也要廢止。這費用限二十五圓以內

1　革新會：大溪街革新會，1931 年 3 月 8 日成立。以「打破迷信、改除陋習」爲宗旨，創會委員有黃師樵、江明標、簡瑞鳳、李獻璋等人。參見〈大溪革新會成立〉，《臺灣新民報》，1931 年 3 月 14 日。
2　普魯：phú-lóo，プロレタリア（proletarier）之簡稱，無產階級。

（連棺材並算）。居喪一禮拜，這中間接受親戚朋友的吊唁。

> 註：或者有人引孟子和夷子的對話來批難我，但時代已經是不同了，況今日的人們，好像都視喪葬的厚薄為子孫的榮辱，所以有因顧體面而勉強負債以厚葬其親的，這是多錯誤。

婚，若是男女兩相意愛[3]，在可以結婚的時候，相率到保甲事務所去煩[4]書記大人寫下結婚屆[5]就算了。要是父母的主意，這手續就讓父母去替他辦理。

> **版本說明** | 本文發表於《革新》創刊號，大溪革新會，1934 年 10 月 27 日，頁 1。發表時署名「懶雲、守愚」。手稿不存。本文是應大溪革新會徵稿所作，發表時李獻璋在〈編輯後記〉中說：「對此畏首畏尾的中庸思瀰漫著的當兒，賴和、守愚兩先生的〈喪禮的改革案〉，直截痛快的提出絕對廢止論的主張，實足以給懶惰不徹底的改良主義者做個警笛。」

3　兩相意愛：lióng-siong ì-ài，互相喜愛。
4　煩：huân，勞煩，請別人幫忙的客氣語。
5　結婚屆：けっこんとどけ，kiat-hun-kài，結婚登記。

附：〈大溪革新會　打破惡習　徵求惠稿〉，《臺灣日日新報》，
　　1934 年 4 月 21 日。

大溪革新會，創立於三年前，頗致力於打破向來惡習。茲乘
大溪橋落成祝賀產業展覽會良機，主開漫畫展，及發刊紀念
會誌，力行宣傳，以期貫徹目的。決以左記條項，向全島人
士，廣微佳稿。斯舉不獨貢獻於社會教化，抑亦島民之多
幸。其徵募內容：

一、喪禮婚禮改革具體案。若係在來團體所主張具體案，亦
　　皆歡迎。

二、關於普渡、迎神、賽會等一切迷信的感想、評論、笑話、
　　趣事、文藝創作。以上文體不拘和漢。

三、諷刺迷信、陋習暨其他社會諸矛盾漫畫，紙幅大小不
　　限，張數多多益善。

又寄稿至五月十五日截收，佳作者奉呈薄謝，並贈會誌。原
稿寄於大溪街同會事務所。

就迷信而言

稿本　無。
刊本　《革新》創刊號，1934 年 10 月 27 日。

　　迷信，不消說是應該破除。但是我倒不是患其破除的不能實現，反而惜其破除得有點過早，竟等不及有識者出來反對。而其所以破除得如是之早，不能不說是經濟這一把大鐵鎚的打擊，太叫人抵當〔擋〕不住。在不景氣的強風一陣陣吹拂著的今日，敬神觀念的基礎，也自然而然地跟著一天天動搖起來了。

　　迷信，到現在也許可以說已經是「形存實亡」了。現在人們對於敬神一事，也已經是呈現出「依例敷衍」的事實了。諸位或者不以我的話爲然吧？但，只要我們肯費點工夫，把從前和現在舉行著的祭祀鬼神的事來比較一下，就很能看出其歷然不同的點來。

　　記得當我兒時，每屆 [1] 普渡，是多麼盛大地舉行著啊！放水燈、演戲，犧牲 [2]、粿粽是疊積如山，且須把祭品供養到深夜，方纔可以撤去。這當然是因爲「鬼屬陰」，非等到暗夜裏

1　每屆：muí-kài，每次，定期的活動次序。
2　犧牲：hi-sing，祭祀用的牲畜。

不敢露面。可是現在呢？誰也等不到太陽西下，便把祭品撤去了，這還叫鬼鑒納[3]？迷信之從現代人腦中漸次消滅，也就可見一班了。

而到現在還時見大大地鬧著的，就只有迎神一件，這的確費了島民好多的一注[4]錢財。雖然，其動機卻已經是由「繞境平安」，變而爲「振興市況」。替代敬神觀念而起的，倒是一種商業意識的衝動，而神也已經是被利用而變爲廣招徠[5]的一個大招牌了。

這是我的管見，因承徵及，聊以談談吧了。

版本說明｜本文發表於《革新》創刊號，大溪革新會，1934 年 10 月 27 日，頁 2。發表時署名「懶雲、守愚」。手稿不存。本文是應大溪革新會徵稿所作，其中論「迎神」之觀點與〈鬥鬧熱〉結尾相似，可供參照。

3　鑒納：kàm-la̍p，收納、接納。
4　一注：tsit-tù，一筆，計算金錢的單位。
5　招徠：tsio-lāi，吸引、招攬。

〔話匣子〕

稿本　無。
刊本　《第一線》，1935 年 1 月 6 日。

秋生先生：

　　這第一號我很滿意，君要我具體地批評一下，我是做不來。單就其中我感到一點不是的來講：

　　第一是〈郭沫若的訪問記[1]〉很使我失望。

　　第二是雲萍君[2]的〈斷章〉，我覺得他有點寶貴[3]他金玉文字的樣子。

　　第三是克夫君[4]對於自己的創作似乎過於執著。這一篇〈秋

1　郭沫若的訪問記：蔡嵩林〈郭沫若先生訪問記〉，《先發部隊》，臺灣文藝協會，1934 年 7 月。

2　雲萍君：楊雲萍，1906-2000，本名楊友濂，臺北士林人。幼時在家接受祖父楊永祿教授漢學，1924 年開始在《臺灣民報》上發表作品，1925 年創辦文學雜誌《人人》。1926 年赴東京就讀文化學院，1927 年創辦《新生》，賴和曾有投稿，1931 年由文學部創作科畢業。返臺後，1934 年參與西川滿《媽祖》雜誌，1939 年參與發起臺灣文藝家協會，1941 年參與創立《民俗臺灣》。1943 年出版日文詩集《山河》。參見《日治時期臺灣現代文學辭典》。

3　寶貴：pó-kuì，吝惜。

4　克夫君：林克夫，1907-？，本名林全田（或作林金田），臺北人。1931年參與鄉土文學論戰，主張使用中國白話文。1933 年參與臺灣文藝協會，擔任《先發部隊》、《第一線》詩歌編輯。1935 年擔任臺灣文藝聯

菊的告白〉我記得三、四年前已經看見了，克夫君便不忍捨棄。
（但是內容有無變更，我已記不清楚）。以外已經沒有什麼可
說了。

版本說明｜本文發表於《第一線》，臺灣文藝協會，1935 年 1
月 6 日。頁 94-95。發表時署名「賴和」。手稿不存。

盟北部委員。參見《日治時期臺灣現代文學辭典》。

〔臺灣民間文學集序〕

稿本　無。
刊本　《臺灣民間文學集》，1936 年 5 月。

　　獻璋[1] 君在搜集民間文學的這事一經傳出，就引起了不少爭論，從事無用的非難，助長迷信的攻擊，使得他忙於辯解；但是，現在《臺灣民間文學集》居然付印，不日可以出版了。

　　這些被一部士君子們所擯斥的民間故事與歌謠，到了現在，還能夠在民眾的嘴裡傳誦著，這樣生命力底繼續掙扎，我們是不敢輕輕看過的；何則？因為每一篇或一首故事和歌謠，都能表現當時的民情、風俗、政治、制度；也都能表示著當時民眾的真實底思想和感情，所以無論從民俗學、文學，甚至於從語言學上看起來，都具有保存的價值。

　　吾臺開闢以來，雖說僅是短短的三百多年，但是先人遺留給與我們的，與世界各國無異，同樣有了好多的傳說、故事和歌謠；就中像鴨母王、林道乾、鄭國姓南北征的傳說……由「歷

1　獻璋：李獻璋，1914-1999，桃園大溪人。廈門集美中學肄業，1931 年參與創立大溪街革新會，並擔任體育部主任，1934 年主編紀念刊物《革新》。1936 年編輯出版《臺灣民間文學集》；1940 年編輯《臺灣小說選》，但未獲出版。1943 年早稻田大學文學部哲學科畢業。

史的」底見地 [2] 看來，尤爲名貴。

　　民間文學的搜集和整理，在世界各國，早就有了許多民俗學者，與文學家從事過了，其所收穫的成果，也都是大有可觀的；然而我們臺灣，雖說是也有許多先人的遺產，但除卻於報紙、雜誌上，時或看到片鱗隻爪，可說是絕無聞見的。

　　從前，我雖然也曾抱過這麼野心，想跑這荒蕪的民間文學園地去當個拓荒者，無如業務上直不容我有這樣工夫，直到現在，想來猶有餘憾。

　　這一次，幸而經獻璋君不惜費了三、四年的工夫，搜集了約近一千首的歌謠、謎語；更動員了十多個文藝同好者，寫成了廿多篇的故事和傳說，這不能不說是極盡臺灣民間文學的偉觀了。

　　但是，搜集故事，畢竟不是一件容易的工作，因爲同樣一篇故事，異其時地，則那故事的傳誦，也隨之不同，有的甚或同一地方，也有多少出入，例如：

　　〈林大乾兄妹〉中有用一片葉子化舟而逃的傳說，而在〈林道乾〉那一篇就沒有了。

　　又如〈十八攜藍〉中樵夫遇艷一段，也爲本地所未聞。

　　〈過年緣起〉沒沉地，說是土地公、灶君上天去保奏，本地倒說是佛祖去保奏的。

　　甚有同一故事，而異其主人公的。例如：一日平海山，在南部說是王得祿，而北部倒說是黃朝陽，還有新莊陳化成和王

2　見地：kiàn-tē，見識、觀點。

得祿也大同小異。

即如〈壽至公堂〉，在同一地方，也是人不一說。據守愚氏說：這已經是第五次稿啦。爲了這篇故事，曾經拜聽過十多個老者的講述，但，不是僅知片斷，便是互異其說。所以好不容易搜集來的這些材料，也只得將傳說比較普遍的記錄下來，不敢以我們認爲合理的，就是眞的事跡。這進一部〔步〕的工作，只好留待有心人出爲完成。

搜集故事之又一困難，就是一篇故事裡頭，間或涉及殷富大族的先人底行爲，致礙於情實關係，不肯照實說出；這是對故事有點缺少理解的。因爲先人的行爲，原無損於後人的德行，其實，故事要不是經過文字化，它同樣是流傳於民間的；且由老年人的口中出來，衝進少年人的耳朵裡，其聲響尤覺洪哓；若年代一久，或者穿鑿其說，以訛傳訛，生出怪談，那更是故事本身的不幸。

故事的搜集，有如上述的那樣困難，然而居然能夠把這本《民文集》完成起來，這不能不額手同慶，更不能不感謝獻璋君的苦心與努力。

一次，他寄給守愚氏的信裡，曾經有這樣一段話：

「你想，爲了這集子我所費的精神（差不多把我三個年的生命葬送在這集子）和物質（老實說我所積下的幾百圓都爲此而支出的，恰好到後月就要完了）是如何的多呢，啊！我的精神已溶化在這集子了……」

其堅忍的意志，是多夠人佩服啊，幸而這《民文集》是快要發行啦。這庶幾可以報酬他三、四年來的苦心與努力。

　　最後，我只有希望這一冊《民間文學集》，同樣跑向民間去。

一九三五年十月十日
懶雲序

版本說明｜本文收錄於李獻璋編《臺灣民間文學集》，臺北：
臺灣文藝協會，1936 年 6 月發行。發表時篇名〈賴
序〉，篇末自署作於 1935 年 10 月 10 日，此即臺灣
總督府主辦「始政四十周年記念臺灣博覽會」之開
幕日。

輓李耀灯¹君

稿本　無。
刊本　《礦溪創立廿五週年紀念號》，1938 年 11 月
　　　28 日。

　　李君是個很肯用功，而前途有爲的青年。他的父親是個自
作農²，從前家計原來他還過得去，一自八、九年前投資的那
一家布行倒盤³，家產被抄沒了去，過日也就一天難似一天了。

　　變此逆境，李君還是不斷努力學業，幸而他的父親對於兒
子的教育也極其熱心，所以雖然是很刻苦，德〔總〕算也由公
學、中學而進到醫專了。

　　君之死，不消流〔說〕是因爲過於用功，以致神經日漸衰
弱。但，最大的原因，不能不流〔說〕是境遇的窘逼有以致之。

　　以死忘憂，在李君德〔總〕算是得到解脫了。但，大兒子、
四兒子是死了，二兒子又遠在砲火烽煙中的對岸，一向老沒歸
來。除此他年老的父母的一絲希望，就只在李君身上了。

　　現在，不幸連這一絲藉以慰安晚景的希望也消滅了，這在

1　李耀灯：1916 年生，彰化人。1938 年 4 月 29 日死亡，時就讀臺北帝大
　附屬醫學部第三學年。
2　自作農：じさくのう，tsū-tsoh-lông，自耕農。
3　倒盤：tó-puânn，生意失敗，店家倒閉。

他兩親[4]的心裡，是多麼苦痛啊！

辛勤無補家衰敗，阿父心情自可知。
猶有一絲希望在，他年兒子是良醫。

× ◇ ×

破除因襲嗟無力，清算恩仇恨未能。
俯仰兩間存在小，男兒到此恥偷生。

× ◇ ×

渺小人生大自然，此生無力奈何天。
夜來只管煩思苦，衰弱神經足不眠。

× ◇ ×

不眠難遣此宵長，傢伙迷人醉意狂。
愛向大橋橋上立，寒星倒影水蒼茫。

× ◇ ×

---

4 兩親：りょうしん，lióng-tshin，父母。

河水長流到海終，人生煩惱卻無窮。

讓君得藥睡眠穩，獨惜傷心是若翁。

版本說明｜本文發表於《礦溪創立廿五週年紀念號》，1938年11月28日，頁19-20。發表時署名「賴和」。手稿不存。礦溪會，1912年夏成立，總督府醫學校之彰化同鄉會。

應社招集趣意書

稿本　《賴和手稿集‧新文學卷》，頁 624-625。
刊本　無。

　　唉！詩的一道，很難窮極，可以陶冶性情，嘯吟風月，亦可以比興事物，歌頌功德，唱和應酬，諷咏時世。是文學上的精粹，思想上的結晶。雖然若吟失其情，咏失其事。不僅僅使詩失了價值，連做詩的自己亦喪其品格了。請看，現在我們的彰化。文風不振，詩道萎靡，致使人心敗壞，世風日下。那些人們，不是身耽聲色，即便心迷利慾，把趨附認作識時務，把賣節當作達權變，是好久的了。當這時代，能獨標勁節，超然自在，不同季世[1]沉淪的，惟有眞正詩人拉。

　　我們雖未嘗學問，至詩的一道，亦可粗曉得一二。所以，要招集我們這樣同志，組一「應社詩會」，講求吟咏的趣味，琢勵詩人的節操。凡我們的同志呵，總望讚成罷。

　　我們這社沒有什麼規則。

　　凡所吟咏，以能表現個人的情感思致爲主旨，以此不擬題目，詩不拘體韻。吾們大家心所感的、眼所觸的、用詩表現出來的，勿論長短篇，有韻無韻，以一月爲期，各人把一月中，

1　季世：kuì-sè，末世、衰亡的時代。

自己最得意的選錄兩首，寄來辦事處。

　　吾們辦事人，把各位社員寄來的抄集許多小冊，分與各位互相評閱。成績由總社員評閱為準，以定高下，要發表時開一次擊鉢吟會。

版本說明｜手稿 1 張，稿紙（文英社），軟筆字，直書，完稿。現存賴和紀念館。本文寫作於 1939 年。應社，彰化文人組成之漢詩社，1939 年 9 月 28 日（中秋節後一日）成立。主要成員有吳蘅秋、賴和、陳虛谷、陳渭雄、楊石華、楊守愚、楊笑儂、楊雪峰、楊雲鵬。

我的祖父

刊本　《臺灣文學》3卷2號，1943年4月28日。
《政經報》1卷5號，1945年12月25日。底本

　　我的祖父[1]是在我十歲的時死去的，死時纔五十九歲。他的身量不甚高，但是很結實。當少年時，曾和人家相賭，在十二月天能泅[2]過南門口大潭。青年時遇「萬生反[3]」，腰中流彈，煩在腹內，幸未死。但後來常發痛，以鴉片止之，遂成癮。

　　經「戴萬生之亂」，家遂零落。祖父兄弟六人，祖父最少，因家業喪失，遂各謀生。祖父聞好博奕〔弈〕，成家後，猶不能改。吾父五歲時貧甚，歲晚無錢，祖母把衣裙使入質，以其錢度歲，但恐其得錢復賭，教吾父隨之去。至半途，乃用頭布縛吾父於人家籬柱，不教同往，自去典衣，又把錢盡輸於賭，其嗜好有如此者。

　　及到歲時，翻然一改。祖父本有學拳法，遂學弄鈸；技成，遂聞名；近遠各處爭聘請，遂以成家。吾們後人得其餘蔭，幸

1　祖父：賴知，1846-1905，字欽岳，號長鎮。道士。其妻黃炱，長男賴天送（賴和之父），次男賴天進（賴通堯之父）。
2　泅：siû，游泳。
3　萬生反：戴潮春事件，1862-1864。戴潮春，小名萬生。反，huán，反亂、戰亂。

無凍餒。

　　祖父當技藝時行[4]時，若有問〔同〕藝者的地，多辭不往。有鬥藝時，也多不使對手有難堪處，有特長之技，多略不演。後年老，到遠多坐轎，但是往返在街外落手[5]，罕有坐到宅門前者。

版本說明 | 本文初由張冬芳翻譯為日文，發表於《臺灣文學》3卷2號「賴和先生追悼特輯」，1943年4月28日。後以原文發表於《政經報》1卷5號，1945年12月25日。發表時署名「賴和」，發表時另有標題「遺稿　獄中日記（四）　附錄」。手稿不存。

4　時行：sî-kiânn，流行。
5　落手：lòh-tshiú，轎夫垂手、落轎。

高木友枝先生

刊本　《臺灣文學》3 卷 2 號，1943 年 4 月 28 日。
　　　《政經報》1 卷 5 號，1945 年 12 月 25 日。底本

　　高木友枝[1]先生，是我的時代底臺灣醫學校長。他一生的傳記，若是現在臺大醫學部有存在的一日，他也不能泯滅的。我在這裡不是要敘他一生，也不是要記述他的軼事，只是記錄他印象在我心目中的，一些不關緊要的而感我特深的小事情而已。

　　我初入學[2]時，先生尚洋行[3]中。記得是在第二學期末，纔由西洋歸臺。那歸來的歡迎會是真盛大的，這使我印象猶深，始覺到學生們對於先生的宗〔崇〕敬。在我是猶未聽到先生一句話，亦未見到先生的面影[4]。

　　歸臺後，先生所擔任是什麼事務，我不知，但是若沒有特

1　高木友枝：1858-1943，福島縣人，1885 年東京帝國大學學部畢業。1902
　　年受後藤新平延請來臺擔任臺北醫院院長兼總督府醫學校校長。1913 年
　　獲文部省授與醫學博士學位，1916 年卸任醫學校校長。1919 年從公職退
　　休，轉任臺灣電力會社社長。1929 年返回日本。參見《臺灣歷史辭典》。
2　入學：賴和於 1909 年 4 月考入總督府醫學校。
3　洋行：ようこう，iông-hîng，在歐美旅行。高木友枝在 1909 年曾赴歐洲
　　考察，參見〈無弦琴〉，《臺灣日日新報》，1909 年 8 月 29 日。
4　面影：おもかげ，bīn-iánn，樣貌、印象。

別事情的阻礙，每週總有一點鐘來教我們「修身[5]」。但是先生的講義卻不由書籍上的文字講解，只是講些世間的事情，但聽的我們每恨一點鐘的容易過。

一日，方先生在講話中，適有一隊「進東進東（チントンチントン）」由窗外過，一時學生的視線皆轉向窗外去。先生似也覺到，一時停不講。我覺得先生已察及，急把視線收歸，更坐端正，想先生看到學生這樣不規矩，雖不生氣，也空[6]訓話。豈料竟出意外，待「進東進東」過去後，纔問我們：

「剛纔由大路過去的，叫做什麼？」

我們大都不知，只有杜聰明[7]君一人起來答應說：「叫道迴[8]（みちまはり）」。

這一次使我始覺得先生不和公學校的先生一樣。

記得是當我們三年的時代，由卒業所唱[9]起的是學校的昇格運動，把醫學校昇為醫學專門學校。這時，校長曾對我們大家說：

5　修身：しゅうしん，siu-sin，中、小學課程名稱，主要內容為道德教育。總督府醫學校之課程名稱為「倫理」，高木友枝負責講授本科第三學年與第四學年之「倫理」課。參見《臺灣總督府醫學校一覽》，1910、1914 年。

6　空：khang，徒勞的、無用的。

7　杜聰明：1893-1986，臺北淡水人。1909 年考入總督府醫學校，與賴和同年，1914 年總督府醫學校畢業。1921 年獲京都大學醫學博士。1922 年返臺擔任醫學專門學校教授，並創建藥理教室，從事中藥、臺灣蛇毒及鴉片研究。1945 年擔任臺大醫學院院長，1954 年創辦高雄醫學院。參見《臺灣歷史辭典》。

8　道迴：みちまはり，繞境。

9　唱：となえる，tshiàng，提倡。

　　「學校的昇格，若論現在這學校，就內容——先生和學生的質，外觀——建築、設備等，是不輸內地[10]任何專門學校。但是要進入專門學校，須要中學卒業生，現在臺灣只有內地人一個中學而已，要招生，須向內地去，若如諸君等，尚未有入學的資格。且諸君等卒業後，也無有到內地開業的必要；就這資格，臺灣、滿洲、中國皆可開業，何用昇格？全無必要。昇格於諸君是未有益處，諸君細想便悉。但是若我還在做校長時，於諸君無益的事，斷沒有做，諸君可勿愁。」

　　我們的醫學校不僅昇格為專門學校，是臺大的醫學部了。於我們有益無益，現在在學諸君，一定是知道的。不僅是愛護著我們學生，對於卒業生，若先生做得到的，也很盡力。

　　曾有一位前輩，因為酒的亂性，犯了刑法。在公判時，先生也做了特別辨護人，出為辨護，這是在法庭未曾有的事。那先輩[11]亦因此得了執行猶豫[12]的特典。

　　對於卒業生的「働（はたらき）」，先生也很關心。曾到地方去，看見卒業生的社會地位向上，心中很歡喜，歸來便講給我們聽。

　　後藤男爵[13]在做民政長官的時代，是和醫學校有特別關係

---

10 內地：ないち，lāi-tē，日本本國之領土，即本州、四國、九州、北海道。本國之外其他領土稱為「外地」，例如臺灣、朝鮮、滿洲等。

11 先輩：せんぱい，sian-puè，學長。

12 執行猶豫：しっこうゆうよ，tsip-hîng iû-ī，緩刑。在刑事審判中，認定嫌犯有罪，宣告其刑罰，而暫緩執行。

13 後藤男爵：後藤新平，1957-1929，岩手縣人。須賀川醫學校畢業。1898-1906年間擔任總督府民政長官，實施舊慣調查，奠定日本殖民統治臺灣

的。他自己原是醫生，且和高木校長也特別有交情的樣子，所以他辭官後，再來臺灣[14]時，便爲我們醫學校生特別做一次的訓話，大意是講：

「本島人[15]諸君，要自己省察。我們只有二十餘年對於帝國盡忠誠的歷史，內地人已是有二千餘年歷史，所以不應奢望，若權利待遇，有些不似內地人，不宜就說不平。」

向來我們大家都以爲是浴在一視同仁的皇恩之下，不感到有何等的差別。經過後藤的一番訓誡，纔會自省，就中也就多少出生議論。高木先生也似有感覺，便有機會，便集全校生於一堂，爲後藤男爵辯明，說，他是特別愛顧著我們，纔肯那樣說，要我們不要誤會。

本來對先生的訓話，大家都是肅靜恭聽的。獨獨這次有的踢地板，有的故意高聲咳嗽，以亂其說話，有點使我疑惑。

這中間有一事，使臺灣平靜的社會掀起小小波瀾，就是板垣伯[16]所主唱的同化會。那時亦曾集全校生於一堂，有所講話。先生對此也沒有什麼批評，說曾有卒業生來問及，可否允其參加？先生說：「據自己也不敢以爲否否，不過官廳方，似尙無

的基礎。參見《臺灣歷史辭典》。

14 再來臺灣：後藤新平於 1912 年 10 月 17 日曾經來臺。參見〈後藤男渡臺消息〉，《臺灣日日新報》，1912 年 10 月 16 日。

15 本島人：ほんとうじん，pún-tó-lâng，臺灣人。殖民地時期臺灣人自稱爲「本島人」，而稱日本人爲「內地人」。

16 板垣伯：板垣退助，1837-1919，高知縣人。土佐藩士，1887 年受封伯爵。1914 年兩次應林獻堂邀請訪臺，組織臺灣同化會，主張臺灣爲日、中親善的橋樑。參見《臺灣歷史辭典》。

有此意思，設使後日會趨向和官廳對立的狀態，恐有點不允當。」

此後，先生的講話，漸有關於政治、法律。後來於學課上，設一課衛生行政學，使我們於政治、法律，有些少知識。

當苗栗事件[17]發生時，連累者中，有一醫學校的退學生在內。先生曾對我們說，他到總督府時，被同僚們嘲笑，說：「受過我教育的人，也會做壞事？」我回答他說：

「那是退學生，未受到我完全的教化，那纔會那樣。」

我此時感到「纔會那樣」的一句，另有一點餘味。

當辛亥中國革命時，學生中有爲募集軍資者。事爲當局所知，想是到學校來調查，因此，校長集學生於一堂，有所訓示：

「像這樣事，在我是與看相撲一樣，看客可以互賭，雖有此事，也是一種賭金的性質，無什麼關係。但是各人要覺悟，有萬一的時，不可後悔流淚，那樣就眞笑殺人，不如勿做較好。」

有一次，是我們學生中，有一位被加藤[18]先生打一下嘴巴。

加藤先生在諸先生中算是最無言辭、最厚直的，能使他生氣，那學生也可算有點頑皮，但是學生們還是顧著學生。

---

17 苗栗事件：1913-1914 年間，新竹、臺中、南投、東勢等地發生抗日事件，當局以爲羅福星組織之革命黨所爲。1913 年底逮捕羅福星，1914 年 3 月處死，同案判死刑者有 20 人。參見《臺灣歷史辭典》。

18 加藤：加藤牛藏，1878- ？，新潟縣人。1899 年陸軍教導團步兵科畢業，1904 年參與日俄戰爭，1906 年日本體育會體操學校畢業。1907 年獲得師範學校、中學校、高等女學校體操教員資格。1908-1918 年間擔任總督府醫學校助教授兼書記、舍監等職。1929 年從公職退休。

「我們已不是小學生，還用體罰，那還了得。」級長[19]就去告訴給校長高木先生。

先生也以爲是不祥事，集了全校生，有所訓話，講話中有說：

「不肖的心中，是不存有內、臺人的成見……」

訓話後，較上級的學生都感不安起來，因爲向來先生每訓話，多是如父親在向兒子說話一般。今天自說「不肖」，心中一定很不爽快。所以就趕緊推舉代表去向先生謝不是，求其勿爲此勞心。

先生常說，他要擔任學校長時，曾求教於新稻〔渡〕戶[20]博士，他說：「養成人格爲先務」。所以在每期卒業式的訓話上，總說：

「要做醫生之前，必須做成了人，沒有完成的人格，不能盡醫生的責務。」

所以講義的時，總是講到世間的事情，關係完成人格的話較多。

昨年[21]春到東京去，和同窗之幾位，曾去拜訪，先生猶尚

---

19 級長：翁俊明，1891-1943，臺南人。1914 年總督府醫學校畢業，與賴和同年，1919 年且與賴和同在廈門博愛會醫院任職。1943 年中央直屬臺灣黨部正式成立，擔任主委，同年 11 月被害身亡。參見《臺灣歷史辭典》。賴和漢詩有〈寄嘲級長翁俊明君〉。

20 新稻〔渡〕戶：新渡戶稻造，1862-1933，岩手縣人，1877 年札幌農學校畢業，1899 年德國哈勒大學農學博士。1901-1903 年間來臺擔任總督府技師，後曾代理殖產局長、臨時臺灣糖務局長，爲臺灣製糖事業奠定基礎。參見《臺灣歷史辭典》。

21 昨年：tsòh-nî，去年。

老健善談。

版本說明｜本文初由張冬芳翻譯爲日文，發表於《臺灣文學》3卷 2 號「賴和先生追悼特輯」，1943 年 4 月 28 日。後原文發表於《政經報》1 卷 5 號，1945 年 12 月 25日。發表時署名「賴和」，發表時另有標題「遺稿獄中日記（四） 附錄」。手稿不存。本文篇末言及「昨年春到東京去」，賴和曾兩次赴日，分別爲1939 年春與 1941 年春，因此推測本文寫作時間在1940 年或 1942 年。

獄中日記

刊本　《政經報》1卷 2-4 號，1945 年 11 月 10、25 日、
12 月 10 日。

第一日

　　初日已是午後近五點鐘了，方在煩忙之際，聞到警官張樣[1]
的話，已預感不安。對於事務的處理，匆匆結束，只對四弟[2]微
言，就乘自轉車跟到署[3]。高等係[4]等到別室等待暫時，後來對
余說，州[5]有話來，有事要問你，目下其人不暇來，要你在此等
三、五日，或者更久也不一定。我們由此時起，他說是……[6]

　　此時，我覺得天皆昏黑，不知要說什麼，只求其打電話到

1　張樣：張金鐘，臺中州人，巡查，彰化市北門外派出所。樣，さま，
　　sàng，先生。
2　四弟：賴通堯，1906-1989，賴天進之長男。參見賴和〈日記〉。
3　署：臺中州彰化警察署，即今彰化縣警察局彰化分局所在地。
4　高等係：臺中州警務部高等警察課普通高等警察係，負責處理一般民情，
　　執行保安規則，取締政治運動、選舉運動、宗教事項等。高等警察課另
　　有特別高等警察係（負責出版警察與朝鮮人相關勤務，取締危險思想、
　　社會運動、勞動運動、農民運動、集會與群眾運動等），以及外事係（負
　　責外國人之保護與取締事項）。參見《臺中州報》，1938 年 3 月 1 日。
5　州：臺中州警務部。
6　〔編按〕《政經報》編者此處有注釋：「以下不〔十〕數字不明。」

家裡，叫人來牽自轉車回去。

　　入到監房，坐在地板上，只昏昏思睡，不知經過多少時間。聞到四弟送晚食及夜具[7]到的聲，心略一慰，甚想與之一談，卻不自由。略食幾口飯，痴坐地板上只想睡。及到睡的時間，展開被褥，臥在褥上，過熱不能睡去。臥在地板上，似有虱在螫，癢更不能睡。一夜輾轉，數起便溺，到天微明，方似睡非睡，已聽到起床聲。

第二日

　　起來頭似帶〔戴〕個蓋，意昏昏然，想前想後，使我悲觀。聽到國英[8]送早飯到的聲，心為之一喜。飯後托井上[9]樣為傳言於高等主任[10]，乞其許可讀書。午後見到草津[11]部長，又為拜托。中午飯和水壺到，略一慰。今日一日又在憂愁中過去。一夜中為蚊擾，不能睡。

第三日[12]

　　早，四弟自己送飯至，聞聲欲與會，匆匆只一面，不能交

7　夜具：やぐ，iā-kū，寢具。
8　國英：張國英，賴和醫院藥局生。參見《彰化縣口述歷史・三》。
9　井上：井上勇，巡查，彰化警察署。
10　高等主任：久保山顯親，福岡縣人。警部，彰化警察署。
11　草津：草津又一，佐賀縣人，巡查部長，彰化警察署。
12　〔編按〕第三日原錯置於第八日篇末，重排於第二日之後。

語。傳司法[13]之意，飯食不能由自家提到，須由「芳乃家」，
又益一層不安。午後平塚主任到，乞其盡力，彼說事屬高等。
乞為轉言，彼亦應諾。但彼又囑咐那看視員[14]，房間夜間須上
鎖，這又添上一層憂愁。在其所視，我是會逃走的，且所關尤
不是小可，添益我的愁苦不少。夜間房門鎖後，因其心理作用，
喉屢渴，尿意屢數，又恐屢煩看視員，只強忍耐，尚起二回。

　　午後看到池田[15]公醫，要託為盡力，愧不能出口，真希望
其再來。

　　〔以下與前文重複，應為初稿〕

　　在其所認定，以為我是會企圖脫走者，他在此地較久，當
較知我，尚有此疑，真使我悲哀，一面又可證明事非小可，又
添了不少愁苦。

　　門鎖上，心裡恐喉渴，不能自由飲水，便溺亦不利便，屢
想愈不能眠，血液愈奔集腦際，血在〔壓〕高起，溺尿多，喉
屢覺到乾渴，要懇求屢為開鎖，恐於其怒，只有強忍。

---

13 司法：司法主任。平塚喜一，栃木縣人。警部，彰化警察署。
14 看視員：かんしいん，khàn-sī-guân，看守人員。後文作「監視人」。
15 池田：池田渡一郎，1902-？，鹿兒島縣人。1923年總督府醫學專門學校
　　畢業，1928年擔任總督府警務局衛生課技手，1937-1942年間擔任臺中州
　　公醫（彰化市在勤）。

第四日

　　頭腦依然昏昏，看被收監的李萬讚，被罰金取錢，始記起楊連池[16]君有千五百圓寄在我處，要給黃盛，是我爲周旋家屋買賣的事。乃拜託監視人藩〔潘〕樣[17]爲請於高等主任，教打電話到家裡去，教將此款還於楊連池君，並求與主任一面，藩〔潘〕樣遂來轉達，高等主任忙，有暇當與面談。午後劉先炳[18]樣來看我，爲說關於楊連池金項事，乞爲轉達於家裡。

　　午後五時，受到高等主任之取調[19]，知到〔道〕被疑的事，純屬與我無干，心一慰。此夜似較有一點睡眠。自己心內很期待著，能回復自由，對於主任想要陳情的事，竟亦忘記，後尤悔之，不知何時纔有機會再得一面。

第五日

　　因昨日的取調，自己心裡很有期待，打算不日可以被釋。朝來試穿襪，調整團服[20]，到午後卻無動靜，已知道是自己的

---

16 楊連池：1910-？，會社員，本籍在彰化市市仔尾。
17 藩〔潘〕樣：潘啓郎，臺中州人，巡查，彰化警察署。
18 劉先炳：臺中州人，巡查，彰化警察署（1938年在勤）。
19 取調：とりしらべる，tshú-tiàu，訊問、調查。
20 團服：防衛團服。1936年8月，總督府制訂頒布《臺灣國民防衛規程》，以戰備需要爲由，訓令各地行政機關組織防衛團。彰化防衛團於1936年10月設置。

希望而已。四點多鐘，聽同受監的蔡雲鵬[21]說檢察官長到，心裡又有一希望，是不是要取締〔調〕我？取調早，明日早就可以釋放了。直等到夜，不見動靜，又陷入於失望之中。

劉樣來看，拜託幾件事轉傳家中。他快諾了，但須經主任許可。

第六日

聽說檢察官到，不見喚我取調，心裡甚是哀苦。反而聽到蔡雲鵬說是爲昭和八年的傷害事件[22]，不是爲我的事件，心纔小安靜。

在無聊中，每只作希望，雖可小慰一時，及至希望破碎時，其悲更甚。在此裡頭使我不敢想起什麼，但是牆外便是人家，常有家人歡笑聲，能刺我的愁腸。

第七日

一切很靜，有似消失了一切，時忍〔仍〕有一、兩聲拍拍的撲蚊聲而已。忽然有的作一聲長吁，有的便繼之。有蔡雲鵬者時作滑稽語，能使人發笑。在此百無聊奈之中，只有此瞬間得一發笑，就只一瞬間也可暫慰。但這卻爲法不許，觸到監視

---

21 蔡雲鵬：1917-？，建築工人，本籍在彰化市牛稠子。
22 傷害事件：蔡雲鵬在昭和 8 年（1933）所犯是「竊盜」案。參見「日治法院檔案」，昭和 8 年第 1911 號。

員之怒，卻被懲罰，我乃替爲請恕。有被放出去者，我的心屢益愁苦。

第八日

朝來頭尚昏昏，全身總似無力。午飯以代用食[23]，始知已是十五，到此已八日了，我尚想今日是禮拜[24]。早上風冷，窗到近午試爲放下上扇，日光射入，神爲一爽。午飯後，兩足冷，使受日光照射，且計日影之移過床板的時間，一片約十二分，共有九，在東邊日影西斜，若由上計算，要到三點，竟於二時四十分過，日影移上牆腰。想把時刻記錄起來，由放物箱拿出手帳[25]，看有便箋一枚，初想寫下詳細家務金錢的整理事件，有似遺囑，不禁傷心。乃轉念頭，試爲記錄《心經[26]》一篇，不知有無差錯。不知何日得有對證的機會，心又淒然。

雜記帳[27]有鉛筆一枝，試書塵紙[28]，乃可書寫，遂想記錄日記，前七日當回憶錄之。

---

23 代用食：だいようしょく，tāi-iōng-sit，以麵類或芋頭等代替米飯作爲主食。
24 禮拜：lé-pài，禮拜日、星期天。
25 手帳：てちょう，tshiú-tiòng，筆記本。
26 心經：《般若波羅蜜多心經》，玄奘譯，臺灣民間流行的佛教典籍之一。
27 雜記帳：ざっきちょう，tsáp-ki-tiòng，雜記本。
28 塵紙：ちりがみ，tîn-tsuá，粗草紙、衛生紙。

第九日

　　昨午後稍稍有元氣，可以耐到就寢時不覺困〔睏〕。但夜間睡，依然不能，一睡不過幾分，輾轉反側，便想起死去的三弟 [29] 臨死的狀態，心又悲傷不敢想下。精神又無集注之法，只長嘆息，念佛號。

　　早起，頭腳並沒精神，亦不稍有恢復，還是萎靡，並得同飯之小兒 [30] 犯，協作清掃監房，又自洗襪。家裡不知何故，襯衣換已四、五日，亦不再爲差入 [31]，以爲我是死去了嗎？

　　早飯後，稍作假寐，以補夜間之失眠。但是到此八、九日，事實無有得到眞的睡眠，靜臥下聽到人家喚女的聲音，又想起自家的兒女，心又爲之酸楚。

　　看看日影已沿腰，始起散步。

　　午飯後，水野 [32] 樣來監房存問，要代買雜誌。對其好意，眞爲感謝，因此又知事屬匪輕，不易有到社會之日。

　　午後李金燦氏被釋，尤添重我一層憂苦。

　　午後逢著羽田〔原〕 [33]，亦乞其垂手 [34]；也因水野樣請與

---

29 三弟：賴賢浦，1903-1941，賴天送之次男。賴賢浦因急病胃穿孔（池田渡一郎公醫診治）死於1941年11月，賴和寫此日記在1941年12月16日。
30 小兒：siáu-jî，十五歲以下之兒童。
31 差入：さしいり，tshe-jip，從拘留所外送入食物、衣服、日用品、書籍等。
32 水野：水野平雄，福島縣人，巡查，彰化警察署。
33 羽田〔原〕：羽原綱夫，警部補，彰化警察署。後文作「羽田第二司法」。
34 垂手：suê-tshiú，援手、幫助。

翌〔堅〕山[35]樣會見。

第十日

　　昨日見有州的高等到留置場[36]，狀態似不許樂觀。午後李金燦釋出，我尙被留，更覺苦痛。近晚飯時，又拘致[37]一位女孩子，酷似陳滿盈[38]氏女，亦是高等檢束，我眞不解。昨晚女囚中有一人「ヒステリ[39]」發作。

　　高等主任再到，許爲由家裡取到醫書，心裡稍慰。

　　昨夜換房睡，依然不好。夢爲家父[40]準備祝壽，恍惚迷離，益增淒楚。

　　今早牛乳不至，換到此房，比較晦闇，使人憂悶。

　　牛乳至九點半纔至，小〔水〕發[41]來取著換衣服，惜不能

---

35 翌〔堅〕山：堅山盛毅，廣島縣人，巡查部長，彰化警察署。
36 留置場：りゅうちじょう，liû-tì-tiûnn，拘留所。
37 拘致：khu-tì，拘束留置。
38 陳滿盈：1896-1695，字虛谷，彰化和美人。筆名一村、依菊等。幼入私塾學習漢文，1911 年彰化公學校畢業，1923 年明治大學政經科專門部畢業。1925 年與賴和、楊守愚等人組織流連索思俱樂部，1930 年與賴和同被聘爲《臺灣新民報》學藝部客員，1939 年與賴和、楊守愚等人成立應社。參見《日治時期臺灣現代文學辭典》。
39 ヒステリ：hysteria 之音譯，歇斯底里，一種常見的精神疾病。
40 家父：賴天送，1871-？，道士，賴知之長男，賴和之父。1892 年 12 月與戴允結婚。
41 小〔水〕發：陳水發，1915-？，彰化人。1931 年大竹公學校畢業後，在賴和醫院擔任藥局生共 14 年（賴和病歿後，由黃文苑接辦賴和醫院）。參見《彰化縣口述歷史‧三》。

交語。

　每早飯後，總須點外鐘[42]的休息假寐，不然身體似不能支持，因夜失眠之故，或身體漸弱軟。

　近一時，聽見幼稚園兒成群的噪聲，由監房外過。有的聲音似少〔小〕女彩芷[43]，便連〔聯〕想到孤侄鏽仁[44]，又想到纏死不久的三弟。我的頭腦似要破裂去，我不敢去想，卻又無法使腦裡不去想，無限哀苦直刺此心，又只有拿自錄《心經》來誦。

　望到午後二時半，待望[45]的書尙未到，見到吳錦衣[46]君，又煩爲主任懇求。在此內見一熟人，似遇救主。

　襯衣送到，《小兒科學[47]》亦已送入。初見之，精神乃爲之一振，及至閱讀，多不入腦。荒疏久，所有基礎知識，亦已消失。卷頭詞之裡，有淵明詩，又想得《淵明集》一讀。

　今日又在憂愁中過去，始見到鍾阿坤[48]樣。

---

42 點外鐘：tiám-guā-tsing，一個多小時。

43 彩芷：賴彩芷，賴和之三女。

44 鏽仁：賴鏽仁，賴賢浦之子。

45 待望：たいぼう，thāi-bōng，期望、希望。

46 吳錦衣：臺中州人，巡查，彰化警察署。

47 小兒科學：三輪信太郎，東京：南山堂書店。1925 年第 7 版。其中第四篇爲「消化器系統疾患」。

48 鍾阿坤：新竹州人，巡查，彰化警察署。

第十一日

昨夜睡依然不好，未到九點，有些瞌睡意，一到敷下[49]被，又不能睡了。到十一時起來一次，直至七時聽到起床聲，醒有四次。一次醒後，須半點鐘，纔能再睡些時。一晚九點[50]的睡眠時間，實在睡沒有四點。且亂夢，多使我不敢想。此狀態，不知何時能克復。

午飯後，漸時息臥，不覺日影斜西。今日日光過午始明瞭，讀《小兒科學》幾章，總不能破我愁悶。

三時半，佐藤樣入監，問之，屋尚未竣功，中二階[51]不許，則花費就不少了。

今天，腦依然似帶個盆，讀書盡不入記憶，且此書屬大正十四年版，也只能得些基礎智識。

昨天，對家裡要求午後添一合〔盒〕牛乳，竟不到。今日坐久，已覺到腰酸且微發痛。

午後有稍下痢。

第十二日

每夜失眠，身體漸覺支持不住。每思振作，覺得全身無

---

49 敷下：hu-hā，鋪好、展開。
50 九點：káu-tiám，九個小時。
51 中二階：ちゅうにかい，tiong-jī-kai，一樓與二樓之間的閣樓，通常作爲床鋪使用。

力。早上自飯後，息臥到十點，亦不能睡片刻，覺得後頭部癢癢，在枕上見到臭蟲[52]一隻。

見到司法主任，又爲哀求，他總托爲不是他主管。

午飯殊不惡，總是食不甘味。十二點始見日光，漸時又再晦暗。飯後只偃臥，似睡非睡。適高等主任來，求其由家裡再取醫療學雜誌及《陶淵明集》。

遂後接到通堯[53]的幾件問事，關於阿燊[54]的學業，想便心痛。回復〔覆〕其所問，同時開示[55]我的負債，建築利用資金壹萬圓，二個所總計勸銀[56]二件共壹萬圓。但是父親名義，已經還過七、八年，所剩無幾。新築二處家屋，若有人引受[57]，處分一處，大約有壹萬五千圓可償却[58]建築資金。若得將昭和信託百株[59]、南亞百株、日東百五十株、大東信託[60]五十株，共四百株賣却[61]，可以還勸銀四千圓。大新百株，宜讓給滄海，

---

52 臭蟲：tshàu-thâng，壁蝨、床蝨。

53 通堯：賴通堯，1906-1989，賴天進之長男，賴和之堂弟。參見賴和〈日記〉。

54 阿燊：賴燊，1921-？，賴和之三男。1942年8月與林詠詩結婚。

55 開示：かいじ，khai-sī，開列、說明。

56 勸銀：かんぎん，日本勸業銀行，1897年在東京成立。1923年1月10日在臺灣設置支店。參見〈勸業本日開辦〉，《臺灣日日新報》，1923年1月10日。

57 引受：ひきうける，ín-siū，承接、認購。

58 償却：しょうきゃく，siông-khiok，償還。

59 株：かぶ，tu，股份、股票。

60 大東信託：大東信託株式會社，吳子瑜、林獻堂、林階堂等人集資，1927年1月30日成立。參見〈大東信託創立總會〉，《臺灣日日新報》，1927年1月31日。

61 賣却：ばいきゃく，bē-khiok，賣掉。

就可以洗清諸負債。但我自不信就無有可以再勞動之日。

第十三日

　　昨夜比較有點好睡，約自九點至三點夢醒二次。但自三點到天明，又總睡不去了。飯後直臥到十點，總是懶倦。

　　今天李萬讚出監，託到家，爲傳言身體無關。受到看視員的注意，看人釋出去後只是懶昏昏，思讀《小兒科學・消化器篇》，無新說，記不去。

　　午飯時，水野樣持到《心經講義[62]》，心中大慰，較前日抄錄者少三節：「受想行讖〔識〕，亦復如是」、「不增不減」、「無眼界乃至無意識界」，想不到。

　　午後靜臥到二點，始看《心經講義》，是新井石禪師所釋的。午後只讀《心經》，放醫書不觀。

　　晚飯後，聽到雨聲。憶起那棵種了五年的林檎[63]，今年纔試生。只結一顆。經這十幾日，不知何如？又想到家中兒女，三叔[64]死去，不見了三叔，而今不見我，能不能以爲我也是死去了嗎？

---

62 心經講義：新井石禪，《般若心經講義》，松江：佛教講習會。1912 年初版。
63 林檎：りんご，ling-goh，蘋果。
64 三叔：賴賢浦。

第十四日

　　昨日精神比較清快，且得到《心經》，又較喜悅。但是昨夜轉不能眠，直到五點始稍有睡意。早起就覺倦懶的多，且又稍瀉，微感惡寒。飯後倦臥思得一睡，亦不可能，直到井上樣來存問，纔起來讀《小兒科》。讀些時，還是懶。又復臥下，骨節似要疏散，腹裡又微惡寒。直到午飯到纔起來，食後修指甲，骨節依然酸酸，在床上步行些時，讀《心經》。

　　晚飯食到玉菜[65]，覺有一點甜味，飯亦多食一些，但是體力總似支持不住。昨日似較有一點希望，不甚悲苦。今日不知是昨夜失眠的關係，較悲觀，亦較愁苦。讀書總不記憶。

　　這幾天，雨斷斷續續，寒氣反減，夜間覺有一點熱，被[66]蓋不住，昨夜似因此著了涼。

　　細雨連朝夕　　虛窗漏薄明
　　高牆天一隙　　靜樹鳥無聲
　　聽歌愁盡〔畫〕永　　聞屐想人行
　　最苦宵來夢　　迷離總不成

---

65 玉菜：タマナ，gio̍k-tshài，高麗菜。
66 被：phuē，棉被。

第十五日

　　小雨昨夜竟爾連宵，微寒，昨夜比較有點睡。但起來精神還是不佳，入到此處，已是二禮拜了。眞是日如年，夜更難度。昨午後試作一詩，平仄乃失檢不叶[67]，今日思改正，久思不能成。吊襪帶斷一腳，又添一愁悶。

　　小雨連朝夕　　愁人愁更生
　　牆高天一隙　　室暗火長明
　　假寐蚊蟲擾　　驚心鐵銷〔鎖〕聲
　　宵來心更苦　　有夢不能成

　　午飯又覺不甘味，時覺眩暈。午後晴，近三點，纔見日光。已移上壁間矣。

　　開監，有一高女生丁韻仙[68]，似是鹿港人丁瑞圖[69]氏之族人，亦因高等之取調，而被留置。殊不知因爲什麼事件，在學中的學生，豈有什麼不良思想？且每日皆有取調，所關可似非輕，這疑問，我眞不解，也總沒有直接問她的機會。前日只問

---

67 不叶：put-hia̍p，音韻不合平仄。
68 丁韻仙：1923-2012，彰化鹿港人。陳虛谷之女，出生後不久過繼給其母丁琴英之長兄丁瑞圖。1941年就讀彰化高女時，因反日思想入獄一年。參見《新修彰化縣志‧人物志‧社會人物篇》。
69 丁瑞圖：1894-1944，彰化鹿港人。1911年鹿港公學校畢業，1920-1930年間任職於彰化街役場，1924-1926年間擔任臺灣文化協會理事。參見《新修彰化縣志‧人物志‧經濟人物篇》。

一句她的住處，便受到監視員的注意，使我再不敢。

襯衣換有四日了，且有尿點，尚不見差入，真無可如何。

第十六日

昨晚飯較佳，雖然也吃不盡一ドンブリ[70]。八點稍下痢，睡依然不住，時時想到死了的賢浦。真後悔對於治療上失了十分的考慮，今日乃缺少了一個為我奔走的人。

今昨猛然兩肩時時起慄，腰竟酸痛，右鼻腔常塞，到今早稍出血。

今早又見四、五人釋放出，我的心屢覺焦愁。其中一個人似有點相識，問其曉得我家否？竟搖頭，使我失望。

午飯的壽司頗可吃，今日也並有蜜柑一個。午後精神還是不振、萎靡，倒不知氣力消耗到何處。到午後牛乳飲下腹去，纔有一點力氣發生。

讀《心經》，屢覺得我前作[71]〈是〔示〕某上人詩〉，有味：

涅槃未到未歸真　難得金剛不壞身
妄想逍遙登極樂　偏尋煩惱向凡塵
虛空世界初無佛　穢垢煙寰實有人
敢乞如來宣妙締　為伊指點出迷津

---

70 ドンブリ：丼，大碗蓋飯。

71 前作：賴和漢詩〈上圓瑛大師〉，以下引述即此篇詩作。

　　夜飯四點半就到，卻待怎吃？到五點，冷了不味。但是要生命[72]，強吞。

第十七日

　　今日是封印日[73]。例年今日以後，官廳一切休息，須到明年五日以後，纔再開始。現在是戰時中，想有例外。不然，這年內的釋放就無望了。一日望一日，眞是艱苦過。

　　今日又見四人被釋，心裡愈焦急，午後又釋出一名，又使我愈傷。午飯代用食ウドン[74]，無汁[75]，食後口渴。

　　羽田〔原〕第二司法，午後入監，對之訴苦。彼說在此處亦好精神修養。草津部長來，又對之訴苦。彼說要耐性，恐互長期，這卻使我悲觀。四點五十分日光完全由隙沒，日光由牆上沒盡，在五時四十五分以前。

　　今天覺悲觀分子多，托林樣[76]懇願於司法主任的事，亦不見答應。

　　今日又拘一個顚婦入來，漸爲保護。約十點鐘，想是他家族來領，後三點放出。又放出一個似新庄子[77]的人，我的心眞

---

72 要生命：ài-sìnn-miā，要活下去。
73 封印日：年終公家機關停止辦公日。賴和日記寫於 1941 年 12 月 24 日。
74 ウドン：烏龍麵。
75 汁：tsiap，湯汁。
76 林樣：林常高，巡查，彰化警察署。
77 新庄子：即今彰化縣和美鎮新庄里。

是暗了。幾次眼淚總要奪眶而出，想起二十年前[78]的「治警法」當時，沒有怎樣萎靡悲觀，是不是年歲的關係，也是因爲家事擔負的關係。

晚飯後又瀉一次，想因中午ウドン不好。六、七點之間下兩次，今夜要如何耳。

《心經講話〔義〕》裡說起，勿迷勿執，無明纏生煩惱，說苦說顚倒，但我現在不知是屬於那一種苦，要說是無明煩惱，卻又不似，有似乎是執，執著於家庭破滅的想念上。我一個月經常支出約須三百圓，若並及薪水、公課[79]，平均要五百圓。若及教育費算在內，將要六百圓。若並此次建築所負的債，勸銀每月須要還者總算在內，將近千圓。我一日不能勞動，即一日無收入，所有現金皆塡於這兩次的建築，可謂現金全無。若檢束繼續一個月，就要生出一千圓債務，若繼續到明年三月，則家將破滅，那能不愁苦？要解脫，不知將何解脫起。一家破滅的事實，呈現在眼前。我想什麼哲人對此亦不能不悲觀。兒子不能上進求學，家業償債，尚恐不足，將何以爲生？倘天能垂眷，新築家屋有人承受，將近一萬五千圓，償去債務，就可少一點負擔。但這不過是空的希望。和我在監裡希望著明日會出去一樣的。

妄想，佛說「顚倒夢想[80]」，怕就是這境地。要求脫出這

無明煩惱，要怎樣呢？要締〔諦〕觀[81]「生本是苦」。苦我一身，苦我妻子，不要緊，份所當然。年近七十的父母，要累其受苦，將何以爲人子？這一點，要將何法來締〔諦〕觀耳。這是不是實相？若這是眞相，就不能用眞空了之了。實實在在受苦的父母，可以本來空而空之嗎？轉一想，父母因爲生我這一個不好的兒子，以這爲業緣[82]，合受生苦，這苦就是實相，就在佛的眞空之中、因緣果報之內。但在爲人子的我，可以爲是因果而漠然不關嗎？這迷、這執就無法可以破了。所以心上只有妄念。希望日夜可以釋放，日夜在祈禱，在念佛，在誦經，到來廿九日若不能放出，那時又不知要怎樣苦楚。

家將破滅身猶繫　愁苦塡心解脫難
聞道心經能解厄　晨昏虔誦兩三番

嚶嚶只想螫人來　吾血無多心已灰
你自要生吾要活　攻防各盡畢生才

第十八日

依然不能好睡，似夢非夢，到三點外，街路已有兒童聲、喚賣聲、行人聲、車聲等。

竟涅槃。」
81 諦觀：tè-kuan，仔細察看。
82 業緣：giáp-iân，善惡果報的因緣。

夜間比較不受蚊螫。早起在洗面處反受螫兩三處，很癢。是在我不意無備中也。

我的希望，只在這四、五日中，不知運命能同情我乎？在年內不能出此，我就要沉淪了。

看狀況，真使我悲觀。高等方面這幾日再無有人來存問。在此處，見著一個相知，如見救主。且取調也只一次，年內出此，似真無望。

十點李慶牛[83]氏來此診察人，我亦託其盡力。看人釋出，心屢焦急，覺得我的出此無期，不覺眩暈。

今早來心緒不清，倒臥到日影下床，始讀《心經》，讀來總似看新聞，總不能入於頭腦裡。昨日較有點希望，不似今日這樣無氣力。早上一經悲觀，氣力全失，且自昨天瀉又覺渴，今朝飲水三次矣，振作無力可振作起。

午飯キャチャプ[84]炒的，頗可口，又添弓蕉[85]二只，午飯後臥片時[86]，井上君來借去《心經》。

已是覺得這年內不能釋出，這樣就和無期一樣了，將何以遇〔過〕日呢？屢想屢煩惱，頭又似帶個盆了。

重重的昏昏的，使我無氣力。讀書總不能進入腦裡。

及至晚飯後，高等主任到監裡來，吾再為懇求。彼說這兩

---

83 李慶牛：1906-1952，醫師，彰化花壇人。1930 年總督府臺北醫專畢業，1932 年在彰化市開設愛生醫院。參見《新修彰化縣志‧人物志‧社會人物篇》。

84 キャチャプ：蕃茄醬。

85 弓蕉：king-tsio，香蕉。

86 片時：phiàn-sî，一下子，很短暫的時間。

日大概州高等課會有人來，受過他的取調後，當有眉目。這幾句話，又使我愁心爲之一開，又希望著受取調後，會得到自由。又不禁展誦了《心經》一遍。

　　吾自省這十數年來，眞沒有什麼越軌的言行，尤其是自事變[87]後，更加謹愼。前次惹起了醫師取締規則違反[88]，純然是不論什麼醫生都會犯著的事實，不遇〔過〕我較不受幸運的神庇護，所以被告發而已。對於醫道上，醫生的良心上，是無過不去的地方。但是會碰到那樣結果，也是我的謹愼不充足。

　　我的穿臺灣服，得了眞不少的誤解。

　　我自辭了醫院，在彰化開業近二十五年了。我的穿臺灣服也是在開業後就穿起來，純然是爲著省便利的起見，沒有參合什麼思想在內。直至七、八年前臺灣也沒有所謂文學運動的發生，我也曾和人家發表幾篇文字，後來又擔承《臺灣民報》週刊時代的文藝欄一些時，遂於文學上被人家所認識。有一位點人[89]氏的〈懶雲論[90]〉，就以爲我的穿臺灣服，似有一點臺灣

87 事變：指 1937 年 7 月開始之中日戰爭，當時稱爲支那事變，後改稱爲日支戰爭。

88 醫師取締規則違反：1938 年 11 月 25 日，賴和因病歷登載不實，經臺中地院判決罰金五十元，後於 1939 年 5 月 30 日由總督府宣告行政處分停業三個月。參見「日治法院檔案」，昭和 13 年第 3812 號。《臺灣總督府府報》，1939 年 5 月 31 日。根據賴和醫院藥局生陳水發所述，賴和是因不願通報傳染病，造成患者被隔離，而遭到停業。參見《彰化縣口述歷史・三》。

89 點人：朱點人，1903-1951，本名朱石頭，後改名朱石峰，臺北艋舺人。1925-1940 年間在臺北醫學專門學校（後改爲臺北帝大醫學部）擔任雇員。曾參與 1930 年代臺灣話文論戰，支持使用中國白話文，1933 年與郭秋生、王詩琅、黃得時等組織臺灣文藝協會，發行《先發部隊》。戰後因加入

精神的存在。自此以後，便聽到了非難的聲了。人家注意，我
辯解總辯不清。事變後，參加入救護班，到市役所[91]輪值，便
直接受到柴山助役[92]的質問和非難，我便答應他在次回當值時
便要穿洋服。但是還未輪到我的當值，彼已轉任了。我的洋服
也已做成，且也做了一副防衛團服。

後來，榊原署長[93]時，因爲チフス[94]流行，關於患者的取
扱[95]上，受到處罰。榊原氏也以臺灣服爲題，教我要注意。我
不想在衣裝也會生起問題來，這眞是吾生的一厄。

第十九日

昨夜由高等主任一句話，又生了一點點希望。由十點以
後，比較有睡些時，但夢境迷離，使人煩悶。初和中慶[96]先語，

臺共組織，於 1950 年被捕，1951 年 1 月 20 日遭槍決。參見《日治時期
臺灣現代文學辭典》。

90 懶雲論：朱點人〈賴和先生的人及其作品〉，《東亞新報》。該文已軼。
   戰後賴和〈獄中日記〉發表，朱點人曾撰文回憶此「臺灣服」問題。參
   見朱點人〈賴和先生爲我而死嗎：讀獄中日記〉，《南方週報》，1948
   年 2 月 10 日。

91 市役所：しやくしょ，tshī-iàh-sóo，市公所。

92 柴山助役：柴山峯登，福岡縣人，助役，彰化市役所（1936-1937 在勤）。

93 榊原署長：榊原壽郎治，福岡縣人，地方警視，彰化警察署（1937-1938
   在勤）。

94 チフス：tshih-hū-suh，傷寒。

95 取扱：とりあつかい，tshú-kip，接待、對待、對應。

96 中慶：李中慶，1899-1961，醫師，彰化市人。1920 年總督府醫學校畢業，
   隔年返彰開設仁安醫院。參與彰化青年會、臺灣文化協會與臺灣民眾黨
   之活動。1923 年與賴和、林篤勳、楊木，以違反「阿片令規則」遭起訴，

在歸宅途中，又和詹阿川[97]氏碰做一處，後遇到許炳雲[98]氏，
在說種樣是什麼，重熱又不似龍舌蘭。又見龍舌蘭在開花，不
知是什麼預兆，真使我心焦。

　早飯後，竟有點要寒，頭亦昏濛不清，只是悲慘。想到高
等主任的話，也有希望，也有恐懼。若取調後得無事則大幸多
多，若取調後猶未能釋放，則將墜入絕望之淵了。

　一夜的失眠，真不易恢復。早飯後，直臥至十一點，精神
纔小安定，又讀《心經》。

　今朝又空望了一朝了，州的高等不見來，今日中無望嗎？

　今天看看無有希望了。只有明天一天而已，運命的神啊！
能不能賜一點恩惠給我？又自將《心經》默誦起來。

　午後，以進軍ラッパ[99]為先頭，似有行列。沿路又聽唱萬
歲聲，想是香港陷落[100]的祝賀行列。

　由水野樣接到一冊《改造・時局版[101]》，一讀就到九點。

　　後獲判無罪。1936-1939 年間曾任彰化市會議員。參見《新修彰化縣志・
　　人物志・社會人物篇》。

97 詹阿川：1891-1980，字作舟，醫師，彰化市人。幼時與賴和同在小逸堂
　　就讀，1909 年與賴和同時考入總督府醫學校。1914年醫學校畢業，1917
　　年在彰化永靖開設生春醫院。1921 年參與成立臺灣文化協會員林分會，
　　1924 年參與發起「興賢吟社」。參見《新修彰化縣志・人物志・文化人
　　物篇》。

98 許炳雲：1890-？，醫師，彰化市人。1912年總督府醫學校畢業。

99 進軍ラッパ：軍隊行進時，最前列的喇叭隊。

100 香港陷落：1941 年 12 月 25 日，日軍佔領香港。賴和日記寫於隔日，即
　　12 月 26 日。

101 改造・時局版：《改造》，社會主義雜誌，1919 年山本實彥創刊。「時
　　局版」在 1940 年 4 月至 1941 年 12 月發行，每月發行一期。賴和拿到

第二十日

　　高等主任所講的明、後日，明已經是昨日了結，就是現在我也知年底要出去已是無望。但尚不能拋去萬一的僥倖心，只希今日的取調，會有著落。

　　飯後一臥總懶起來，睡又不能，只是亂想。想到家裡的，只是心傷，因為我的負擔太重，一日不勞動，便有一日的虧損，倍加我的負擔。

　　十點半猶不見動靜，我的憂心，又益重了一分。

　　午飯來了，添付一個林檎，食慾已全消失，不過要維持命，只得強吞。所希望的一日，已經過去了。今日拜六[102]，到午後休息，州高等課豈有人來，眞使我失望。將何以維持我一家耳。

　　假寐中以寢衣蓋腿上，忽覺有點癢，急起檢視，捉到臭蟲一隻。我在此縱不病，亦為蟲蚊做餌。

　　今日將在絕望裡過去了。州高等課不見人來，我的釋放知在何日？

　　一冊《改造・時局版》，不夠我讀二日，此心要把什麼來鎮靜呢？《小兒科學》讀完，《心經》已讀了一、兩遍，無可破悶時，只想到家事去。父母的憂愁，妻子的不安，家業的破滅，苦楚悽涼一齊溯上心來，眞使我要發狂。好幾次暗誦的《心經》也總不能鎮靜此心的妄想、此情的悲苦。

　　是 1941 年 12 月發行之《改造・時局版》。

102 拜六：pài-la̍k，星期六。

　　晚飯後，不意見到豎〔堅〕山樣，恍惚遇到救主。懇其代求書籍的差入，問其何時可得釋出？正月中有可能無？彼亦含糊其辭，說須仰州的意見，真使我失望。

　　今日風強，穿上寢衣覺得熱，不穿又覺腳冷，因內褲短。

　　釋放既不知何日，這無聊的時光，要怎樣去排遣，真使我憂傷。

　　把讀了的《改造・時局版》又再看一遍，矢〔久〕原[103]氏之〈時局打開之道〉，所論中卻含有一點佛理。

第二十一日

　　昨夜稍有一點睡眠，但覺得手麻木，有時喘不出氣，心動[104]尤烈，早飯不甘味。

　　飯後，和監視員潘樣談論有一點多鐘，始知是大社[105]的人，故友克貞[106]君之侄。他的山種植梧桐五甲餘，已經五年了，滿十年可值二十萬圓，殊令人欣羨。

　　昨日連今早，風大，因此昨夜蚊較少。

　　今日禮拜，又屬年尾，且有射擊會，所以一朝靜悄悄，不見有提訊之聲。

---

103 矢〔久〕原：久原房之助，1869-1965，山口縣人，政治家、實業家。其文為〈國難突破の方途〉，《改造・時局版》，1941年12月。

104 心動：sim tāng，心悸。

105 大社：原屬臺中州豐原郡神岡庄，即今臺中市神岡區大社里、岸裡里。

106 克貞：潘克貞，本籍在豐原郡神岡庄大社。

午飯後，承稗田[107]樣好意，惠我一甌茶。

《小兒科》讀過一遍，《心經》看過三、四遍，差入尚未到，鬱悶殊甚，無聊假寐。又想到三弟的死，說若當時再施行二次手術，不一定救得著也未可知。殊悔不到臺北或臺中去，手術當較完全，輸血亦便利。

午後司法主任到監來，我問他許可剪髮？他說許可。我說當寒[108]，他亦說此去寒，待出去纔剪較佳。這句話，又幾分使我安心。在我想像裡，當檢束不會過久。

午後一個北港人蔡有福[109]氏釋出，使我心裡欣羨且煩悶。

書籍重翻總少味，暗誦又不能，也只有空誦而已。

詹巡查[110]來，我亦對之訴苦，新換來的蔡樣[111]，似也對我表同情。

今日晚飯較慢，前幾日皆四點半左右就到，今日五點外猶未來。雖不覺飢[112]，也會念到飯。當六點十分，高等主任到監，殊不顧及我，適被我撞見，再求其許可書籍。

第二十二日

這一、二夜比較有睡眠，但心膽夜裡常警〔驚〕悸以醒，

---

107 稗田：稗田寅雄，熊本縣人，巡查，彰化警察署。
108 當寒：tng kuânn，天氣正寒冷。
109 蔡有福：1904-？，理髮師，本籍在北港郡北港街。
110 詹巡查：詹海榮，臺中州人，巡查，彰化警察署（1938 年在勤）。
111 蔡樣：蔡見文，巡查，彰化警察署。
112 飢：iau，餓。

知不知是狹心症，又添一層煩惱。體力自覺也有消耗，肌肉亦瘦，要何時纔得釋放？昨夜人多說寒，我似不覺。敷上眞綿的被，只蓋一枚羽毛氈，似會流汗。今朝又小下痢。

　　同高等係檢束的丁韻仙女生，時有取調，我到此只取調一次，眞教我失望。我意料今日的取調是州派來的，不想還是署的高等主任，我又一失望。

　　昨日差入衣類，因高等係無人在，今日又不見到，又益我的愁苦。

　　飯後一時三十分又小瀉，等「芳乃亭」的柑不到，方焦灼間，聽收拾碗聲，急由便所[113]出來。那小使偷向我說，你明天可以出去，飯錢清算了，不能再拿柑來。我心中一喜，忽感皮膚起慄〔慄〕。

　　水野樣來視我，說襯衣已差入，書物尚未教家裡取來。聽其言，明天又無有可出去的樣子。這眞使我疑惑起來。

　　我久被幸運的神所見棄，應未有這樣便〔使〕我樂觀的事啊。若再一週間能出去，自己就眞萬幸了。

　　後五時許，又再差入襯衣二著。若干〔于〕明天有釋出的可能，則無有這事了。「芳乃亭」小使信口亂言，我恐後天會無可得食。

　　拿晚飯來，我又再問他，他又確確實實地說：「飯錢算到明天，明天得以釋出」。使我眞墜入夢裡。我又恐或是要送到臺中去，偷問於監視員，還未有那樣文書，照狀況看，明天是

---

113 便所：べんじょ，piān-sóo，廁所。

無可能，但是心中也有點自覺，也抱著萬一的倖望。

今晚有點興奮，此來皆失眠，今夜恐不能睡，但是明天若失望，不知要怎樣呢。

第二十三日

昨夜果然不能好睡，到十二點外以後纔似睡非睡地意識漸朦朧去。到五點，腹如雷鳴，有便意，起如廁又下痢。直到七點再不能睡，早起，心悸便忡忡，怕今天又要失望啊。

拿到早飯，我又問那小使，又有使我失望的樣子。參酌監視員的言語，也不能使我信有今日會釋放的事，心又是忡忡的躍動啊。

已是失望了。九點外鐘[114]已開始辦事，尚未有何等消息。

通堯、水發來取キカへ[115]，纔曉得那小使所言屬於誤會，囑其書籍早爲差入。漸時[116]後，劉樣亦說，金鐘[117]君姪女要出閣，要先借金壹百圓，也煩代爲傳言，教其辦點祝儀爲賀，托其盡力。彼亦喜諾，到此已確實知道今天的釋放已無望，心轉靜下去。

---

114 九點外鐘：káu-tiām-guā-tsing，九點多。

115 キカへ：換洗衣物。

116 漸時：tsiām-sî，片刻。

117 金鐘：李金鐘，1904-1974，字少潛，又字振南，彰化市市仔尾人。1928 年早稻田大學政治經濟科畢業，加入臺灣民眾黨。1929-1935 年間任職於臺灣新民報社。參見《新修彰化縣志・人物志・社會人物篇》。

周樣[118]亦爲提雜誌、《熱的診斷》一至，拜其將來看視。

我將要平靜的心情，被那無知小使攪亂了二日。今曉瀉二次，腹尚雷鳴。

第二十四日

昨夜依然不能睡，直到二點纔朦朧地，到六點又醒起來了。昨日讀《治療學雜誌》中食鹽水浣腸法可應用的，若得釋放出來，當追試看一100／C三〇瓦就可以，勿須150／C。偏頭痛的婦人性ホルモン[119]？或五百單位，可以應用，亦是一個參考。

《熱的診斷》比較是舊約〔的〕書，性病中，第四性病[120]沒有記載。

飯後，丁女生又有取調，我一向皆不取調，眞使我痛苦。

午飯之時有茶來，但是茶〔某〕物沒有。寫一張字條給「芳乃亭」，累潘樣受司法主任注意。今日心思較平靜一點，但無快意的書冊好讀，只溫習這舊書，總不能入於記憶，讀一篇〈肺結核熱〉已九點。

---

118 周樣：周濟村，臺中州人，巡查，彰化警察署。
119 ホルモン：荷爾蒙。
120 第四性病：だいよんせいびょう，性病性淋巴肉芽腫（lymphogranuloma venereum）。

第二十五日

今日是元旦[121]，猶還是昨天之續，不能截然與舊年離開完全獨立。

在此中一晚有十點的睡眠時間，但夜間偏不能睡。早起總要靜臥片時，精神纔會清醒些。

自三日前，就要求家裡爲差入書籍，至今還不見到，不知是何緣由，使我眞不安。

曉來聽著唱歌聲　便覺春風已滿城
此世幸無終止日　我心不悟去來生
高堂憂患因兒女　家計艱難幾弟兄
也要自覺思解脫　心經三誦未能明

今朝見到林樣，又見到鐘〔鍾〕樣，看到相知的人心總一慰。惜不能有多少時的談話，只一挨拶[122]而已。

午飯時，茶、菓皆無，不知家裡和差入屋[123]是怎樣交涉。家裡的人大概是以爲一、二禮拜就可以釋放的樣，由我自己的直覺，似不容易。

今日放出去二個女人，午後又進來五個。一女人和一小兒

---

121 元旦：1942 年 1 月 1 日。
122 挨拶：あいさつ，打招呼。
123 差入屋：さしいりや，代爲從拘留所外送入物品的人。

說是密淫賣[124]，在午後二時，也真是可怪、可憐的事。

今日心情益覺悽楚愴然，幾次流出眼淚。這無期的檢束，直使我感到破滅絕望。

第二十六日

昨夜比較有點好睡，但是亂夢猶多。怎樣竟憶起這二首詩來：

子規啼徹四更時[125]　起視蠶稠怕葉稀
不信樓頭楊柳月　玉人歌舞未曾歸

花花相對葉相當[126]　金鳳銀鵞〔鵝〕各一叢
每遍舞時分兩向　太平萬歲字當中

不知是預兆什麼？

今早不再作假睡，今午由中原樣[127]借閱《經濟雜誌》，亦不做假寐，到晚亦不覺困倦。

晚飯後，高等主任來，我又求其同情。他說這不僅是州，

---

124 密淫賣：みついんばい，bit-îm-bē，非法賣淫。
125 子規啼徹四更時：謝枋得（南宋）〈蠶婦吟〉，參見《西江詩話·卷五》。
126 花花相對夜相當：此句誤記。原詩為王建（唐）〈宮詞〉：「羅衫葉葉繡重重，金鳳銀鵝各一叢。每遍舞時分兩向，太平萬歲字當中。」參見《佩文韻府·卷六十三》。
127 中原樣：中原正夫，巡查，彰化警察署。

怕也有警務局和憲兵的指揮，所以不易知其究竟，這月中大約
會有著落，再忍耐些時。這使我益覺悽悲，幾於墜淚，這一個
月——今日纔二日，要怎樣渡得過。

聞道今宵正月圓　　幾回搔首向窗前
榕陰漏出娟娟影　　只礙牆高不見天

第二十七日

昨夜打算可以好睡一夜，不想反轉睡不著。今早起來，幸
不要再假寐，無奈頭腦昏昏，支持不住，臥到十點纔起來。前
兩日早上不讀書可以渡過，今早思想竟紛亂，乃再翻《心經》，
試把其中所有和歌漢譯，同時也得詩一首：

長夜漫漫怕失眠　　昨宵又被亂愁纏
不聞屐響經牆外　　便有雞聲到枕邊
剖腹徒看吾弟死　　掛心總為小兒牽
高堂年老衰頹甚　　憂患何堪一再煎

今日放出去六個人，又入來二個。一個內地人，患病頗重，
轉到基督教病院[128]，我又欣羨又恨怎不病呢。

---

128 基督教病院：1896 年英國長老教會傳教士蘭大衛（David Landsborough），
　　開始在彰化進行醫療傳教工作，1899 年在總督府許可下正式開業，
　　1907 年設立「彰化基督教醫院」。參見《新修彰化縣志・人物志・社

　　三十日教家裡差入《呼吸器篇》，到今日未見到。昨日又煩邱樣[129]，高等主任至，也爲懇求，總不見到，未知是什麼綠〔緣〕故，眞使我焦急。一日無書可讀，便亂想起來，總使我悲哀。

第二十八日

豎壘已收馬尼剌　　東亞新建事非難
解除警戒容高枕　　囚繫哀愁亦稍寬
也許開窗能見月　　還驚吹鬢有風寒
日來飯食都無味　　贏得鬚長伸〔體〕漸屓

　　到今天已經是四個禮拜，我的預想又不著了。午刻，高等主任來喚丁女生，我又懇其取入書籍，他又只是敷衍說已教豎〔堅〕山樣打電話了。由其說話度之，釋放還不知要到何日。

　　皇軍已據了馬尼剌[130]，警戒也已解除，我是有釋放的可能了。但是還沒這空氣，使我感觸到呵。

　　我在期待若今日中差入不到，我自有釋放之望，但是我的期望，又失去了。但書籍己到，又有可消此長日之資。

　　近三點，聞軍樂樂隊聲，知是舉行慶祝遊行，使我哀愁愈多。想書來，心可稍慰，不謂反添我苦悶，因爲覺得釋放未可

　　　會人物篇》。
129 邱樣：邱清標，巡查，彰化警察署。
130 馬尼剌：Manila，菲律賓之首都，今譯爲「馬尼拉」。

預期啊。

第二十九日

已經是四禮拜了，釋放還是不可知，焦急苦痛欲向誰說。

午後約二點，水野樣來喚教著衫。我心中一驚，繼而思之，前日高等主任有說，待高等課有取調後，當有著落，又使我心裡一喜。

州高等課也曾說是○○，我已忘記了。哀愁的心是怎樣善忘的。問我和翁俊明的關係，這一層似不甚重要。要我提出靈魂相示，這使我啞口無可應。要我說向來抱的不平不滿，我也一句說不出。他很不相信，說我膽量小。我求其早釋放，他說像我這樣，尚未能再反省，看有什麼心境可對高等主任說，又被送到留置場來。

啊，我真絕望了，我的頭腦怎樣愚蠢，我這口舌怎不靈，這是我的無用，還要說什麼，只有等待吧，家任他破滅，還有別法？

第三十日

因為對於所抱的不滿不能回答，自恨不用 [131]。一夜不能睡，今天一天直到午後六時纔睡片刻。今日托潘樣二次，托水

---

131 不用：put-iōng，無用。

野樣一次，請要和高等主任談話，皆得不到允許。

　　因昨日的失態，諒主任也在生氣嗎？自己不纔，陷入不幸，屢更累人懊惱，眞是大悉頭[132]，頭重又如戴盆，讀書不能，要寫作亦不能。

　　午後理髮，始覺小輕鬆。

　　家裡又提醫師奉公團[133]的入團申込書[134]來。即都加入，不知何日能出去。

　　今日釋出一人，卻又來一個帶孩子的女人，聞是拐誘婦人。

　　在此種看心能清，也有些趣味，可恨我所觸多是愁恨之根。

第三十一日

　　昨夜有點睡，今日精神沒有那樣痛苦，我已斷念了早出去的希望……因爲是自己的愚蠢，該然的。

　　今早爲中原看視巡查收拾寢具，無事可做，有點動作也覺可慰。中原樣又安慰我說，在此內吞氣[135]地生活亦不惡。是誠然不惡，由別一方面來說。在此內久和看視人也漸親熱，稗田

---

132 大悉頭：tuā-gōng-thâu，大笨蛋、大傻瓜。

133 醫師奉公團：臺灣奉公醫師團，1942 年 1 月 15 日在臺北成立。賴和日記寫於 1941 年 1 月 6 日。

134 申込書：もうしこみしょ，申請表。

135 吞氣：thun-khuì，忍耐。〔編按〕此二字刊本有強調符號。

樣今日拿新聞到，閱後，也教我看，使我感動。

　　女拘留者中有一位帶幼孩，缺食、善哭。有幾位釀錢[136]請蔡樣為買餅給他，午後不見哭。

　　高等主任似在生氣我，總不許我申訴。心裡雖有點哀愁，卻已消悲觀。

　　今日較有讀點書，雖不入腦裡，也可遣此長日。

欲渡迷津過　　提攜及眾生
眾生登彼岸　　大道始完成

　　不入地獄，誓不成佛，入到地獄，亦一鬼囚。不知地藏菩薩，收〔將〕何以施其佛力？

第三十二日

自是無才敢怨尤　　此心難剖合長因〔囚〕
向來懷抱都忘盡　　腦裡無他只是愁

吩咐梅花樹　　春來要送香
勿因主人去　　遂便把春忘
逼仄人間苦　　更成四尺五
念我五尺軀　　置身乃無所

---

136 釀錢：kiòk-tsînn，合資、湊集金錢。

人世何如一不知　日長枯坐但愁思
愁思無計能排遣　空計穿窗日影移

　　昨夜自十一點以後稍有睡，今日較不那樣萎靡，但是一點
哀愁總不能消釋。

　　每日思量，我怎那樣無用，當時怎麼答不出向來所不滿
不平。但是向來的不滿不平，在我也只是直覺得只有糢糊的概
念，沒有具體的考究，所以一時也說不出。且資本主義的搾取，
差別待遇，也經彼先說過，以外實在沒有可說。默對許久，獨
怪其不以我爲不誠意，這疚由自取，要怎說呢。

　　此後如何，總是掛心，不禁要呼起天來。

第三十三日

只因不說話　又再被拘留
口舌生來短　心胸滿是愁
臨機無應變　貽誤欲誰尤
不耐爲囚苦　何時得自由

忽聞街上有遊行　說是軍人要出征
好把共榮圈建設　安全保護我東瀛

　　今日放出許多人，看來心裡眞是難過。午後有壯丁操，見

到陳煥章[137]氏，我問他求救，又向石麟[138]，頭〔投〕發求救的信號，在此內真是耐不來。

今日進來洪玉麟，看來堂堂一表，不知違犯什麼，似在刑事手取調。明天吳水盛[139]也要出去，這初來時我打算是會比他早出，不意猶落後，且無定期，直使我痛苦。司法主任也對我沒有同情，出到室外，被他看見，就發話，要移我入內拘留。

今日介[140]察〔蔡〕樣，亦懇司法主任，請要與高等主任面談，皆沒有消息。讀書，記不去。

第三十四日

翹首窗前但望空　浮雲不繫卻因風
誰知心裡多愁苦　慰我徒言近日中

今日纔拜六，家裡就差入衣衫來。前回只換一次，總為留下，髒的二枚，二雙襪，教帶回。

同時我又希望要和主任一談，水野樣應我和主任講亦無

---

137 陳煥章：1903-？，米穀商，本籍在彰化郡和美庄塗厝厝。

138 石麟：吳石麟，1902-1976，彰化市人，吳德功之侄。1922年臺北工業學校畢業，1923年擔任臺灣文化協會幹事，1926年與賴和發起「政談演說會」。1927年文協左右分裂後，擔任中央常務委員，及《臺灣大眾時報》董事。戰後曾任彰化參議會副議長。參見《新修彰化縣志・人物志・政治人物篇》。

139 吳水盛：1896-？，雜貨商，本籍在彰化市大竹。

140 介：kài，致意、關照。

用，使吾心裡一寒，覺得失望。

　　今日丁女生和潘樣小有衝突，不是究是在我們。我教丁女生向潘樣會個不是，丁女生執不願。女兒家的性質[141]，所以會受此苦。

　　午後池田公醫到留置場來，我托其診斷看，因爲心悸，稍覺亢進。彼聽疹〔診〕良久，我也覺奇怪，自己聽診看，心尖第二音小[142]不純，再經一個月怕要陷入較重的病去。我恐腳氣衝心，救不及。雖然，也好，可以省卻多少煩惱。

　　夜來不知是神經作用或如何，心臟覺得眞不好，搏動似要停止一樣。

第三十五日

　　昨宵心躍不能眠　　囚繫何堪更病纏
　　牆外語聲如聚鬼　　床中念咒學安禪
　　人從地獄繾成佛　　我到監牢始信天
　　饑渴滿前無力極　　愁煩相對互相憐

　　風淒雨冷夜迢迢　　孤枕懷人鬢欲焦
　　聞道邊庭罷征戍　　無窮希望在明朝

---

141 性質：sìng-tsit，個性。
142 小：sió，稍微。

昨日聽水野樣的話意，今日偶和林榮爵[143]樣談話，聽其話意，尚覺遙遙無所期望，近日中只是近日中耳。

鼻塞，喉亦乾燥，微痛稍咳。或稍動作，心悸到要亢進，豈眞要病嗎？在此裡頭病要怎樣？

偶看窗外有纖纖的雨，我的希望亦被雨洗去了。

午飯後偶假寐，又爲亂夢所擾，又使我憶起家中瑣事，心又難過。今天在失望憂愁裡，明天還是一樣。大便這兩三日來都無異常，今日又三次，晚乃下痢，今晚心的狀況更不好。

第三十六日

今日的希望，又成失望了。今早高等主任曾到留置場來，我屢次請要和他面談，皆不聽許，今早來，我又不知，他也不喚我，想見他是在生氣，眞使我煩惱。周樣來，我又托代懇，亦無消息。

今日中飯，又添付青菓[144]來，說是家裡的人去吩咐的。這又是增加我的悲哀，可以想見是不易出去的。

第三十七日

昨夜有一次很強的心悸亢進發作，今早來就覺得心部稍有壓迫感，時要深呼吸纔能清爽。恰值李慶牛先來診患者，託其

---

143 林榮爵：巡查，彰化警察署（1938 年在勤）。
144 青菓：tshenn-kó，蔬果。

診斷看，竟是什音[145]。十日池田公醫診時，第二音稍不純，經過四日，其惡化乃如此，又添加一層煩惱。慶牛先生說是腳氣，我自己恐是狹心症或心囊炎，萬一突然起心臟痳痺，就是最後了。所以對於家事的整理，不能無所計劃，就寫在別紙，有似遺言狀，自己亦覺傷悲。

午飯後，高等主任送丁女生進留置場來。我試與談話，不大拒絕，說兩、三日中要取調我，使煩惱的心，稍覺自慰。

夜飯時添三個トマト[146]，吃了一個，不甚好。

坐久，心悸很亢進，臥又時時起筋肉的顫搦，有什麼法子嗎？在此中──不用藥可得好嗎？我的生命啊！

第三十八日

鄰室丁女生，《日本評論》到，我的《改造》及《時局雜誌》竟不到，真傷我的心。

對於我的取調，也不速爲進行，真使我失望，病又不見有好轉，今日受慶牛先生注射[147]。讀書不能，只是冥想悲哀。

所要整理家計的辦法寫就，小有點安心，但也滴了幾滴男子漢的淚。

---

145 什音：tsa̍p-im，雜音。
146 トマト：tha-ma-tooh，蕃茄。
147 注射：ちゅうしゃ，tsù-siā，打針。

第三十九日

今朝慶牛先生又來爲我注射。今日心悸覺得稍輕，但昨夜兩點時，骨側皆麻痺，使我又有些不安。

午後臺中高等課趙晉生[148]氏來，我記得未曾會到，他向蔡巡查說和我是好朋友，又安慰我，使我感激。

今日雜誌又等不到，但舊讀過的，也罔罔[149]地翻閱看，也可減少腦裡的亂想亂思。

我的心臟的病，李慶牛先生謂是榮養不給[150]的原因，我自己恐是心實有病變，看看此生已無久，能不能看到這大時代的完成？眞是失望之至。但若得早些釋出，當要檢查詳細纔好。原因只在一、兩夜的（初五、初六）完全不眠，到十日第二心尖音只稍不純，至十三日已是雜音，進行可謂速，已注了二回射，今晚睡眠看看如何？

再錄

當國家非常時，尤其是關於國家民族盛衰的時候，生爲其國民者，其存在不能有利於國家民族，已無有其生存的理由。況被認爲有阻礙或有害之可慮，則竟無有生存餘地。但國家總

---

148 趙晉生：趙得仁，臺中州人，巡查，員林郡警察署。兼任臺中州警察部高等警察課巡查。

149 罔罔：bóng-bóng，迷惘、胡亂。

150 榮養不給：îng-ióng put-kip，營養不良。

不忍劇奪其生，只為拘束而監視之，已可謂真寬大。僕之處此，
又何敢怨。

　　這幾日來，我真反省，對於我的平生。我行年四十八了，
廿三歲辭了醫院出來做醫生，和這社會周旋，便漸得到卅八
〔世人〕的稱許，漸博信賴。為業務所費消的時間，比較讀書
修養，占去四分之一以上。不讀書，自然不能有資於修養，且
因為忙，自要求些慰安，就只偏於娛情的小說、詩歌。及至第
一次歐戰終了，世界思想激動，臺臺〔灣〕亦有啓豪〔蒙〕運
動的發生，我亦被捲入其中。我對於此運動，缺之〔乏〕理解，
無有什麼建樹。繼而有政治運動，我亦被拉入去，甚〔其〕所
標榜，亦只於顧慮臺灣特殊事情、法律制度，不能一同內地。
本島人要求參與其立法，但於內田[151]總督時一受解散，已有消
散無有留存。及到了自治制施行，在彰化結成一個市政研究
會[152]，當其在發起會紀念講演時，我考臺灣人善與環境適合，
消極生存，沒有改善環境的魄力，若這樣下去，臺灣人是會滅
亡。這一語受到停止，不知是這一句的話，成為不滅的罪嗎？

　　細想臺灣有所謂運動，當以故板垣伯[153]為中心之同化會為
始。當時頗受內地人側反對，似以為臺灣人一同化，便和內地
人同等，有侵犯著內地人的權威，所以沒有成績消散去。

---

151 內田：內田嘉吉，1866-1933，東京都人。1891 年東京帝國大學英法科
　　畢業，1910-1915 年來臺擔任民政長官，1923-1924 年擔任臺灣總督。參
　　見《臺灣歷史辭典》。
152 市政研究會：彰化市政研究會，1935 年 5 月 19 日成立。賴和於發會式
　　上有演講，並擔任該會相談役（顧問）。
153 板垣伯：板垣退助伯爵。參見賴和〈高木友枝先生〉。

及後政府發表內地延長主義[154]，要採用同化政策。有一部先覺者，恐消沒本島人個性，表示不贊同，以爲帝國主盟東亞，可以包含萬邦，何限區區臺灣。這意見，還是內地中央有識所唱道，而爲一部本島人所信奉者，所以發表之初，多有議論，然後來亦同趨於政府方針之下。及至事變勃發，本市有識者皆自愼重，一切和官廳協力，直至日米戰爭[155]發生。

版本說明｜本文發表於《政經報》1卷2-4號，1945年11月10、25日、12月10日。發表時署名「賴和」。獄中手稿現存於本文第8日提及之雜記帳，可參閱《新編賴和全集‧資料索引卷》，頁497-504。本文是1941年12月8日至1942年1月15日之間，賴和被羈押於彰化警察署所撰寫的日記。賴和留有同時於獄中撰寫之手帳，由其記載可知，賴和於1942年1月16日（羈押第四十日）獲釋。刊本原將第三日之內容附於第八日篇末，此恢復其排序。〈再錄〉一文刊本置於「第十二日」之後，但就其內容而言，此文應撰寫於「第三十二日」之後。今挪在全文之末，以符合日記之敘事脈絡。本文發表時，另有楊守愚撰寫序文，蘇新編輯後記交代日記刊出始末，皆移作附錄以爲參考。

---

154 內地延長主義：田健治郎於1919-1923年間擔任臺灣總督時，其殖民地治理方針主張內地延長主義，以期臺灣漸次與內地相同。參見《臺灣歷史辭典》。

155 日米戰爭：日本與美國之戰爭，此處指1941年12月8日珍珠港事件，即太平洋戰爭之始。

附一：楊守愚〈序言〉，《政經報》1卷2號，1945年11月。

這一篇獄中記，是大東亞戰爭勃發當時，先生被日本官憲拘禁在彰化警察署留置場所寫成的。可以說是先生獻給新文壇的最後的作品。在這裡頭，我們能夠看出整個的懶雲底面影，這一篇血與淚染成的日記，就是他高潔的偉大的全人格的表現，也就是他潛在的、熱烈的意志的表現。

身犯何罪？姑勿論先生自己不知道，試一問當時發拘引狀的州高等課長，怕也挪不出明確的答案吧！「莫須有」，還不是宋時三字獄的把戲？因為先生生平對於殘虐的征服者，雖然不大表示直接抗爭，但是他卻是始終不講妥協的。即當時一部人士所採取的，所謂「陽奉陰違」的協力，他都不屑為的。他這一種冷嚴的態度，我想這就是他被拘的理由。

先生生平很崇拜魯迅先生，不單是創作的態度如此，即在解放運動一面，先生的見解，也完全和他「……所以我們的第一要著，是在改變他們（國民）的精神，而善於改變精神的，當然要推文藝……」合致。所以先生對於過去的臺灣議會請願、農民工人解放……等運動，雖也盡過許多勞力，結果，還是對於能夠改變民眾的精神的文藝方面，所遺留的功績多。

楚雖三戶，亡秦必楚。因為先生覺得，只要民族意識不滅，只要大家能夠覺醒起來，不怕他帝國主義者的強權怎樣厲害，他是相信我們總有一天是會得到出頭的。

不是麼？臺灣已經是光復了！被壓迫的兄弟都得到自由了！

這萬眾歡呼之中，反而使我不禁流出眼淚來。很遺憾的，著力於改變民眾的精神的懶雲先生，他不能等著這光明的

日子到來，他不能和我們一齊站在青天白日旗下額手歡呼，便被凶暴的征服者壓迫而死了！

雖然，我相信他在天之靈，一定在慰安地微笑著啊！

先生的肉體雖然是與世長別，但是先生偉大的精神，是永續地在領導民眾，在激勵省內的文學同志呢！

當著這歷史的轉換期，爲紀念故人生前的功績，爲激勵文學同志的奮起，這一篇臺灣新文學運動的先鋒懶雲先生的遺稿的刊載，是有著多大意義的。

中華民國三十四年光復慶祝後二日
守愚誌

附二：蘇新〈編輯後記〉，《政經報》1 卷 2 號，1945 年 11 月。

本號受著賴通堯先生的好意，得登賴和先生的遺稿〈獄中日記〉。又賴和先生的「竹馬之友」守愚先生，爲此〈日記〉特寫一編〔篇〕〈序〉來，兹對兩位先生深謝。本來「日記文」大都屬於文學，但此種日記文，是與普通的日記文不同，是包含著很深的政治的意義的。

賴和先生，如眾周知，是臺灣解放運動最爲大的指導者，是臺灣革命家中最罕見的人格者。我們由此「日記」可以窺見其人格的片鱗。

〔致振南先生〕

稿本　《賴和影像集》，頁 168-169。
刊本　無。

振南[1]先生：

　　昨年以來，凡有通信，皆舍弟通堯代筆。我自己因爲疲懶，罕有執筆，非有他因，幸勿怪責。

　　我自揣測，我的運氣，此後是乖多幸少。舍弟賢浦於去年拾壹月，以疾病胃穿孔病沒。若以他的體力論，多出於人的意料外，使先生聞之，想亦驚〔驚〕異。我自己亦於去年年得一場病（當令姪出閣時），現實雖得痊可，但卻得了貽後症：心臟的瓣膜障礙，和糖尿病。若不是有奇蹟的發見，我的生命要再延長五年以上，恐不可能。總是在這呼吸尚未停止，手還能動作之間，要須替自己的兒女盡點牛馬的責任。

　　父母雖年老，但阿父自已經積有些少財產，生活自可無憂。賢浦的遺孤和妻子，現時開費[2]省，以賢浦的遺留，自可生活且有遺裕。阿洧[3]現滯天津，替大新[4]辦事，業務雖不甚

1　振南：李金鐘，1904-1974，字振南，彰化市人。參見賴和〈獄中日記〉。
2　開費：khai-huì，花費。
3　阿洧：賴滄洧，1909-1981，彰化市人，筆名玄影、堂郎。賴天送之三男，賴和之弟。1932 年北京大學西洋文學系英文組肄業，1940 年前後曾受雇

發展，他本身的生活當無問題。通堯齒科的業績不惡，亦可自活。所以他日縱使他們會爲我擔點身後累，當亦不怨。

只管說我自己的話，是不合該[5]，讓有機會再說。

關於另兄丈岳君的生活費，通堯的信皆有報上。恐有不詳處，再爲一報。

去年由先生寄來的金額共七百円（由南京四百円，由上海壹百円，由呂江水[6]君名義自京都貳百円），若以每月五十円計算，當能

〔以下原稿闕頁〕

版本說明 | 手稿 2 張，筆記紙，硬筆字，直書，殘稿。同信另有初稿，手稿 1 張，筆記紙，硬筆字，直書，殘稿。受信者爲李金鐘，推測本文寫於 1942 年 3 月，即賴和第二次繫獄之後不久。

於彰化市大新商事會社之天津支店。戰後改名爲「賴賢穎」。參見《新修彰化縣志・人物志・文化人物篇》。

4　大新：大新商事株式會社，1933 年 6 月由楊宗城之大新鳳梨罐頭公司投資創立。楊宗城，1894-1984，彰化人。1930 年曾與賴和共同創辦《現代生活》，後曾加入「應社」。參見《新修彰化縣志・人物志・經濟人物篇》。

5　合該：hàp-kai，應該、當然。

6　呂江水：醫師，礦溪會成員。1924 年底因臺北師範學校事件遭退學，隔年赴日留學。1925-1928 年間多次返臺參加留學生演講會。1935 年前後在彰化市牛稠子開設呂江水醫院，1936 年再次東渡日本。

附：同信初稿

振南先生：

三月四日寄來的信拜讀過了。

前年中，因爲懶惰，所有的信皆教舍弟通堯代筆。關於令兄生活費的事，隨不能詳細報上，幸勿怪責。

於昭和十五年中，先生寄來六百円，要充爲一年之費。起先逐月支給五十円，四個月後，令兄別出意見，以爲全部仰仗先生的供給，到底不是良策，要做生理以爲活計，須要資本六百円，說是要和他的親家合股，所以借去。就以所剩四百円，湊足六百円支給與他。

〔以下原稿闕頁〕

〔致守愚仁兄〕

稿本　《賴和影像集》，頁 167。
刊本　無。

　　守愚仁兄清鑑：屢承函候，曷勝銘感。承介紹ハリバ軟膏[1]，恰已試用四、五日，經過頗好。自入院已近於五十天，至今即能離床，始得看饌之美。張參哥于長男華燭[2]之儀，希即代為聊表祝意道好。黃文苑[3]先擬於下旬引退，敝意同伴回彰。結果換了阿片仙，可使仁兄吟詩最妙之材料也。七子八婿[4]，要再努力。專此並頌
春祺

正月十一日

1　ハリバ軟膏：HALIVA 軟膏，一種由肝油製成的藥膏，東京田辺元三郎商店生產。
2　華燭：huâ-tsiok，拜堂結婚。
3　黃文苑：1900-？，彰化市人，黃偉其之子，1930年京都醫科大學畢業，1936年於斗六街開設生春醫院。1943年賴和過世後，接辦經營賴和醫院。
4　七子八婿：比喻子孫滿堂。語出《舊唐書・郭子儀傳》：「有子八人，婿七人，皆朝廷重官。」

版本說明｜手稿 1 張，明信片，硬筆字，直書，完稿。收件人：彰化市東門新興商會方　楊松茂殿。寄件人：臺北市帝大附屬病院小田內科六室　賴和。影本現存賴和紀念館。由內文可知賴和在 1942 年 11 月入院治療，本文寫於 1943 年 1 月 11 日，同月 31 日賴和即在彰化家中過世。

〔尼采〕

稿本　《賴和手稿集・筆記卷》，頁 130-151。
刊本　無。

〈引〉　〇生譯

　　方今獨逸[1]成歐洲戰亂之大渦卷中心，世間所傳戰報，多稱獨逸戰敗，獨逸陷於疲憊窮迫之境，其重要地域（位）被占等。然熟知獨逸實情之人，確信獨逸非容易能屈服者，觀夫チウメン〔チュートン〕[2]民族之具有強意志力、耐久力與進展力，故以信之。屬欲稱霸於世界之カイゼル[3]，其爲人也，已體現ニイチェ[4]所謂 Will to Power，其程度幾爲人所可見。自今七十年前，時恰王フリードリヒ・ヴィルヘルム四世[5]壽誕祝

1　獨逸：ドイツ，Deutschland，德國。
2　チウナン〔チュートン〕：Teuton，條頓人，日耳曼民族的分支。
3　カイゼル：Kaiser，凱撒。此指 Wilhelm II，威廉二世，1859-1941。德意志帝國皇帝暨普魯士國王，1888-1918 年在位。
4　ニイチェ：Friedrich Wilhelm Nietzsche，尼采，1844-1900。德國哲學家，撰有《悲劇的誕生》、《查拉圖斯特拉如是說》等，遺著有《權力意志》。尼采出生當日（1844 年 10 月 15 日），正逢普魯士國王腓特烈・威廉四世之壽誕，其父母因此以「Wilhelm」爲之命名。
5　フリードリヒ・ヴィルヘルム四世：Friedrich Wilhelm IV，腓特烈・威廉四世，1795-1861。普魯士國王，1840-1861 年在位。

賀日，試啼聲於市之一偶，其後年[6]說：善惡之彼岸、反基督、
權力意志、超人、價值顛倒之ニイチェ。觀其一面，想非無興
味。僕（O 生自謂）味於此，乃抄譯 M. A. Mūgge'lche[7] 之《ニ
イチェ[8]》於茲，公之同好。

緒論（第一）

　　ニイチェ原非所謂哲學者——アカデミカルナ[9]、テリニ
カルナ[10]意味之哲學者。然吾人若承認——眞正的哲學者乃是
指揮者、立法者、反抗時代之戰士——以彼自身之言，則彼爲
哲學者矣。

　　生而爲藝術家之彼，爲言語學者之訓練，於ニイチェ之能
力，唯爲表現樣式增大。彼之著作，殊於《ツァラツストラ若
斯言矣[11]》篇，其章句之美、之壯大，足以讚歌彼肩，而彼於
文之點綴極其巧緻，實有魔力焉，只此已足保ニイチェ於不朽
矣。ニイチェ乃「詩人的」之哲學者。

　　或爲經驗所苦，或而嘗幻滅以單調、無意義語，及古希臘

6　後年：こうねん，數年之後、將來。

7　'lche：Lehre，規範、指南。

8　ニイチェ：Maximilian A. Mugge, "Friedrich Nietzsche". London:The People's
　　Books.1912.

9　アカデミカルナ：academical，學院的、學術的。

10　テリニカルナ：technical，技術的。

11　ツァラツストラ若斯言矣：Thus Spoke Zarathustra，《查拉圖斯特拉如是
　　說》，1883-1885 年出版。

言語學之教授爲彼義務，且爲避之課程所壓迫，時三十四歲之
ニイチェ，由言語之研究，而之事實。彼由此一生之間，遂爲
生理學熱心研究者。其時以彼所著之貴族的古典學者之修養，
及有望生物學者之科學，亦可驚之混和在焉。實際ニイチェ所
學，由書籍太多，由於生活太少。若由科學的而言，彼於生物
學乃是局外人。雖然此短所，全爲彼無比之有望、對於人類未
來之彼之「氣高キ信仰 [12]」所打勝。人種學創說者之サア・フ
ランシス・カルトン [13] 氏，其彼諸超人信徒之ニイチェ氏，猶
不有示較大之信仰及希望。ニイチェ乃人種改善學之先驅者。

序論（第二）

其生平並其平生之所主命，總在下命題之中：

1. 完體之世界，本無所謂道德，而且並無有所謂目的、
　意圖者。只是永久循環之一藝術現象耳。

2. 由來人類亦無何等目的。雖然自己能定〔訂〕有一定
　目的者，實有藝術價值，是以人力乃增大與。此目的
　由猶優越、猶高貴之人之種族之超人，而置之吾人之
　前焉。超人乃生命促進之理想，表現人之權力意志。

3. 凡所有宗教，悉爲生命之仇敵，所以阻礙超人出現之
　道德、政治之一概體系，不能不廢棄之。唯有強大主

---

12 氣高キ信仰：原文爲「noble faith」。
13 サア・フランシス・カルトン：Sir Francis Galton，法蘭西斯・高爾頓爵士，
　1822-1911，英國籍人類學者、統計學者、遺傳學者。

宰能力之人人、道德法典，能與生命之眞目的相容耳。

4. 具有奴隸道德之基督教，猶爲生命第一最激列〔烈〕之仇敵。基督教且妨害自然淘汰。此凡可想及腐敗中最大者，亦爲人類之第一不滅 [14] 汙辱。

5. 吾人其次之目的謂何？超人猶隔甚遠，止〔只〕爲未來之歡喜，故在「猶高貴、猶優越之人類 [15]」產生。雖然此「猶高貴、猶優之人類」，乃以新種族 —— 即由超人 —— 而續其後，是不過乃可取代之一過度代產物與。

6. 欲達到「猶高貴之人」，其爲最適當之改善政策，直接手段吾人欲於現代結婚法律作「人種改善學的 [16]」之改訂，及青年之聰明教育，及建設歐羅巴聯邦 [17] 破壞基督教會。

序論（第三）

ニイチェ氏之康健謂何？原非勇健，故其著作遂使成斷片，實所無奈何。彼屢屢若「寄木細工 [18]」工人，而點綴其文

---

14 不滅：immortal，永存的。
15 猶高貴、猶優越之人類：原文爲「Higher Men」。
16 人種改善學的：原文爲「Eugenics Revision」。
17 歐羅巴聯邦：United Europe，歐洲合衆國，歐洲共同組成一個聯邦政府，建立一個國家。與今日之歐盟（European Union）並不相同。
18 寄木細工：よせぎざいく，木匠的裝飾技法，以不同顏色的木片組合成幾何圖案。原文爲「mosaics」，馬賽克。

章。唯《悲劇出生[19]》、《時はづれの思想[20]》、《ツアラッストスわ斯テ吾リキ[21]》、《反基督[22]》及《試觀此人[23]》諸篇，迫爲彼著作之半。然總其文章慣常爲人所能理解，篇爲一貫。其他凡有四千二百餘卷中含有警句不少，更數其論人、講演、其他斷篇猶多。不能悉爲組織，立卷軸而解說之，更欲爲辯護殊甚難。何故？彼藝術氣質常變化，故其著不少自相矛盾也。

　　總之，彼之短所雖不能無，然彼之所短，乃彼生平實適於「隱遁的」之生活。而彼乃甚勞動而發見之（即所謂齷齪於賤業），乃不必要者。若思彼於貧賤人之生活及心情，不有何等洞察；則最後彼爲戰士，時代之反抗戰士，善耶？惡者？彼爲兵之攻擊手段，爲土工兵[24]較，當選於騎兵──若以此認識之，當能理解彼之爲人，不然且當許彼爲斯等人──然確知彼之「何處與[25]、由何處與[26]、何故與[27]」之問題不爲解，吾人尚猶在プラトー[28]之洞窟中。然彼置於吾人眼前偉大之刺戟的理

---

19 悲劇出生：The Birth of Tragedy，《悲劇的誕生》，1872 年出版。

20 時はづれの思想：Thoughts out of Season，《反時代的考察》，撰寫於 1873-1876 年。

21 ツアラッストスわ斯テ吾リキ：Thus Spoke Zarathustra，《查拉圖斯特拉如是說》。

22 反基督：The Antichrist，1895 年出版。

23 試觀此人：Ecce Homo，《瞧，這個人》，撰寫於 1888 年。

24 土工兵：sappers，工兵。

25 何處與：原文爲「Wither」。

26 由何處與：原文爲「Whence」。

27 何故與：原文爲「Why」。

28 プラトー：Plato，柏拉圖，427-347 BC，古希臘哲學家。「洞窟」比喻，見於《理想國》第七章。洞窟裡的囚徒把影子當作真實，意謂侷限於感

想──由即超人──スウィンバーン [29] 之〈人類頌歌〉中見有
確乎之表現：

彼ハ彼ヲ揺り醒マシ、足械ニ破隙アル
ヲ見テ其ヲ後、口ニ投ゲヤリヲ
彼ノ心霊ハ彼心霊ニトリテ法則ナリ 又
彼ノ心ハ彼ノ心ニトリテ燈火トナリ
知識ノ封ハカタシ眞ノ彼ノ霊魂ハ婚約セリ
人人ハ死ナサレバ人間ハ続カン
命ハ死ナサレバ生命死セ
……
人ハ高キ所ニハ栄光人ニアル
人ハ萬物ノ主ナレバ

〔附〕

He hath stirred him, and found out the flaw in his fetters, and cast them
behind;

His soul to his soul is a law, and his mind is a light to his mind.

The seal of his knowledge is sure, the truth and his spirit are wed;

官世界之無知者。
29 スウィンバーン：Algernon Charles Swinburne，史溫本，1837-1909，英國
　　詩人。〈人類頌歌〉（Hymn on Man）收於詩集《Songs Before Sunrise》，
　　1871 年出版。

Men perish, but man shall endure; lives die, but the life is not dead.

……

Glory to Man in the highest! for Man is the master of things!

他激勵了自己，發現了腳鐐的缺口，便將腳鐐拋棄；

他的心靈是其心靈的法則，他的心是其心的燈火。

他的知識的印記是確定的，眞理和他的靈魂已有婚約；

人人皆會亡，但人類繼續著；命皆有死，但生命不會亡。

……

最高度的榮光應歸於人，因爲人是萬物之主。

（第四）善惡之彼岸[30] 綱要（1）本論

　　ワグナー[31]與絕交後，感乎幻影消滅之ニイチェ氏，由語言而之事實，即由言語學轉而於確實科學[32]，殊粹〔醉〕心於生理學。於科學，猶如最後忠實之良友，以科學更伴此孤行獨

---

30 善惡之彼岸：原文爲「BEYOND GOOD AND EVIL」，本節以下譯自
　　Mugge "Friedrich Nietzsche" 之第二章。
31 ワグナー：Richard Wagner，華格納，1813-1883，以歌劇作品著稱的德國
　　作曲家。
32 確實科學：原文爲「exact sciences」。

立學者以終與，不幸哉，彼自覺之而亦嘗言之，關於此等問題，及與此同性質之問題，彼之知識誠不深遠。屢欲爲自然科學之研究，曾表白深望欲行於パリ[33]，或ウィーン[34]，或ミュヘン[35]十年，然此計畫終不能達。而此可驚古典學者之武器，乃由希臘教養之甲冑，及詩人有翼之語言之不可思議力而結合之。能於此等科學之本源，得爲偉大之貢獻。於生物學及人種改善學——能打破幾多偏見者，彼與有焉；而爲未來建設者，基礎開拓之助勢——此言語學者，何時得奉我感謝之忱與。

由全體而考之ニイチェ氏，與ラマルク[36]共信「環象[37]及既得性質之遺傳性」之更改。又如スペンサー[38]，彼於社會學及倫理總建設於生理學之上，主張驅逐孱者、頹廢者。而彼更由於生物學者シュシ〔ミ〕ット[39]及ナーゲリ[40]，得擬態[41]思想而應用於倫理——即多數之動物不欲爲彼等仇敵所見，如彼等裝環象色彩——言人亦由於畏敵之心，故群眾乃採用同時代之

---

33 パリ：Paris，巴黎，法國首都。

34 ウィーン：Vienna，維也納，奧地利首都。

35 ミュヘン：Munich，慕尼黑，位於德國南部。

36 ラマルク：Jean-Baptiste Lamarck，拉馬克，1744-1829，法國博物學家，進化論最初的提倡者。

37 環象：かんしょう，environment，自然環境。

38 スペンサー：Herbert Spence，史賓賽，1820-1903，英國哲學家、社會學家，提出社會達爾文主義。

39 シュシ〔ミ〕ット：Alexander Schmidt，施密特，1831-1894，德國生物學家。

40 ナーゲリ：Carl Nägeli，內格里，1817-1891，瑞士植物學家。

41 擬態：ぎたい，mimicry，動物爲躲避攻擊，隨著環境改變體色或形態。

人之道德判斷。然受エマソン[42]，及生物學者シュナイデル[43]
或ロルフ[44]之影響，此「環象的勢力」之觀念較薄弱，所以ニ
イチェ之「權力意志」——生長、伸張、時欲占有之陳然[45]意
志——遂思以爲進化之主要與。彼於各異之人，精力各異其
量，遂從於其間而立「主與奴隸」之區別。

　　ニイチェ最初之進化原理，而取則於夥多[46]及繁榮者，乃
受主於ロルフ之影響。競爭的爭鬥，即非謂生存競爭，乃勢力
爭鬥，即「權力意志」。縱使ニイチェ對此雖自謂「反ダーウ
ィニスト[47]」，「反マルシュ―じ〔ジ〕アスト[48]，而於此戰
鬥之觀念已與ダーウィン[49]共享有矣。唯ニイチェ晚年，其時
爲近來之暗影所曇[50]，遂使彼判斷不明耳。彼於ラマルク及其
他，殆無人不被其攻擊，如ダーウィン亦遂爲攻擊。ニイチェ
以戰爭及爭鬥——吾人肉體各異之部分，吾人互異之思想、感
情，屬於同種類之人，種族互異之凡所有之物，戰爭、爭鬥、

---

42 エマソン：Ralph Waldo Emerson，愛默生，1803-1882，美國哲學家、作家。
43 シュナイデル：Johann Gottlob Theaenus Schneider，施耐德，1750-1822，德
　　國古典學家、博物學家。
44 ロルフ：Rolph，羅爾夫。
45 陳然：innate，天生的、固有的。
46 夥多：カタ，abundance，大量的。
47 反ダーウィニスト：anti-Darwinist，反達爾文主義者。
48 反マルじ〔ジ〕ュージアスト：anti-Malthusianist，反馬爾薩斯者。Thomas
　　Robert Malthus，馬爾薩斯，1766-1834，英國經濟學者。1789 年出版《人
　　口論》。
49 ダーウィン：Charles Darwin，達爾文，1809-1882，英國自然科學加、生
　　物學家。1859 年出版《物種起源》，確立了進化論。
50 曇：clouded，雲氣布滿天空。

優越權力之爭——以謂乃生物學上之必然，而亦社會之必然。

（第五）善、惡之定義（一）

　　ニイチェ氏命其題爲「善惡彼岸」，而其所謂，實不在是果彼於善、惡抱有何等理解與。彼謂「善」，乃不過力之感情，與權力意志，及人體中內在一種勢力，欲增高其自身耳。謂「惡」，乃不過孱弱與嫉妒，及復仇之勢力而成之耳。此彼善、惡之觀念也。

　　凡道德的評價之價值，在其評價爲生命之促進與？爲我之阻害與？由此乃能決定。凡德者，不能不視爲生理的條件。ニイチェ由此根據，彼於生物學的態度而論道德，彼自序傳[51] 多用意於食物，殷殷懇懇費多頁而論之者，此也。

　　道德之言曰：「人種、人民乃因惡德及贅澤[52] 而滅。」然ニイチェ之言曰：「一國人民赴於破滅之時，人民於生理上時漸而頹廢，其所謂惡德、贅澤，乃（偶然）[53] 結付於結果者也（非所以爲固也）。」（即チ凡テノ疲憊シ盡シタ性がヨリ知ツテイルヤウナヨリ強イヨリ頻繁ナ刺戟ノ必要[54]）。

---

51 自序傳：autobiography，自傳。
52 贅澤：ぜいたく（贅沢），luxury，奢侈。
53 〔編按〕本文加底線字句爲賴和增寫或改寫，Mügge 原文無。
54 「即チ」句：意即認知到一切極盡疲憊的性情，與強烈的、頻繁的刺激是必要的。

世界之無道德[55]

　　實在世界唯是「美的現象」已耳，並無所謂善，亦無所惡。（見著可是認[56]是セラレルヤウニ見エル[57]）。善、惡之二語，唯對於人有意義耳。要之，世界唯無道[58]之志向與動作之外，別無他物存焉。ニイチェ之所主張：「無所謂有道德現象存在乎其間，所存在者唯現象之道德說明而已。雖然此說明，其所以起源歸在道德之埒[59]外。」

　　ダーウイン及其後近代道德學者，彼等概念之所謂爭鬥，及強者、適者之特權，由此而建設生活之道德法典，乃其所恐。而其實際道德ニ讓步スル場合ニ於テ[60]，彼等等於カント[61]。關乎宇宙我等之概念云何哉之問題，構成全交涉之體系，彼等乃卑怯者。

---

55 世界之無道德：原文爲「Amorality of the World」。
56 是認：ぜにん，同意、承認。
57 「見著」句：看起來大概是這樣的意思吧。
58 無道：amoral，沒有道德的、非道德的。
59 埒：pale，界線、範圍。
60 「而其」句：在這種場合，他們就和康德一樣，實際道德（pravtical morals）將讓步於適者生存。
61 カント：Immanuel Kant，康德，1724-1804，德國哲學家，建立批判哲學。

（第六）善惡彼岸

(3) 社會的功利上的起源與歷史

　　現代道德，在ニイチェ以爲，乃社會、人民保全之一因習[62]耳。所謂道德，所謂正道，所謂有德者，蓋謂從順於舊時所作法則及習慣之意味。而能做此道德動機，乃損失及傷害之恐怖，役立[63]及利益之希望。而今以此因習由來以〔已〕舊，殆視爲神聖。若以此爲一問題考慮，而批評之者，人多以爲不道德在其自身。然凡所謂道德的價值者，要之乃社會、群集[64]必要之……即不過能爲其利益之所表現者。由所謂道德者，乃使個人爲群集之機能。由是所以維持或一社會之條件，與維持他一社會之條件遂甚相異，故其處遂生出異樣之道德。

　　道德者乃個人中內在之群集本能。「群集之快樂，較自我之快樂由來更古；故善之良心味方[65]於群眾之間，而云自我者爲惡良心而已。」恐怖是爲道德母[66]。「崇高獨立之靈性、欲向於孤獨之意志、至於確乎之理性，尚有危險之感。個人自爲高貴而優越於群眾，在乎他人則爲恐怖之源。凡如此者，呼之以以爲惡。寬容謙抑，抑制自己而與他適合，削自己以他等之

---

62 因習：tradition，傳統、因循成習。
63 役立：やくだつ，usefulness，有用。
64 群集：ぐんしゅう，herd，聚集。
65 味方：みかた，我方、同伴。
66 恐怖是爲道德母：原文爲「fear is the mother of morals」。

性向[67]，即「凡庸」庸欲[68]，而贏得道得〔德〕的卓越及榮譽。」

　　試觀夫群集所關之「眞實[69]」道德：「汝必須認識，汝必須明瞭，而不絕自振其身，表現汝內在之性質，不然汝危險焉。汝至於何時總爲抑蔽，汝不能變化。」如斯主張，眞實乃以個人之識認及強健爲主目的。正眞[70]、善良之人，吹聽[71]吾人以安全、平等感情。

　　人類在於「尚不有道德時代[72]」──行爲之有價值與否，總由其結果而推論之。然至於有道德之時代──以此最近一千年──「地球上殆到處於關於人行爲之價值，早已不由其結果而決定，由原因而決定之：全體成一大功業，幻影及規範之重大醇化[73]，欲至自知之第一企圖，即如斯以作成。」雖然其同時又有「不祥之新迷信，特殊淺薄之解說得其勢。以爲行爲之起源，乃由於志向，思欲以最定限[74]之意味而作說明矣。人人於行爲之價值，同意於存在其志向之價值之信念。」

---

67 削自己以他等之性向：原文爲「self-equalising disposition」。

68 凡庸庸欲：原文爲「the mediocrity of desire」。

69 眞實：原文爲「truthfulness」。

70 正眞：しょうじん，just，眞正的。

71 吹聽：ふいちょう，inspire，激起、宣揚。

72 尚不有道德時代：原文爲「pre-moral period」。

73 醇化：じゅんか，refinement，深厚的教化。

74 定限：ていげん，definite，明確的、限定的。

（第七）善惡之彼岸

（4）社會的功利的起源及歷史（下）

　　所謂「強迫[75]」常爲道德之先行者，實際所謂道德者一時曾爲強迫，因其強迫人欲避苦痛。故屈伏之者暫，而其屈伏遂成習慣，繼之殆成本能。若斯久日作爲習，而遂與凡已成本質的之物同，其強迫與快樂結合，若此則呼之以「德[76]」。然雖如何人對自己行爲無眞負其責任者，又自由意志之概念迷想[77]爲一幸福，故悔恨乃成卑怯。然則何等行爲乃爲善與？不論何等行爲，不謂其與「悔恨」相而不之爲。否且所由許[78]，又以謂可能贖[79]之理由爲爲之。以前人論之，若斯良心以若斯行爲爲非，故於斯行爲，可負其責任。然以其實際，良心以斯行爲由久來習慣所非故，從而以其行爲爲非，即良心之所爲不過模擬耳。良心決非爲道德創造者，換言之，今已或行爲爲非之結果，在最初生之者不是良心：其關於行爲結果之知識，若對行爲之偏見，良心之是認福利之感情（內心平和之感情等）。與藝術家對自己作品歡喜感情同一順序（即チ其レハ何物ヲモ證明シナイ[80]）。「吾人於吾人行爲之價值能自裁判，甚無智。」

---

75 強迫：原文爲「compulsion」。
76 德：原文爲「virtue」。
77 迷想：めいそう，delusion，錯覺、幻想。
78 許：ゆるす（許す），forgiven，原諒。
79 贖：しょく，expiated，贖罪。
80 即チ其レハ何物ヲモ證明シナイ：原文爲「it proves nothing」，這無法證

　　然ニイチエ雖若斯攻擊道德的良心，彼於人之缺乏知的良心卻不勝悲嘆。

（第八）善惡彼岸

（5）自由意志

　　ニイチエ作此痛快攻擊於近代的懶惰及冷淡之見解，可得十分理解。雖然，若吾人細思，彼否認自由意志之存在，則其攻擊失其根本。從彼之說，如何人對自己行為不有責任，而對自己性質[81]亦無有責任，與判斷之不正同。而此事亦當嵌[82]個人判別自己之時。「吾不悲人性之不道德，何故？譬其起大雷雨而潤澤吾人者也。何哉呼害五〔吾〕人之人人為不道德與？此於後者之場合，憶〔臆〕斷吾人之自由意志為有意的動作者故也；又在前者之場合，吾人見有必要者故也。然雖此區別實過誤。」吾人殺銳敏者、有罪者。凡道德之體系，於必要之時（即此於事為自己防衛之場合），志向的傷害為所許。其敏銳者、有罪者，應彼等之知識程度，不過在彼思為善，彼乃為所思者。

　　「加之，吾人普通、不正確之觀察，思維多樣現象之集團為唯一之現象，遂以彼等為事實。吾人若斯於或事實與他事實

　　明什麼。
81　性質：nature，本性、天性。
82　嵌：カン，apply，完全符合。

之間，想像為眞空，而使各各之事實為孤立。雖然，實際吾人
行為並認識之總量，不是與事實及介在其間之連鎖，乃一連續
之流。」其源泉隱在漠然之過去（遺傳），及現在之神秘（環
象）中。然則，信自由意志者「不絕、不為變、不可分、不得
見之觀念，何以不無撞著，乃其信念已使行為——孤立，而想
像為不可分割者。此即為關於意志及認識之原子說[83]。」——
體吾人因吾人之言語之窮屈，他多缺點，常使事物易思為較眞
事物更一層單純者。「言語不絕，為自由意志信仰之使徒、之
左祖者[84]。」

　雖如何人對於自己存在之事實（自己現在あるま，造ラ
レテイルト云フ事實），及自己能偶在[85]或境遇、或特別環眾
〔象〕之中之事實，不有責任。自己存在之宿命只「在此[86]」
（デアッタ）耳，又不能由「由此、尚有[87]」（コデマ）與之
所「凡有宿〔命〕[88]」與之分離之。

---

83 原子說：atomic thery，原子是物質可分離之極限。
84 左袒者：advocate，擁護者、贊同者。
85 偶在：happen，偶然、碰巧。
86 在此：原文為「has been」。
87 由此、尚有：原文為「will be」。
88 凡有宿〔命〕：原文為「the fatality of all」。

（第九）善惡彼岸

（6）憐憫

　　自由意志在ニイチェ以爲是一妖怪。然彼之謂憐憫更甚於此。生物學者的哲學者之彼，對於生命伸張之最大妨害物，見在憐憫之中。憐憫乃感情之浪費，害於健全之道德的寄生蟲。憐憫非附隨於格言，乃附隨於情緒者。吾人所見之痛苦傳染於吾人，憐憫乃一傳染病。

　　「憐憫者，乃徒增高生命之感精力，反對興奮的情熱者也。憐憫之行爲乃壓抑的者。人之生憐憫之情時，終而失其力。大體，憐憫乃妨害於淘汰法則之進化法則者。彼乃保存對於死滅之所意者，而剝奪生命之權利，又味方於生活之無用而與之戰。保護凡不幸之物，使增其不幸。憐憫乃助長墮落之主能[89]。」

　　故臆病ト意氣地ナサトガ屢屢憐憫ノ原因デアル事ガアル[90]。「施與者之最大者乃臆病者。自己十分不能以自分自身爲主，於道德之大也、小者，不絕而行，不能思自欲制御之[91]、自己欲征服之[92]。此等人，頭ヲ有ラナイデ唯ダ心ト人

---

89 主能：しゅのう，principal agent，主要原因。
90 「故臆病」句：怯懦和軟弱往往是造成憐憫的原因。臆病：おくびょう，cowardice，怯懦。意氣地ナサ：いきじなし（意気地無し），weakness，沒志氣的、軟弱的。
91 自欲制御之：原文爲「self-control」。
92 自己欲征服之：原文爲「self-conquest」。

ノ手助ケン役立ツ腕トノ之ヲ有ツテイルヤウニ見エル[93]。本
能的道德ノ善良ナ憐レミ深イ慈善的ナ衝動ヲ無意識的ニ讚美
スルヤウニナル[94]。」

　　基督教所謂憐憫之宗教。「基教生於歐洲，最一般的可認
識之效果、最完全之變化，乃社交的、有同情心，非利己的、
而爲慈悲行爲之人，今即謂之爲『道德的』之人之事實與。然
基教於全成[95]之時，全然爲利己的，何哉？基教徒之唯一必要
之事，即所謂永救其人，此多無他求焉。今者基教獨斷說[96]漸
漸引返而去，而又若由其獨斷說，漸漸分離矣。彼等ハヒュ
ーマニティーノ中ニ此ノ分離ニ對スル是認ヨリ以上ノ或種
類ヲ求メテイル[97]。彼若如於英之ジョンスチュマート[98]、如
於獨之ショッペンハウル[99]、其他到處之社會主義者等，以
同情的愛情[100]之教義、憐憫之教〔義〕，他ニ利スル役立チノ
教義[101]爲行爲之原則，置於最高地位。而凡彼等確言以是爲道

---

93 「此等」句：此等人似乎很少有頭腦的，卻有一顆助人的心和一雙助人
　　的手。

94 「本能的道德」句：本能的道德（instinctive morality）富有同情的、仁慈
　　的衝動，無意識地讚美善良。

95 全成：ぜんじょう，flourishing，蓬勃、昌盛。

96 獨斷說：dogmas，教義、信條。

97 「彼等」句：他們尋求與愛人（humanity）之教義相分離的肯定說詞。ヒ
　　ューマニティー，humanity，人性、愛人。

98 ジョンスチュマート：John Stuart Mill，穆勒，1806-1873，英國哲學家。

99 ショッペンハウル：Arthur Schopenhauer，叔本華，1788-1860，德國哲
　　學家。

100 同情的愛情：原文爲「sympathetic affections」。

101 他ニ利スル役立チノ教義：untility to others，對於他人有利之教義。

德。」然生物學之狂信者、理想家之ニイチェ，最後二次ギ，
樣ナ言葉ヲ以テ同情、憐憫トニ死，打擊ヲ加ヘテイル[102]:「弱
者、ヤクザ[103]者必滅，乃吾人（ヒューマニティー）之第一原
理，否彼等寧由傍邊而促進其至於亡滅之爲愈。如何ナル惡德
ヨリモ一層有害ナルモハ何デアルカ[104]。乃對於ヤクザ者、弱
者之實際同情，基督教即是也。」

版本說明｜手稿24頁，筆記本（空白紙），硬筆字，橫書，殘稿，
　　　　現存賴和紀念館。署名「O生譯」。本文摘譯自 M. A.
　　　　Mügge, *Nietzsche*, London: T. C. & E Jack. 1912. 手稿卷次
　　　　順序爲：序論第二、序論第三、第四、第五、第八、
　　　　引、序論第一、第九。今依照原文順序，重新排列。
　　　　手稿內有〈引文〉，自言尼采誕生（1844）在七十
　　　　年前，且該筆記本另有賴和在嘉義醫院時期的書信、
　　　　漢詩等作品，由此推知本文應翻譯於 1914 年。

102「最後」句：尼采最後以這樣的言語對同情、憐憫給予致命的打擊。
103 ヤクザ：botched，流氓、沒有用的人。
104「如何」句：比一切惡德更有害的東西是什麼？

第一義諦

稿本　《賴和手稿集・新文學卷》，頁 588-618。底本
　　　《賴和手稿集・筆記卷》，頁 232-242。
刊本　無。

　　此書爲大谷光瑞[1]在南滿鐵道會社所講演之筆記，由京都市西六條興教書院出版。余大昨年（十二年）[2]囚臺北監獄，因未曾經驗過，什麼都沒有準備，終日坐在鐵窗下，很覺無聊，每向獄吏囉嗦，蒙其好意借我此書。余非佛教信者，況且對於宗教素無信仰，又乏研究，所以自始即感不到興趣。無奈又別沒有法子可以遣這寥寂，亦就忍耐地讀下去。只將近二百頁的冊子，不到兩日經已讀完。雖蒙連雅棠[3]先生的顧念，差入一冊癸卯年發刊的中譯法國科學小說[4]，亦只得一日中慰藉。本來余對這樣小說，一經讀過就沒有興味再讀。因此雖本不願意，亦就把這本說佛的書，來再四玩味。三、四遍過，已稍覺其中所謂，但終

1　大谷光瑞：1876-1848，京都府人，淨土眞宗本院寺派第 22 世法主。本文摘譯自大谷光瑞演講稿《第一義諦》，大連：滿洲佛教青年會，1918 年 6 月發行。京都：興教書院爲該書之發賣所。
2　大昨年：大前年，即大正 12 年。1923 年 12 月 16 日，賴和因「治警事件」遭羈押在臺北監獄，至 1924 年 1 月 7 日獲釋。
3　連雅棠：連橫，1878-1936，字雅堂，號劍花。臺南人，傳統漢學家、歷史學者。著有《臺灣通史》。
4　法國科學小說：《月界旅行》，法國小說家凡爾納（Jules Verne，1828-1905）著，魯迅根據井上勤日譯本轉譯爲中文，東京：進化社，1903 年 10 月發行。癸卯年，即 1903 年。

局亦即生厭。後來便思試試翻譯，來自消遣，又苦無紙筆，便再向獄吏要求。但正式的須經過許多手續，不易得到，彼隨把一節餘寸來長的鉛筆給我，余就把塵紙當做原稿用，起草起來，費了四天的工夫，亦就譯完。隨後又做一篇讀後的感想，便又無事了，又再被寂寞所窘迫了，所以時時把原譯來對照、來刪改訂正。好容度過十來天，煩錦素君寄來的書纔由獄吏來說經已寄到，但要到手裡還要幾種手續，雖然心中的歡喜已自非常了。這事方始放下，可惜未讀到這些書，不明不白地又被釋出來，出獄後再找不到讀那幾部書的機會了。

看看那可紀念的一天又要到了，我又不在意地回憶到那時的狀況去，又被我記起這部有緣的佛書——去年因有別的事做，沒有憶及——就把譯稿搜起來看。因為是鉛筆寫的，且又寫在塵紙上，又經過無數次的塗改——無論是在獄中的——且塞在抽屜裡兩年久了，鉛跡已有很多的磨滅。還有一些梵文，原書雖有「假名」的注釋，在當時余將能暗誦，故沒有抄錄，及現在已把讀音忘卻了。這樣稿本應該是擲諸字紙簍裡去的，因是最可紀念的一種業緣，又自不甘，所以就把他要來發表。

又不能不再說幾句，此次重寫的，已不是當初翻譯那樣忠實，經有刪節和我自己見解的加入。因為想可以供宣傳佛法的諸大覺們作些少參考。

譯者附注

一說到佛教，世人不加思慮，隨即指一種宗教，是佛教，亦是宗教。不過非單純地僅是宗教，宗教僅佛教中的一部分而

已，雖然佛教亦不是僅爲哲學，乃是宗教、哲學、科學之由化學的結合產生的結晶體。一經分析，便失了本質，譬猶水之拆爲輕、養〔氫、氧〕二氣，已失其爲水的特質[5]。

但在今日的佛教，頗偏向於宗教一方面發展，這因爲他面還沒有能夠表現之、光大之的人呢！

佛教不是單單佛說的話，並且是導人成佛的妙法，不似那天文學者之說月球中有山水，金星中有人類等等，絕不與世人發生關係的，不是那淺薄的人所說的「出世非現世」那種話頭[6]。眞眞實實是一種現實眞確的在法，在釋尊亦未有不能夠實行的說法。

究竟佛是什麼？不能不先說明。若明白到佛是什麼，自己便已成佛了。但不一定——子非魚，安知魚；子非我，安知我之不能知魚[7]——無限大的佛確是不能盡知。在一程度以內，雖不是成佛的人亦能知得一、二。

佛在梵音是爲佛陀，乃全知全能（覺）的意義，釋迦牟尼便是梵音的直譯。釋迦爲族稱，不是姓氏（其王家之姓氏爲瞿曇）；牟尼乃寂默或絕慾之人格者的意義，在此處便作「聖人」說，恰較合宜。其爲皇太子時名「悉達多」。

佛陀乃釋尊之自讚，足徵其自信的堅強——天地自生成至破滅的一代間，謂之一劫。其間得似釋尊的人，唯有彼自己，無怪大千眾生永遠沉淪在苦海裡，尤其是釋尊的遺裔——

5　〔編按〕本文加底線字句爲賴和增寫或改寫，大谷光瑞原文無。
6　話頭：uē-thâu，佛教禪宗籍以開悟的故事、非邏輯的言行。
7　「子非魚」句：語出《莊子・秋水》，莊周與惠施之論辯。

一、如來的意義

　　佛陀向來有十個佛號在稱頌其法力，此處單就其有關係的三種少為解說，就是如來、應供、三藐三菩提。

　　Ⅰ、如來：就是說三千大千界裡，凡有眾生其所生成盡是一樣沒有差別，簡單地說就是生來一樣，再說一句就是眾生盡是真如來體，眾生皆有佛因。譬如印刷物同由輪轉機同一版底所印成者，不問其數量多少盡是一樣，所以其中就有真理在。由真理產生的凡有一切皆如真理表現，因為生乃真理，佛之生、眾生之生皆真理之表現演化。<u>故眾生皆佛，佛亦眾生。但究其實際不盡這樣，這是由業因緣的差異，不是真理的不可靠。不是生之非真理，乃處生者不能盡其生的緣故。</u>試再設一例：物理學上之說物體的墜落，謂因地球的引力，所以地球上不問何地、何時，未有自下墜上的物體。因此不關空間、時間，若真理之所表現悉在真理範圍中，皆與真理合一，此謂之如來。

　　Ⅱ、應供：這是說佛力無邊，能適應一切環境，能享受一切供養，又能供給一切眾生以佛因——真理。

　　Ⅲ、三藐三菩提：這句是梵音，若譯其意為正徧知（全道）。這是說三千大千界裡凡有一切現像[8]，佛陀盡知，其中所含的真理，未嘗有誤謬。蓋佛乃一切真理的結晶。譬如汽車

8　現像：げんぞう，顯像、樣貌。

行旅者若不曉得沿途各驛的發著[9]時刻，那就感到非常不便，雖曉得而不正確，由此所發生的損失可就不少。所以行旅的人關於汽車的發著時刻，不得不求全知，且不僅求知亦要知的正確。眾生在其生的行程中亦是這樣。

在世人所謂知的範圍裡，能保其正確不誤的絕少。例如天文學者之說天體現像，恐十件中沒有二、三能準信。就中比較進步之地球的研究，其所說亦不能全屬正確。比較的可說少屬正確可信的，就是研究真理的科學。因為科理〔學〕不用那種易致錯誤的事物來做基礎。譬如二加二為四是真理，雖帝王的權力亦不能強謂之五。若有這樣事，世間已經是大不幸了。

世人動即謂：科學應用真理——在真理固不因受過應用就生吝惜，亦不因此就自驕傲，且亦不自覺已受過應用。——請舉一例：水因為引力的關係，總是向下方瀉墜，世人利用之以激動[10]機械，用以發生電氣或其他種種，在於水總終始不變其為水。又或用吸水機引向別處，或用溫熱蒸為蒸氣，水總依然有水的本體。又若人生，由生如長如老而死，人生這一大限，什麼人亦不能逃。這樣的真理，是普遍在這空間流動自如，融通自在。佛的所知皆合於真理，且此大千界裡的凡有一切真理，亦佛之所全知，這樣纔說是正徧知的佛陀。

佛陀有三化身：法身、報身、應身。

9　發著：はっちゃく（発着），出發與抵達。
10　激動：kik-tōng，觸動、轉動。

　　釋尊降於印度，對他們弟子這樣說：「汝等以爲我是生於『迦毗羅衛』王宮的太子，是錯的；又以爲我在三十齡的時候頓開覺悟在那『畢波羅樹』下，亦是錯的。我就在那無限的往古[11]已自覺悟，悟了（物質不滅論要參看方曉得所謂）現在的樣子，因爲要琢勵導引汝們較爲方便而已。」所說無限的往古，在《法華經》裡：「我實成佛以來，無量無邊百千萬億那由他劫，譬如五百千萬億那由他阿僧祇[12]三千大千世界，假使有人，抹爲微塵，過於東方五百千萬億那由他阿僧祇國，乃下一塵，如是東行盡是微塵等」云。──所以那時代，釋尊弟子們眼裡的莊嚴法相乃是最下的。

　　應身：是適應環境的一種表現。

　　報身：是絕對人格乃積久修鍊的成績（如來大用下再說）。

　　法身：這就難得說明了，若用文學式來形容那些「無形而有形，不動而能動，默而有言，靜而不息」的話頭比較可以應用些。

　　這是眞理的顯現（不是表現），在眞理原無所謂相。不能目睹，雖然欲求得一視，卻又隨處都有，譬如，電燈乃眞理的應用，眞理的顯現就是光明。電燈與光明就是眞理的相。又如地球在吾人的感覺中，是永遠地靜止的；在天文學者的望遠鏡中又是不斷地迴轉著。所以動亦眞理，靜亦眞理，要強爲分別就生出錯誤來。又如人體的構成原質中有一種窒素[13]，大氣的

11 往古：óng-kó，過去、往昔。
12 阿僧祇：梵語 asajkhya，極大的數量、無盡的數量。
13 窒素：ちっそ，氮氣。

混合氣中亦有窒素，這同一的窒素有沒有連絡？若說有連絡，卻不能直接轉換交通 [14]；若說無連絡，毘耶〔荼毘〕[15] 裡的人身待其灰燼後，不是化作煙縷歸入大氣中去嗎？所以說眞理是不能用人們的知覺來認識、來分別，不似幾何學定義那樣單純，可以判斷甲爲甲、乙爲乙。

所謂如來法身遍滿在這三千大千界裡，人們須不可誤會。一切眾生皆爲如來法身，不是包涵在一如來法身之中。凡有一切現象皆有眞理存在，眞理的狀態就是如來法身的相，一切現象無一非如來法身。

眞理的力爲無限大，我佛的法力亦無限大。所謂眞理的力就是那有普遍性、無極限度的如來力，就是智慧，智慧所顯現的就是光明，此光明（抽象的）在大千界裡爲最大之力。

地球上的光明就是日爲最大。這光明同時併有熱度，在物理學上雖分別爲兩件，牠總同時併存，雖然若如電光石火，僅僅在一瞬間閃爍，亦是不成什麼。要須有無限的存在力——永遠生命——聽見天文學者的所說，地球亦終有破滅的一天。這不用奇怪，凡有生成就有死滅，這就是眞理的顯現。世人以日出處爲東方，日沒處爲西方，但在北圈內總見終日在頭上轉，何處分別出東、西？眞理本無時間、空間的制限，人生總不免死滅，生死同爲假設，不能常住。而眞理卻是常住。所以眞理的顯現——如來法身——是有無限大的威力、無限量的壽命，

---

14 交通：kau-thong，往來、流通。
15 毘耶〔荼毘〕：梵語 Vaiśāli，地名。此處原文爲「火葬」，梵語 agnidagdha。

沒有過去、未來、現在。

二、眾生

在梵音謂之「薩埵」，「眾生」不是適當的譯語，所以至玄奘三藏乃改譯為「有情」，在英人則譯為「動物」。「有情」比較恰當，這是指那有情感、有靈性的一切生物的名詞。生物中的植物，動物中的下等動物，是不包涵在這裡頭。

有情——眾生——與如來有何等關係？有謂如來亦在眾生範圍裡，有謂如來比眾生較高一級，這不過含義廣狹之差如已。但大多數的所說，謂須要分別，比較穩當。譬如人亦屬動物，但指一人而謂之汝乃動物，無有不怪其冒瀆者，所以眾生乃指如來以下未開覺悟的全般。

前篇曾述過，<u>如來就是具備有正徧知的智慧、無量壽的光明</u>——就是真理的顯現。一切眾生若使之與真理合一，便是如來。真理具有普遍性，不論什麼物體之上，盡能顯現。但礙物各有私執易入迷途，若能把各自的執念棄卻，就能與真理合一，如真理顯現。尤其是世人的情念最徧執，又最易動搖，又最虛詭，所以往往真理就在目前，不能取以應用。

因以顯現在人類，亦自有不能與真理合一的原因，為有外殼的肉體的累贅。世人一律是悲死樂生，不知生存自有期間，日日趨向死的一途，若以死為可悲，就不當有此生，因為生來就已大誤。有生必死，本是真理，死終不能免掉的。

世人又以生子為一大喜樂，因為有了兒子，自己的系統

就不至斷絕，且又得靠以終老，這樣思想實大誤謬。物本無自始、無完終。達爾文所說《物種的起源》，亦不能證明物的所自生。若基督的說「物爲神造」，稍有科學知識的人，無不笑其慌〔荒〕謬。所以世人每以兒子爲自己所自生，實一大迷妄，且以養育的事爲一大恩惠，猶爲罪過。

世人又以長壽爲幸福，實亦可笑，設若目失了明，耳失了聰，手足萎痺，腰脊勾曲，這樣又須活一、二百年，打算這時候講究死的方法，且沒有工夫？（注意：眼不能用其明，耳不能用其聰的人，想想看。）諸如此類，世人一至十[16]皆屬迷妄虛詭，但在如來的境地，一切則皆歸眞實。

佛教本是指人迷途，開人覺悟的道理，其要義爲一切皆空。所謂一切皆空不是說什麼都沒有，這不是一語就可說明。請就人身先爲一講。世人每謂己實有身，這就是人世一切虛詭的根本。因爲一切皆空，所以不許有什麼存在——在科學上有所謂元素爲凡有一切的根本，由這原素爲理學的或化學的結合，遂始生有一切種種，所以世間凡有一切，其本體就是元素。

世人總以這元素的結合狀態，謂就是吾身由生而死，死而化塵，皆謂實有。試一思之：人們一脫母胎，始就能吸乳，以後就取飲食，以營養身體，長育軀殼，遂成就所謂人身。若一一細爲分解，當有一部是牛豚禽魚所化，一部是米豆蔬菜所成，何處是人的所有？其所不同（的所在）只是結合狀態而已，

---

16 一至十：一から十まで，全部、一切。

本來物我皆同一本體的生成。所以在如來慧眼的所視，人的形骸本自無有，這就是空。

在今日科學所知的範圍內，一切物的分析的結果——本體就是元素（他日再有變化亦不可知），由這元素的暫時的假結合，世人每認為實有，故墜入迷執而造作種種虛詭。其實本來皆空，信這一切皆空，就接近了真理，證諸一切而皆空，那就是佛陀。

尚有一層比較切要，不可不知，就是一切有生，同時有滅。生滅交互併存不能分離，唯本體——元素——為不生滅變化，其他種種只有時間長短的分別而已。若不生也就不滅，這不生不滅的本體謂之空，就是復返於元素的狀態，乃離了生滅相而進於常住之中。但此空的本體，復有化為種種形相的本能，一經變化就成為各種相，舉凡吾人所知，沒有不具形相的物，所以凡人們感覺所能及的物，皆有生滅，盡要還元返於不生滅之空——本體。

尚有人謂：物雖生滅，但有不生滅的靈魂。初聽之似有一部真實，試再思索就不能使人相信。試問將何以證明其不生滅？若謂靈魂不具形相，不是現代人的知覺所能感到，這便是空的本體，已自證明，沒有所謂靈魂的存在。若通俗所說的靈魂，那是神經一種的作用，明明白白受著肉體的影響，依然是有生滅。那不具形相不可捉摸的物，在大乘佛教裡沒有這樣虛妄怪誕的說法。

以上是說物皆有生滅，但這滅不就是消失，只與生對稱著而已。在這大千界裡，沒有一物會歸消失，只是變化而已，生

滅就是指這變化，其本體亦永不生滅。所謂過去、現在、未來，亦非實有，只是次第相因，沒有斷絕。世間一切，但由視覺所得似皆不生滅，這是因生滅的連續不斷映入虛詭人們的眼裡，所幻出一種的錯覺。

　　這篇略說眾生的形相。簡約地再說，眾生就是偏執迷妄虛詭罪惡的身（表現）；如來乃清眞覺悟不生滅大智慧的本體（眞理）。眾生乃不能離生滅變化，所以謂之無常。但其本體亦同如來一體。如來爲不生滅變化，所以謂之常住，這就是空的眞相。

　　眾生無常，如來常住。兩者在什麼所在同一合體，甚有玩味的價值。變化說是無常，人們無常始有變化。不變化就是常住，如來常住乃不變化。所以無常就有變化至常住境地的可能。要以什麼方法變化或使之變化，這就是佛法的廣大處。

三、煩惱即菩提

　　前所講的是覺悟的如來與沉迷的眾生的大概，但覺悟者永遠只自覺悟，沉迷者終久只在沉迷，兩不相關。說來有什麼用呢？所以不能不使沉迷者亦開覺悟，因此佛始現身來說法，欲把沉迷的眾生化作覺悟的如來。但這要一番化學的作用，此中多妙趣卻是不容易明白了解。

　　以前亦曾道及：世人生來皆屬虛詭，生的根本已就錯誤。人心的作用，無一件能眞實表現。雖眞理明白正確，現在目前總不能感覺。人心的偏私到這樣田地，不能把眞理當做眞理，

那就難得使他覺悟了。雖然佛的說法以無限的智慧拔濟[17]，以無量的光明普照。所以不問什麼樣的人，總能使他得到覺悟，證到如來，這就說生佛如一，亦即所謂煩惱即菩提，生死即涅槃。

菩提是阿耨多羅三藐三菩提，就是無上正徧知，亦可說是道。煩惱，譬之身體就是疾病、煩累，譬之心情即是苦痛、憂傷。這兩字不可拘泥字面，是為一切罪惡的相，凡有沉迷、過誤、罪惡，盡是煩惱的種因。

這樣煩惱與菩提本來全然異趣，一面卻又可使相同合一。但是卻要一種變化，這變化不是物理的，須在精神上的化學的變化，乃有功效。

這個虛詭的世人所擬就的善惡的標準，那有真實的東西？所以他的結果也就不可靠了，因為本來是假設的。故事實就是這樣，不是故意要毀謗他。

請舉幾個例來說明[18]。凡所有國家，不是把法律、道德、倫理來做善惡的標準嗎？試問這幾件不是人們的造作[19]嗎？不是根本就是虛詭了嗎？在法朗士諷刺的好，她〔他〕說法律本來是平等的，牠是一律禁止富人和窮人夜間在公園椅子上睡覺，及強奪他人的糧食，這就是法律上的平等。且刑法上的條例，就是殺人罪為最重大。但有時候殺人竟然受賞，那最殘酷的殺人的戰鬥，卻是國家主動的，國家又是一切法則的根本。

---

17 拔濟：puàh-tsè，拉拔、救助。
18 〔編按〕此句上方有賴和標注：「原書七五頁。」
19 造作：tsō-tsok，製造、捏造。

勿論交戰國的那一方，同樣的宣言著說是爲著正義而開戰的，那麼正義就是戰鬥嗎？簡單說就是殺人嗎？唉！這樣極大罪惡的殺人尙且不能憑信，其他的已不用說了。若至那「餓死事少，失節事大」、「父要子死，子不死不孝」，那簡直不是人說的話了。所以說世人所造作的善惡標準盡是虛詭的。善惡二字不過是一種假設，究竟善與惡根本是無多大的差異。（這一段還是莊子的所說趣味——竊鉤者誅[20]，竊國者爲諸侯，侯之門而仁義存焉。）

善惡兩語是無有絕對意義的，像這樣說，悟和迷不亦是一種假設嗎？但這個卻不是這樣。悟是指那眞實的本體，不把牠箍[21]在一定的範圍內。眞理是充滿在這空間，什麼人都可以領悟到。迷是指那非眞理的一切錯誤。錯誤雖屬虛詭，爲一種假設，但世上有那錯誤的事是眞實的，所以迷的一字也就不是假設了。

於此不能不再申明的就是：凡有一切的本體皆是眞實。所以迷的表現是幻相、是虛詭、是假設；迷的本體，亦是眞實。故迷的表現自能歸到其眞實的本體——證到如來。

《維摩經》云：「一切煩惱惡、不善，爲如來種。』《涅槃經》云：「未得阿褥多羅三藐三菩提，善與不善、無記，爲佛性。」無記爲學術語，乃如飲食、起居、行動、睡眠等，無善不善的行爲。就是說人生的日常生活行爲，皆得爲佛因。因

---

20 竊鉤者誅：出自《莊子・胠篋》：「彼竊鉤者誅，竊國者爲諸侯；諸侯之門，而仁義存焉，則是非竊仁義聖知邪？」

21 箍：khoo，勒緊、束緊。

為善惡是假設的，無有絕對的差別，不礙其為佛種。

佛說有所謂因果律，其實須說「因、緣、果」乃為合理，有因無緣，未能遂得其果。譬如由粟種而生秧苗，在倉的粟不能隨便發芽，必須經過一番農人的勞力，浸水、播種、施肥、灌溉等工作乃始能茁芽發生。粟種就是因，秧苗是果，其中間的農人工作就是緣。

由這因緣所生的果，也不能脫離生滅的原則。轉一面說就是有變化、有生滅的一切，盡由因緣所生。

再由這原則，便悟到生滅的本，死是一切皆空的。

迄今所述的煩惱，沉迷的眾生其所蘊蓄內心及所表現的外像皆屬虛詭，盡由著變化幻成的，所以不能固定，不能常住。因為這變幻連續地演下去，沒有間斷，所以就全般考察起來，一見亦如常住一樣。例如吾們人類，就其個人的自己是不時有變幻生滅，但世界上的人類不見有間斷的時代、變幻的痕跡。雖然這生滅變幻無常的各個本體，亦是一切皆空，就是為無上菩提，為不變幻、為常住，這是非因非果，不為因果律所範圍。那有生滅變幻的就是無常，因其本體為空，所以亦得到於常住之境。

所謂非因非果，一面亦可說亦因亦果——凡有一切無常欲復歸於皆空的本體，恐怕在變化的途中復墜入迷途，又且多一番工夫，須綜合而直觀之，其所由變化的狀態就是非因非果，也就是亦因亦果。因果是不能強為分拆，不能強為判斷。所謂一切諸法皆空、一切諸法常住，就是佛教的第一義諦，即由此一切諸法以直探其本體。

以下就精神上的化學的變化方法，少為說明：

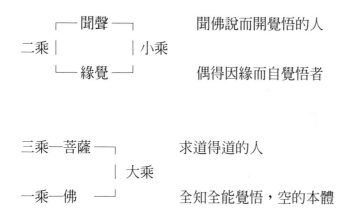

以上所刊就是精神上的化學變化的方式及程序。何謂之
「乘」？這乃是謂凡欲證菩提、登極樂、返其空的本體，必要
經過一定的行程，這途程不是眾生凡俗的腳力所能行的，必藉
仗佛法，用菩提的力，方能到那境界裡去，就是坐在佛法之上，
故謂之「乘」。若有人問：「只藉仗大乘就可以了，要小乘何
用？」須再一想，人的力量各有不同，身體虛弱的人坐在最大
急行的汽車裡，鮮有不眩暈者，所以小乘亦自必要。人心多屬
虛詭偏私，突然說以真理，必有以為妄誕的人。

〔感想〕

此四篇為大谷光瑞在大連所講演者，吾在獄中百無聊賴，
幸幸看守垂憐，惠借此書。吾讀之三遍，於佛少有所悟，思買

紙筆以譯之。格於規紀，率不可得。乃向別一看守乞得鉛筆寸餘，以塵紙爲稿，順次翻譯，用以破無聊，且借此爲初次受法律洗禮之紀念，聊誌懺悔。

一 吾未嘗學問，譯書一道又素未曾習。況此書又演說作，覺不能十分盡其原意。
一 篇中舉例爲多於梵語之文法，意義講解亦極細。但此等差悟色之上，無關係者皆略之。因此恐有失其原意，亦未可知。
一 吾讀此意所會者，其所謂「空、無」，直似老莊謂〔語〕，如孔子之所謂「運會」一語。陶詩有：「人生似幻化，終當歸空無[22]」，斯二語已能盡此意。
一 中謂：如來乃眞理，我等眾生一一皆爲如來法身。又：一切眾生本體盡皆空無，人生盡爲虛詭。說到：如來境地，一切乃歸眞實。只此數語，綜合參之，已可悟「非因非果、亦因亦果」之意。
一 謂：登極樂即爲菩提，修到善理即無煩惱。而極樂乃超乎苦樂範圍之寂滅。故吾謂：菩提乃有若相其無煩惱。非無煩惱，乃受盡煩惱而忘其爲煩惱耳。
一 謂：此臭皮囊未脫極末日到。又謂：正信不疑者，因久而無本盡之，變化作用。語已完了，乃此肉體亦可到其所謂信。有似儒者之所謂「誠」。儒、釋同元

[22] 「人生似幻化」句：語出陶淵明詩〈歸園田居〉六首之四。

〔源〕，其在此乎。

一謂：欲到極樂之境，不須自己動，只徹底安眠——任
佛力自能登。又謂：人生皆詭歡，證菩提須再近本，
其本體爲一切皆空。而極樂又謂之寂滅，蓋空空寂滅
之境，雖使盡如何動，終亦無所可得。故只一任之佛，
不須己力。

一大意謂：世人須忘卻自己，以出世之心，處現世之身，
爲大眾之事。乃今之學佛者，多爲出世之身，而不能
忘卻現世之心。先自己而後大眾，故少能成佛。

一演說之書，力罵人生之虛詭，否定法律之造作，嘲笑
道德善惡之雜慧。其決然辭去伯爵者，吾有以知之，
其爲海東三山[23]之活佛，噫，大谷光瑞也。

一斯所謂眞理（如來），有似儒之所謂「心」。

版本說明｜本文手稿共有二稿，摘譯大谷光瑞《第一義諦》，
大連：滿洲佛教青年會，1918 年 6 月初版。稿本一：
手稿 11 張，塵紙（空白紙），硬筆字，橫書，殘稿，
現存賴和紀念館。本文爲 1923 年 12 月，賴和因「治
警事件」遭羈押在臺北監獄時（至 1924 年 1 月 7 日
獲釋），以鉛筆寫在塵紙上之翻譯作品，篇末有賴
和讀後感想。稿本二：手稿 16 張，稿紙（文英社），
硬筆字，直書，完稿，現存賴和紀念館。稿本二爲

---

23 海東三山：傳說東海仙人居住於蓬萊、方丈、瀛洲等三神山。此處指日本。

整理稿，其中 1-9 頁寫於稿紙背面，稿紙正面爲小説
〈鬧鬧熱〉。篇首有賴和序文，推知本稿寫於 1925
年 12 月。

國家圖書館出版品預行編目 (CIP) 資料

新編賴和全集. 肆, 散文卷 = Sin-pian Luā Hô Tsuân-tsip /
賴和作. -- 初版. -- 臺北市 : 前衛出版社 ; 臺南市 : 國
立臺灣文學館, 2021.05
面 ; 公分
ISBN 978-957-801-934-8(平裝)

863.55   110001908

新編賴和全集（肆）・散文卷

作　　　者	賴　和
主　　　編	蔡明諺
執 行 編 輯	鄭清鴻
研 究 團 隊	許俊雅（小說卷）・陳家煌（漢詩卷） 蔡明諺（新詩、散文、資料索引卷）・呂美親（臺語文、日文）
審　　　訂	呂興昌・李漢偉・施懿琳・黃美娥・廖振富
導 讀 撰 寫	施懿琳（漢詩卷）・許俊雅（小說卷） 蔡明諺（新詩卷）・陳萬益（散文卷）
校　　　對	王雅儀・鄭清鴻・林雅雯

發 行 人　　蘇碩斌・林文欽
共 同 出 版　　國立臺灣文學館・前衛出版社

國立臺灣文學館
地址：700005 臺南市中西區中正路1號
電話：06-221-7201｜傳眞：06-221-8952
電子信箱：pba@nmtl.gov.tw
網址：www.nmtl.gov.tw

前衛出版社
地址：104056 臺北市中山區農安街153號4樓之3
電話：02-2586-5708｜傳眞：02-2586-3758
電子信箱：a4791@ms15.hinet.net
網址：www.avanguard.com.tw

封面設計　　Lucace workshop. 盧卡斯工作室
內文排版　　宸遠彩藝
印　　刷　　漢藝有限公司

著作財產權人　　國立臺灣文學館
本書保留所有權利。欲利用本書全部或部分內容者，須徵求
著作財產權人同意或書面授權。
請洽國立臺灣文學館研究典藏組（電話：06-221-7201）

法律顧問　　南國春秋法律事務所
出版日期　　2021年5月初版一刷
總 經 銷　　紅螞蟻圖書有限公司
地址：114066 臺北市內湖區舊宗路二段121巷19號
電話：02-2795-3656｜傳眞：02-2795-4100

展 售 點　　國立臺灣文學館藝文商店（06-221-7201 ext.2960）
國家書店松江門市（02-2518-0207）
五南文化廣場（04-2226-0330）

GPN　　1011000296
ISBN　　978-957-801-934-8
定　　價　　新臺幣350元

Printed in Taiwan
著作權所有・翻印必究